KATE BROMLEY

Tradução
Guilherme Miranda

2022

Título original: TALK BOOKISH TO ME
Copyright © 2021 by Kate Bromley

Todos os personagens neste livro são fictícios. Qualquer semelhança com pessoas vivas ou mortas é mera coincidência.

Direitos de edição da obra em língua portuguesa no Brasil adquiridos pela Editora HR LTDA. Todos os direitos reservados. Nenhuma parte desta obra pode ser apropriada e estocada em sistema de banco de dados ou processo similar, em qualquer forma ou meio, seja eletrônico, de fotocópia, gravação etc., sem a permissão do detentor do copyright.

Direitos exclusivos de publicação em língua portuguesa cedidos pela Harlequin Enterprises II B.V./ S.À.R.L para Editora HR Ltda.

A Harlequin é um selo da HarperCollins Brasil.

Contatos: Rua da Quitanda, 86, sala 218 — Centro — 20091-005
Rio de Janeiro — RJ
Tel.: (21) 3175-1030

Diretora editorial: *Raquel Cozer*
Editora: *Julia Barreto*
Copidesque: *Sofia Soter*
Revisão: *Daniela Georgeto e Natália Mori Marques*
Design de capa: *Eduardo Okuno*
Imagens de capa: *Shutterstock*
Diagramação: *Abreu's System*

CIP-Brasil. Catalogação na Publicação
Sindicato Nacional dos Editores de Livros, RJ

B886f

    Bromley, Kate
        Fale de romance comigo / Kate Bromley ; tradução Guilherme Miranda. – 1. ed. – Rio de Janeiro : Harlequin, 2022.
        384 p.

        Tradução de: Talk bookish to me.
        ISBN 978-65-5970-171-1

        1. Ficção americana. 2. Romance americano. I. Miranda, Guilherme. II. Título.

22-77953   CDD: 813
                                   CDU: 82-3(73)

Gabriela Faray Ferreira Lopes – Bibliotecária – CRB-7/6643

Para minha mãe, afinal, como tudo de bom na vida,
eu não teria conseguido sem você.

1

—Espera, era para trazer presente?
Ergo o olhar para o homem bem-vestido ao meu lado. Somos os únicos no elevador, então deve ser comigo.

— Acho que vai de cada um — respondo. — É que sou madrinha, então preciso exagerar.

Ele levanta as sobrancelhas enquanto me ajeito com a cesta de presente do tamanho de um dogue alemão. O papel-celofane faz barulho toda vez que me mexo, ecoando no espaço confinado no volume certo para causar constrangimento. Afinal, é para isso que servem os elevadores: deixar todo mundo incomodado do começo ao fim da viagem.

Fico quase em êxtase quando as portas se abrem dez segundos depois. A cesta está prestes a destruir meus braços e minha vontade de viver, então aperto o passo até o salão na cobertura, onde minha melhor amiga está dando sua festa pré-casamento. Absorvo o aroma de calor e champanhe enquanto corto caminho através do mar de convidados.

Como é de praxe para as madrinhas, mergulhei de cabeça no buraco negro das lojinhas de artesanato on-line e encomendei uma quantidade absurda de artigos de decoração para o evento. Pendurei faixas de juta dizendo "Sr. & Sra." nas prateleiras flutuantes atrás do bar e enrosquei luzes pisca-pisca feito hera no parapeito da sacada. Colocamos potinhos decorados com renda cheios de rosas cor-de-rosa em cada mesinha alta à luz de velas. Cristina e eu trabalhamos com a tenacidade de soldadas espartanas matrimoniais para deixar tudo pronto, e está evidente que nosso sangue, suor e lágrimas valeu muito a pena.

É então que vejo Cristina conversando com convidados perto do fim do balcão. Linda, delicada e cheia de curvas, eu a odiaria se ela não fosse uma das pessoas que mais amo no mundo. Seu cabelo cor de caramelo está esparramado pelas costas e o vestido branco de saia assimétrica a distingue da multidão do jeito certo — ela é uma princesa na floresta e nós somos os animais silvestres que a veneram. Eu sou a própria parceira esquila atrevida.

Deixo o presente em uma mesa de recepção e aceno discretamente quando ela me vê. Ela está me esperando com um sorriso enorme no rosto quando paro ao seu lado.

— Oi, gata! — diz, me puxando para um abraço. — Olha só, tá toda linda.

Nós nos separamos e me empertigo um pouco.

— Muito obrigada. Estou me sentindo ótima.

Também é bem possível que Cristina esteja tão acostumada a me ver encantando o mundo de legging e moletom dia sim, dia também, que minha transformação pareça mais drástica do que realmente é.

— Conseguiu escrever um pouco à tarde? — pergunta, me passando uma taça de champanhe do balcão de mogno.

Sinto um nó no estômago com a menção à minha escrita, ou à falta dela. Sofrendo uma morte literária lenta há quase um ano, nunca fico muito tempo sem essa sensação de embrulhar o estômago. O prazo final e oficial para entregar meu próximo romance é daqui a um mês e, se eu não entregar um best-seller até lá...

— Tá, você está com sua cara de surto — intervém Cristina. — Desculpa, não deveria ter falado nada.

Inspiro um pouco e forço um sorriso.

— Tranquilo. Tudo bem.

— Vamos mudar de assunto... Tem certeza de que não é estranho dar uma festa pré-casamento? Não foi demais contratar a banda de salsa se já vou ter uma no casamento também?

Extremamente agradecida pelos trompetes e bongôs retumbantes que abafam meus pensamentos, me viro para o canto e vejo a banda de dez membros tocar com ânimo desenfreado. Os parentes de Cristina, que são basicamente dançarinos de salsa profissionais sem formação, dominam a pista de dança, e com todo o direito. O irmão de Cristina, Edgar, uma vez tentou me ensinar o básico, mas tenho quase certeza de que eu parecia uma tábua de madeira que ganhou pernas e braços. Cristina recomendou aulas de dança. Edgar sugeriu uma garrafa de aguardente e oração.

— A banda está incrível — digo ao me virar —, e é claro que existe festa pré-casamento.

Na verdade, eu nunca tinha ouvido falar de festa pré-casamento. Festa de noivado, sim. Despedida de solteira, claro. Mas o que está rolando hoje é basicamente uma festa casual dias antes da megafesta.

— É que tem tanta gente vindo de fora, e Jason e eu queríamos que os convidados fossem se conhecendo. Imaginei que uma reuniãozinha seria legal.

— Sou super a favor. Quem não gosta de uma prévia do casamento uma semana antes?

— Eu gosto, sem dúvida — diz Cristina, erguendo a taça de champanhe e tomando um gole. — Está todo mundo aqui, menos Jason e alguns dos padrinhos. Acredita que o canalha está atrasado para a própria festa?

— Você acha legal chamar seu noivo de canalha?

— Ele é meu canalha, então tudo bem.

— Faz sentido.

— Foto, por favor! Vocês se importam de posar?

Olho para a direita e vejo um adolescente de cabelo cacheado volumoso apontando uma câmera para nós. Ele está todo de preto, e é impossível não achar fofa sua animação para tirar uma foto nossa.

— Claro! Sorrisão, Kara.

Cristina me abraça pela cintura e, depois de levarmos um flash intenso na cara, o rapaz some antes que meus olhos consigam se reajustar.

— Esse é Rob, um primo do Jason — explica ela. — Ele quer ser fotógrafo, então o contratei para hoje.

— Que gentil da sua parte — digo, ainda me recuperando da cegueira momentânea. — Aliás, cadê o Jason?

— Em casa. Dois dos padrinhos dele vêm de carro e ele queria esperá-los porque, aparentemente, homens adultos não são capazes de encontrar uma festa sozinhos.

— Dirigir em Manhattan é intimidador. Ele deve estar com medo de que eles se percam.

— Claro, porque nenhum deles tem GPS, né? Já era para o Jason ter chegado.

Estou sinceramente chocada que Jason não esteja aqui. Adoro tanto Cristina como Jason, mas eles são um daqueles casais que raramente saem socialmente um sem o outro. Mesmo quando convido Cristina para tomar um vinho lá em casa, ela pede para levar Jason. Sempre achei um pouco demais, mas para eles deve dar certo.

— Tá, esquece todo mundo, vamos brindar. — Pigarreio e ergo a taça. — Eu não fazia ideia de que ser garçonete no McMahon's Pub levaria a nove anos incríveis de amizade. Agora eu estaria perdida sem você. Um brinde à sua noite mágica. É um prazer estar aqui para comemorar com você.

Sorrimos e batemos uma taça na outra, o tim-tim de cristal ecoando minhas palavras.

Dou um gole, e a bebida espumante desce redonda. Ainda saboreando a doçura, pergunto:

— Quem são esses padrinhos misteriosos que Jason está esperando?

— Um se chama Beau e o outro não lembro. São amigos de infância da época que ele morou na Carolina do Norte.

— Carolina do Norte? O Jason não é do Texas?

— Ele passou a maior parte da vida no Texas, mas morou na Carolina do Norte até os 10 anos. Ele conseguiu manter contato com esses dois ao longo dos anos.

— Que legal eles serem amigos por tanto tempo.

— É adorável, sim, mas mesmo assim era para eles terem se virado para chegar aqui.

Cristina está prestes a elaborar quando seu olhar encontra algo do outro lado do salão. Ela tenta, sem sucesso, fazer cara de irritada em vez de entusiasmada.

— Imagino que o noivo tenha chegado — digo, olhando para trás.

Minha suspeita se confirma quando vejo Jason avançar na nossa direção, sorrindo para Cristina feito um aluno de quinta série dizendo "xis" na foto da turma. Até inclinar a cabeça ele inclina.

— Aí está ela! Minha futura esposa incrivelmente compreensiva.

Jason se abaixa e dá um beijo em Cristina antes que ela consiga destruí-lo com palavras. Ele dá um beijo rápido na minha bochecha e volta para o lado da noiva, abraçando-a pela cintura e a puxando junto ao quadril.

— Então, vou ignorar todas as mensagens meio violentas que você me mandou na última hora. Com isso em mente, como vão as coisas?

Cristina olha para ele, fingindo desinteresse.

— Está tudo ótimo. Como você não estava aqui, conversei com vários homens simpáticos. Pelo visto, festas pré-casamento são um ótimo lugar para paquerar.

— Fico feliz por você.

— Que bom. Quatro pretendentes em particular chamaram minha atenção.

— Eles são mais altos do que eu? — pergunta Jason. — Ganham muito dinheiro?

— Óbvio. São muito mais altos do que você e todos ricaços.

— Legal. Kara, você conheceu esses homens absurdamente altos e ricos?

— Conheci e tenho uma surpresa: também estou noiva! Vem aí o casamento duplo!

Jason sorri e puxa Cristina ainda mais para perto, seu olhar encontrando o dela.

— Acho que mereço por ter me atrasado. Desculpa por não estar aqui. Você me perdoa?

— Eu não perdoo sempre?

Ele se abaixa e dá mais um beijo perfeito nela.

É oficial. Vou morrer sozinha. É melhor admitir logo de uma vez.

— Agora, cadê aqueles seus amigos? Ah! Vamos arranjar um deles para a Kara! — diz Cristina, com um brilho perigoso de casamenteira no olhar.

— Na real, já comentei da Kara com eles, e um deles falou que fez faculdade com ela.

Fez faculdade comigo?

Jason olha para a entrada e acena.

— Ei, Ryan! Vem cá!

É então que fico catatônica. Não consigo me mexer. Completamente imóvel, olho para Cristina como se um terceiro braço tivesse brotado da testa dela e estivesse me mostrando o dedo do meio.

Alguém passa por mim e uma brisa suave sopra na minha pele superaquecida. Inteiramente incrédula, vejo Ryan Thompson aparecer ao lado de Jason.

— Há quanto tempo, Sullivan — diz, a voz e o leve sotaque sulista firmes e tentadores como sempre.

A taça de champanhe escapa dos meus dedos e se estilhaça no chão.

— Kara? — a voz de Cristina ecoa com preocupação.

Ela nos puxa para longe dos cacos espalhados aos nossos pés, me segurando pelo cotovelo, mas eu nem sinto. Não sentiria nem se ela acertasse com um taco de polo na minha cara. Minha cabeça está indo a pique, afundando enquanto tento aceitar que Ryan está a meio metro de mim.

De terno azul-marinho, camisa branca impecável e sapato social marrom, ele está bem diferente da época da faculdade, quando blusa de moletom e calça jeans eram seu uniforme extraoficial. O cabelo loiro está mais para curto do que comprido, mas alguns fios rebeldes ainda caem na testa. Dez anos atrás, eu teria erguido a mão e ajeitado o cabelo dele sem nem parar para pensar. Agora, cerro o punho implacável ao lado do corpo.

Se fôssemos qualquer outro ex-casal, nos rever pela primeira vez em uma década poderia ser um reencontro fortuito, doce e encantador — um filme da Nancy Meyers em pré-produção. Tomaríamos alguns drinques e passaríamos horas relembrando os velhos tempos antes de retomar de onde paramos. Seria extremamente agradável e reconfortante, como um gole de chocolate quente no Natal com Nat King Cole cantando no vinil ao fundo.

Mas não somos esse tipo de ex-namorados, e tenho certeza de que, se Nat King Cole estivesse aqui e soubesse meu lado da história, pegaria Ryan pelo colarinho e o seguraria com firmeza para eu dar uma voadora na cara desse homem.

É difícil admitir, mas Ryan está bonito. Tipo, muito bonito. O rosto está mais duro do que aos 21 anos e a barba rala do queixo mostra que faz alguns dias que ele não se barbeia, dando a impressão de que acabou de sair da cama. E não de um jeito desarrumado, só no estilo "acabei de sair da cama e mesmo assim estou bonitão e você está louca para me pegar".

Filho da mãe.

— Ryan — diz Cristina, sempre a primeira a intervir —, Jason comentou que você e Kara fizeram faculdade juntos.

— Fizemos. — Seu olhar não abandona o meu nem por um segundo. — Faz o quê, dez anos?

— É, faz muito, muito tempo — digo rapidamente, me virando para Cristina. — Acho que já devo ter comentado dele antes. Lembra do meu *amigo* da Carolina do Norte?

Se alguém procurasse "meu amigo da Carolina do Norte" no Dicionário de Kara, encontraria o seguinte: Meu amigo da Carolina do Norte (substantivo): 1. Ryan Thompson. 2. Meu namorado da faculdade. 3. Meu primeiro namorado de verdade. 4. Meu primeiro amor. 5. Deflorador da minha virgindade. 6. Homem que massacrou meu coração com uma marreta enferrujada e deu os restos para cães raivosos e vorazes.

Cristina é bem versada no Dicionário de Kara, e a ficha dela cai.

— Não creio — diz, baixando a voz.

— Pois creia — respondo alegremente, exagerando.

É a vez de Cristina entrar em pânico.

— Nossa. Puxa, nossa, que mundo pequeno, hein? — Ela abre um sorriso falso e aperta a mão de Jason com tanta força que ele se crispa. — Bom, vamos dar um tempo para vocês botarem o papo em dia. Minha *abuelita* acabou de chegar, então eu e Jason precisamos ir dar oi.

— Sua *abuelita* morreu faz dois anos — sussurro, furiosa.

— Eu sei, é um milagre. Até mais!

Ela arrasta o futuro marido para longe antes que ele consiga dizer qualquer coisa.

Eu os vejo se afastarem como o último bote salva-vidas enquanto eu sobro no convés com o quarteto de cordas, a melodia alegre de Bach servindo apenas para confirmar que o navio está mesmo naufragando.

2

— Então — diz Ryan, chamando minha atenção. — Aqui estamos nós de novo.

— Aqui estamos nós de novo — respondo.

Ele inclina a cabeça, examinando minha expressão.

— Parece que você não está muito feliz em me ver, Sullivan.

Solto uma gargalhada ácida.

— Ah, não. Estou, sim. Estou nas nuvens.

— Não é o que sua taça de champanhe estilhaçada diz. Sem falar no tom da sua voz e no brilho ligeiramente assassino do seu olhar.

— Era só uma taça escorregadia.

— É uma frase que não se ouve todo dia.

Sua voz e suas palavras me irritam com uma facilidade repugnante. Já sinto minha paciência se esgotar, uma corda de violão puxada com tanta força que se arrebenta.

— Tá, beleza. Estou chocada em ver você, e não de um jeito bom. É isso o que quer ouvir?

Ryan continua a me observar com o olhar implacável.

— Não é necessariamente o que quero ouvir — admite —, mas prefiro isso a mentiras diplomáticas. Você nunca teve dificuldade de ser sincera comigo.

— Como agimos no passado não é relevante para quem somos agora. Você não sabe mais nada de mim.

— É claro que sei — diz com tranquilidade demais para o meu gosto.

— Sério? Tipo o quê?

— Bom, por exemplo, você ainda não consegue esconder as emoções por nada nesta vida. Você deve achar que está agindo com naturalidade, mas estou vendo a veia de raiva agressiva pulsando no meio do seu pescoço.

Passo os dedos pelo pescoço, mas logo me arrependo. Como uma cobertura aberta pode ficar tão sufocante de repente?

— Bem que você queria me afetar dessa forma.

— É bem óbvio que afetei. Você parece estar a cinco segundos de pular do prédio de rapel.

— Confie em mim, depois de mais cinco segundos com você, nem vou precisar de rapel. Vou pular sem corda mesmo.

Ryan parece prestes a sorrir, mas se contém. Olho para o lado, notando uma garçonete rondando ao longe. Meus olhos se focam para tentar distinguir qual aperitivo ela tem na bandeja e identifico, pelo formato, que são as miniempanadas. Tento atraí-la com a força da mente, mas não funciona. Que pena. Volto a olhar para Ryan, resignada à derrota.

— Outra coisa que não mudou em você — continua — é que ainda é melodramática.

— Por que você é tão difícil? Por que não podemos ter uma conversa normal, que nem outros ex-conhecidos teriam?

Sinto o ombro de alguém trombar nas minhas costas e, quando me viro, vejo um grupo de amigos de trabalho de Jason. Dou um passinho à frente para abrir espaço para eles.

— Ei, eu estou mantendo a compostura — diz Ryan. — É você quem não consegue controlar a chama do ódio raivoso.

Aperto a bolsinha preta com as mãos e encaro seus olhos irritantemente verdes.

— Você sempre despertou o pior em mim.

— Ah, que fofo. Você estava segurando essa frase há dez anos ou pensou nisso agora?

— Desculpa se a verdade dói.

— Dói mesmo. Outra lição que você me ensinou na última vez que conversamos.

Não digo nada, e espero Ryan abrir um sorriso maldoso ou sarcástico. Não é o que acontece, e fico um pouco atordoada com essa ausência. O colega de Jason tromba em mim mais uma vez sem querer, me fazendo dar um passo para a frente para não perder o equilíbrio. Estou prestes a me virar de lado, em uma posição mais confortável, quando os dedos de Ryan tocam meu pulso de repente.

— Troca de lugar comigo — diz.

Ele pega minha mão e começa a me puxar para a frente.

— Não precisa. Está tudo bem.

Ajeito a postura para me manter firme na frente dele, mas agora há apenas trinta centímetros de espaço entre nós. Tento fingir que não estou totalmente consciente de que ele ainda está me tocando.

— Vem, vamos só trocar.

Ele me dá mais um puxão de leve e decido aceitar, avançando para o lugar dele enquanto ele assume minha antiga posição. Se o amigo de trabalho de Jason trombar *nele*, vai encontrar uma muralha de quase um metro e noventa. Ryan não parece se incomodar. Nunca se incomodou. Ele fazia o mesmo na faculdade. Se estávamos em um bar lotado, ele sempre se posicionava de maneira a impedir que convidados excessivamente tumultuosos trombassem em mim. Era fofo na época e, infelizmente, ainda é.

— Olha, vamos pegar leve por um tempo — diz. — Está na cara que nenhum de nós está feliz em ver o outro, mas, pelo bem de Jason e Cristina, tenho certeza de que conseguimos aguentar uma noite no mesmo ambiente.

— Certo — concordo, desconfiada, mas disposta.

— E, se estiver com medo de que eu perca a cabeça e implore para você me aceitar de volta como fiz quando era jovem, fique tranquila, já superei.

Não sei se suas palavras têm a intenção de me ferir, mas sinto a fisgada mesmo assim.

— É bom saber — digo apenas.

Ryan junta as mãos na frente do corpo.

— Mudando de assunto, você está bonita.

— Obrigada — respondo.

Como uma pessoa que usa todo o dinheiro para comprar livros em vez de roupas, este vestidinho preto foi um luxo para mim. O decote deixa os ombros de fora, o tecido é suave como seda e o corte me faz parecer muito menor do que meu tamanho quarenta habitual. Isso tornou a etiqueta de preço mais fácil de aceitar. Paguei por feitiçaria fashion.

Até fiz cabelo e maquiagem no salão. Meu cabelo castanho-escuro, normalmente liso, está suavemente ondulado, e a maquiagem está sexy sem ser vulgar. O processo de embelezamento foi sinceramente divertido até eu falar para a maquiadora que eu não tinha base. A mulher ficou tão ofendida que achei que ela me daria um tapa de luva na cara e me desafiaria para um duelo.

— Você também está... saudável — acrescento depois de um tempo. Os olhos de Ryan se estreitam com a minha escolha de elogio, me estimulando a continuar. — E velho. Você está saudável e velho.

— Certo — diz ele, baixando os olhos para seu relógio de couro impressionante —, nosso cessar-fogo durou um total de dez segundos.

— Não quis dizer que você está decrépito, só *mais velho*. Também estou mais velha. Não durmo bem, então estou envelhecendo prematuramente. Comprei uma máquina de ruído, mas ainda não comecei a usar. Talvez ajude. — *E agora estou discutindo estratégias de sono. Excelente.* — Enfim — digo —, não fazia ideia de que você era amigo do Jason.

— Pois é, desde criança. Achei que, com o tempo, a gente fosse acabar perdendo o contato, mas ele puxa conversa por mensagem como ninguém.

— Acho que Jason é uma dessas pessoas de quem todo mundo gosta. Se Tom Hanks e Anna Kendrick tivessem um filho, seria ele.

— Faz sentido. Ele é mais ou menos a personificação de um golden retriever.

Não consigo segurar um sorriso com as palavras de Ryan. É uma sensação conhecida, mas estranha, como experimentar uma antiga camisa favorita que não cabe mais.

— Cristina parece ótima — diz um segundo depois.

— Ela é mesmo. É muito simpática e engraçada, e é inacreditável como ela é leal.

Não enfatizo a palavra *leal*, mas mesmo assim paira entre nós, pesada como uma bola de demolição, balançando o piso e chacoalhando os copos.

— Pronto — diz Ryan, parecendo ao mesmo tempo ansioso e decepcionado. — Estou surpreso por você ter durado tanto tempo, Sullivan.

— Não vou entrar nessa — respondo, meu coração batendo mais forte. Eu me recuso a jogar um jogo que nenhum de nós vai ganhar. — Mude de assuntou ou vou embora.

Ryan cerra o maxilar até finalmente se obrigar a relaxar.

— Muito bem. Jason comentou no caminho que você mora na cidade agora.

— Moro — respondo. — Comprei um apartamento faz três anos. Sou uma adulta de verdade.

— Nunca imaginei você como uma pessoa urbana. Sempre vi você como o tipo de garota que fica numa cadeira de balanço na varanda.

— Que lisonjeiro — digo. — Que nem uma boa paciente geriátrica?

Um brilho de diversão cintila em seus olhos.

— Não foi o que eu quis dizer.

— E na sua imagem de mim tem um tanque de oxigênio ao meu lado na varanda ou sou só eu e meu cão de assistência de confiança?

Ele não tenta esconder o sorriso, o que desencaixa algo dentro de mim. Eu tento encaixá-lo de volta na base da porrada.

— Tá, esquece o comentário da varanda. Eu claramente me enganei. Quer mais uma bebida?

— Aceito. Você vai colocar veneno?

— Acho que eu não contaria se colocasse.

Ryan se vira para o bar e, na mesma hora, ajeito a cinta modeladora através do tecido do vestido. Estou toda arrumada e com a postura normal quando ele volta a me olhar, segurando uma cerveja e me passando uma taça de champanhe.

— Você é escritora agora, não é? — pergunta.

Era.

— Sou — me forço a responder. — Jason contou para você?

— Não, eu leio seus livros. Na verdade, é por isso que estou aqui. Estava pensando se, com todo o seu sucesso, você não toparia me sustentar.

Eu rio. O problema é que dou um gole ao mesmo tempo. A bebida entra pelo buraco errado e tusso até doer. Champanhe escorre pelo meu nariz e arde para caramba.

— Está tudo bem? — pergunta Ryan.

— Tudo ótimo.

Seguro o dorso do dedo indicador embaixo do nariz e sorrio, embora seja impossível disfarçar essa situação.

— Com licença, posso tirar uma foto de vocês?

Ainda estou tapando as narinas quando encontro o bom e velho Rob com sua câmera na mão.

Sério, Rob? Achei que fôssemos amigos.

Abaixo o dedo e fungo um pouco.

— Acho que não...

— Uma foto não mata ninguém — diz Ryan, me puxando pela cintura para ficar ao seu lado.

Não tem nada de sugestivo na nossa pose, mas encostar o quadril no dele é estranhamente íntimo. Faço o possível para expulsar a sensação, encarando Rob e abrindo meu melhor sorriso. Ele vacila quando Ryan se abaixa, com a boca tão perto do meu ouvido que quase dou um pulo.

— É meio louco — diz ele.

Sinto um frio na barriga, meu corpo me traindo. O tempo fica mais devagar, mas continuo olhando para a frente.

— O que é louco?

— Ter você em meus braços de novo. Pensei que nunca mais aconteceria.

Ergo os olhos para ele no mesmo momento em que Rob tira a foto. O flash intenso dispara, deixando nós dois com os olhos ardendo.

— Valeu — diz Rob antes de sair correndo.

Ryan solta meu quadril quando me afasto imediatamente, voltando a ficar de frente para ele.

— Certo, vamos manter distância agora, tá?

— Seu corpo ainda reage com tanta força ao meu, é?

— Se por reagir você quer dizer recuar de horror, então, sim, tive uma reação bastante forte.

Ryan parece prestes a rir e, por algum motivo, sinto a necessidade de impedir que isso aconteça.

— E o que você anda aprontando? — pergunto. — O que você faz?

— Sou engenheiro estrutural de uma construtora em Raleigh. É mais administrativo do que trabalho de campo, já que estou no nível sênior, mas eu gosto.

— Parece legal. Sempre disse que você se daria bem em algo assim.

— Eu lembro — diz, sua voz demonstrando mais severidade do que nostalgia.

É compreensível. Tenho certeza que me ver de novo também não é fácil para ele. Por mais que eu prefira me concentrar em tudo de ruim que houve entre nós, é muito possível que Ryan tenha passado os últimos dez anos se lembrando de tudo que houve de bom.

Talvez ele esteja secretamente feliz em me rever. Talvez tenha sentido saudade. Talvez só tenha vindo a Nova York para me encontrar...

— Você está bêbada, Sullivan? — pergunta ele, me chamando de volta à realidade. — Parece um pouco zonza.

Pisco os olhos enquanto volto a me concentrar.

— Não, estou bem. Só estou com calor. Você não está com calor com esse terno?

Eu me abano com a mão, olhando ao redor para ver se as outras pessoas estão fazendo o mesmo. Não estão.

— Se estou com calor com esse terno? Você está perguntando a sério ou quer que eu tire a roupa só para você?

Paro de me abanar.

— Quê? Não, não quero que você tire a roupa.

— Tem certeza?

Há um brilho malandro nos olhos de Ryan que me faz lembrar dele nos tempos da faculdade. Torço sinceramente para passar logo.

— Tenho certeza absoluta de que não quero que você tire a roupa. Só estou puxando assunto.

— Você parece muito nervosa para quem está só puxando assunto.

— Pois é, você me deixa desconfortável.

Ryan abre um sorriso compreensivo e dá um passo para trás, me dando espaço, embora eu tenha certeza de que ele sabe que não estou desconfortável. Apenas ansiosa. E confusa. E quase à beira de um ataque de nervos.

— Desculpa — diz. — Você gostava quando eu te provocava. — Engulo em seco e não digo nada. — Mas é claro que esses tempos acabaram.

— É — concordo. — Acabaram faz tempo.

Ryan assente com a cabeça e olha ao redor antes de se voltar para mim.

— Bom, por mais divertido que esteja sendo esse reencontro, é melhor eu dar uma olhada em Beau. Ele estava virando umas doses e, se eu não o mantiver na linha agora, vou acabar tendo que pagar a fiança dele mais tarde.

— Engraçado, eu teria chutado que ele pagaria a sua fiança.

— Às vezes é o que rola, mas tomei a decisão sábia de não beber demais hoje. Não queria que um de nós perdesse a calma e causasse um escândalo.

Por um segundo, penso que ele está falando dele e de Beau, mas, pela maneira como está me observando, me dou conta de que está se referindo a nós dois.

— Foi bom colocar o papo em dia, Sullivan. Acho que a gente se vê no casamento. Se eu passar pela mesa das tias solteironas, dou um oi.

— Quanta gentileza. E, se eu passar pela mesa onde colocam os vermes sacanas que só foram convidados por educação, levo um uísque para você afogar as mágoas.

— Sempre tão atenciosa. Tenha uma boa noite.

E assim termina. Ryan se vira e sai andando até o amigo, que está conversando com duas colegas de Cristina. Eu me viro de costas para não ficar encarando, e Cristina aparece do nada na minha frente.

— Não acredito que Ryan é amigo do Jason! Que loucura! Vocês dois pareciam estar se dando bem.

Balanço a cabeça e dou mais um gole no champanhe.

— Posso dizer com absoluta certeza que não estávamos nos dando bem. Como você sabe o que a gente parecia, aliás?

— Hm, porque eu estava vigiando vocês do outro lado do salão o tempo todo, óbvio. Cadê o Ryan? Eu o perdi na multidão.

— Está conversando com suas amigas do trabalho — digo, apontando com a cabeça.

Cristina espia atrás de mim.

— Eu sabia que não deveria ter convidado aquelas duas. Elas são praticamente prostitutas de segunda.

— Fantástico, então combinam perfeitamente com ele.

— Não liga para elas. Novo plano: o que você vai fazer amanhã à noite?

— Amanhã? Acho que nada.

— Que ótimo! Vamos jantar nós quatro. Eu, você, Jason e Ryan.

— Como assim? Por quê?

Sinto o chão tremer quando a adrenalina de ver Ryan evapora em meu peito.

— Por quê? Kara, seu ex-namorado da faculdade acabou de ressurgir na sua vida e, por algum motivo, é amigo de infância do *meu* noivo. Você acha mesmo que eu não faria de tudo para juntar vocês dois? Você não me conhece?

Não consigo pensar direito. Respiro fundo, mas não ajuda. Ryan está de volta, assim como os fantasmas de nosso relacionamento, estremecendo e uivando enquanto sobem à superfície depois de um sono de dez anos. Consigo sentir a velha pontada de culpa começando a latejar outra vez, mas contenho e sufoco o sentimento. Sempre faço isso quando me lembro do nosso passado.

— Não, não acho que seja uma boa ideia — digo.

— É claro que é. É uma excelente ideia. Acabei de ver toda a interação entre vocês, e ele ficou dez minutos ininterruptos olhando no fundo dos seus olhos. Além disso, Jason disse que ele ficou completamente abalado quando descobriu que você estaria na festa.

— Bom, ele não estava abalado na minha frente, disso tenho certeza. Ele tinha toda a confiança calculada de um assassino.

— Será que você não está exagerando um pouco?

— Talvez — admito.

Cristina me olha com uma expressão curiosa.

— Sabe, acho que nunca vi esse seu lado combativo. Tenho que admitir que é muito interessante.

— É porque não sou combativa — digo, respirando fundo, frustrada. — Alguma coisa em Ryan sempre me transforma numa lunática raivosa.

— Tá, senti, sim, uma certa tensão entre vocês, mas não era nada claro. Não dava para saber se vocês se atracariam no bom ou no mau sentido.

— Definitivamente no mau sentido.

— Eu discordo, mas, enfim, ele devia estar sendo agressivo porque não vê você há anos e precisava de tempo para se acostumar.

— Duvido.

— Olha, o que aconteceu entre vocês foi difícil, mas vocês eram praticamente crianças. Somos adultos agora, e juro que não vou fazer com que amanhã à noite seja uma emboscada. Trabalho como planejadora de finanças, Kara.

Me deixa planejar a sua vida. Juro que você vai ficar feliz com os resultados.

— Você não sabe a história inteira.

Suspiro e olho por sobre o parapeito de metal atrás dela, sem ver nada além do céu aberto e das luzes da cidade, me sentindo, ainda assim, aprisionada. No meio de tudo, penso em meu pai, sempre encontrando-o nos momentos mais estranhos. Muitas lembranças dele estão apagadas depois de dez anos, mas não sua decepção comigo. Isso ainda corta minha mente com toda a clareza. E a presença de Ryan amplia isso um milhão de vezes. Por que não ampliaria? Preferi Ryan a ele.

Tenho que me livrar desse jantar. Ele não pode acontecer. Solto uma gargalhada artificial que era para ser sutil, mas que acaba assustadoramente parecida com a do Coringa.

— Quer saber? Amanhã não posso. Tenho planos.

— Você acabou de falar que não tinha planos. — Decido não responder. — Kara, chega. Não tem nada de errado em sair com o Ryan. Sem nenhuma pressão. Dito isso, se vocês se apaixonarem de novo e decidirem se casar e eu e você tivermos bebês ao mesmo tempo, também está ótimo.

Minha boca fica seca. Olho para o champanhe na minha mão e desejo que fosse água.

— Brincadeira! — continua Cristina. — Mas, falando sério, não precisa ficar nervosa. Você e Ryan são importantes para mim e Jason, então é inevitável que passem um tempo juntos. É melhor acabar logo com toda essa esquisitice do que esticar esse constrangimento até o casamento, que é quando vocês deveriam estar se divertindo mais do que nunca.

Os olhos dela ficam suaves e suplicantes, e sei que não tenho como vencer. Resmungo e baixo os ombros.

— Você é o diabo — choramingo.

— E você é um anjo — responde Cristina com um sorriso cintilante. — Vou fazer reservas no Butter às oito. Vai ser ótimo.

— Duvido muito.

Viro o champanhe em um único gole determinado, querendo e precisando apagar todos os vestígios de Ryan da minha mente perturbada.

3

São nove e pouco da manhã e estou sentada no sofá supermacio com o notebook aberto no colo. A luz do sol entra pelas cortinas brancas translúcidas que cobrem as janelas de bandeira do meu apartamento, aquecendo meus pés descalços e dando vida a partículas de pó que parecem nunca pousar.

Estou encarando a tela do computador, os dedos ainda formigando de euforia.

Voltei a escrever. Comecei meu livro. O livro que estou há um ano tentando escrever. O livro que está destinado a ser meu retorno glorioso ao romance de época. O livro que vai ser tudo ou nada para mim. Releio as palavras pela quarta vez.

Charlotte Destonbury odiava espartilhos. Eles machucavam, deixavam marcas na pele e roubavam ao menos meia hora do dia para serem vestidos e despidos.

Isolada em seu santuário, a biblioteca da propriedade da família em Yorkshire, Charlotte decidiu que não suportava mais. Ela baixou os ombros do vestido esmeralda até a musselina se amontoar na altura da cintura viçosa

— *a cintura sempre um pouco larga demais para ser considerada delicada. Ela não perdeu tempo e levou as mãos atrás das costas, desesperada para afrouxar os malditos fios. Depois de aturar a companhia terrivelmente enfadonha de mais um pretendente, imposto a ela pelo pai, ao menos merecia respirar direito.*

Charlotte se ajoelhou com um ronco de reclamação enquanto se atracava com os cordões. O cabelo cor de mogno escapava dos grampos, caindo pelo rosto em forma de coração e descendo até bem abaixo dos ombros. Ela tinha quase chegado ao barbante superior quando a porta da biblioteca se abriu de repente. Ela ficou paralisada quando seu olhar de espanto encontrou o vulto imponente parado à porta.

Robert Westmond, o conde de Stratton, parou hipnotizado pela bela indomada que praticamente rolava no chão da biblioteca. Ela era uma imagem tentadora, desalinhada e exaltada como estava. A parte de cima do vestido já estava abaixada. Seria fácil se juntar a ela no tapete. O corpo dele implorou para que fizesse exatamente isso, mas ele apenas deu mais um passo para dentro da biblioteca e fechou a porta atrás de si.

— *Quem é o senhor e o que está fazendo na minha casa?*

O tom de Charlotte era majestoso como o de uma rainha, apesar de seu estado de desvario.

— *Meu nome é Robert. Estou aqui para me casar com você.*

Ele observou com prazer o choque e o desprezo perpassarem os olhos cor de mel primorosamente expressivos da jovem.

— Ao diabo que vai — disse ela, furiosa.
Um sorriso ferino perpassou pelo rosto de Robert. Seria realmente uma delícia...

É um começo razoável — não é perfeito, mas já é alguma coisa. Bom o bastante para eu não apagar tudo de uma vez. Tenho personagens, o começo de um conceito, tensão. Dá para trabalhar a partir disso. Alívio e nervosismo percorrem meu corpo. Talvez dê tudo certo.

O desejo de escrever me pegou de surpresa. Eu ainda estava me recuperando do encontro com Ryan quando me joguei na cama um pouco depois da uma da manhã. Apesar do corpo esgotado, parecia que meu cérebro estava ligado no duzentos e vinte, faiscando com um impulso súbito de energia externa. Eu não estava conseguindo pegar no sono e, depois de horas me revirando de um lado para o outro, vim para a sala e parei no sofá com o notebook.

Talvez eu consiga escrever mais agora. Seria incrível acabar mais um capítulo. Estou prestes a mergulhar no trabalho quando o celular toca ao meu lado. Baixo os olhos e vejo o nome de Samantha, minha agente literária, brilhando na tela. Pego o celular e aceito a ligação com um sorriso cansado.

— Bom dia, Sam.
— Acabei de receber as páginas. Adorei. Já escreveu mais?
Solto uma mistura de riso e suspiro ao apertar o celular com mais força na orelha.
— Ainda não. Bem que eu queria.
— Não se pressione. Gostei da direção que está tomando. Tem um clima de *Aurora delicada*, mas com uma protagonista feminina bem mais forte, que é exatamente o que a editora quer.

Assinto, me lembrando de como foi fácil escrever meu primeiro livro, se comparado a esta experiência, que mais lembra uma tortura.

— Que bom. Espero que eles gostem.

— Agora você só tem que seguir nesse ritmo. O que foi que finalmente levou você a começar?

Escorregando um pouco no assento, esfrego as pernas nas almofadas.

— Não sei se as duas coisas estão conectadas, mas acabei vendo meu ex-namorado da faculdade ontem à noite.

— Ora, ora — diz Sam em tom brincalhão. — Que interessante.

— Interessante, mas potencialmente problemático para minha saúde mental.

— Que seja. É Nova York, Kara: todo mundo é maluco. Quando você vai ver ele de novo?

Respiro fundo e jogo os ombros para trás, sentindo os músculos se alongarem e se soltarem depois de ficar curvada na frente do notebook por tanto tempo.

— Na verdade, vou jantar com ele e um casal de amigos hoje à noite.

— Que ótimo! Se é dele que você precisa para escrever, então tem que aproveitar todas as oportunidades para vê-lo de novo. Preciso lembrar você do prazo ameaçador que está pairando sobre nossa cabeça?

A tensão nos ombros volta com força e se espalha pelo resto do corpo.

— Não, não precisa — garanto.

— E, se não houver oportunidade, você tem que criar a oportunidade. Nem que precise se trancar com ele e o notebook em um quarto em algum lugar sem ter para onde fugir até o melhor romance da sua vida chegar à minha caixa de entrada.

Meu olho direito começa a se contrair de nervoso, e dou uma esfregada rápida nele.

— É meio assustador que eu esteja no ponto do processo de escrita em que encarcerar meu ex pareça o próximo passo lógico.

— Desculpa, não queria assustar você. É só que sei que você está contando com aquele cheque de aprovação. — Meu olho volta a se contrair enquanto Sam continua: — Imagino que não dê para cancelar a viagem para a Itália, não é?

Balanço a cabeça devagar, envergonhada e em silêncio. Minha viagem para a Itália. Uma viagem dos sonhos tão aguardada aos poucos se transformando em um terror de escoamento financeiro. Quando decidi marcar a viagem alguns meses atrás, eu tinha total certeza de que teria acabado o romance. Eu sempre trabalhava melhor nos quarenta e cinco do segundo tempo, e nunca perdi um prazo. Nunca. Inclusive pensei que pagar a viagem inteira no cartão de crédito seria o incentivo final de que eu precisaria para dar um jeito na minha vida. Ah, como eu era inocente.

Depois de pesquisar, planejar e assistir a *Sob o sol da Toscana* pela centésima vez, vou passar seis meses em Roma. O apartamento que aluguei fica a vinte minutos da Cidade do Vaticano, e tem uma cozinha moderna, duas sacadas e uma banheira vitoriana que é praticamente garantia da felicidade perfeita. Viajo em pouco mais de uma semana, dois dias depois do casamento de Cristina.

A viagem não é reembolsável. E o tempo está se esgotando.

Quando escrevo um romance novo, ou estou prestes a escrever, normalmente recebo metade do adiantamento da editora quando assino o contrato de publicação e a outra metade quando o manuscrito é aprovado. Assinei o contrato novo há um ano, usei a primeira parcela para bancar minha vida, minha hipoteca e minhas contas, e deixei o cheque de aprovação para pagar a Itália. Mas aqui estou eu, com o manuscrito longe de estar pronto enquanto os juros no cartão de crédito crescem e crescem, consumindo minha sanidade com presas corrosivas. Sem mencionar que o prazo da sinopse completa e dos três primeiros capítulos do próximo livro está prestes a acabar.

Minha respiração fica pesada quando o pânico começa a se infiltrar, devagar no começo, mas logo alagando tudo. Acabo arfando um pouco ao telefone.

— Kara? Tente não hiperventilar de novo. Cadê seu inalador?

— Minhas bombinhas acabaram.

— Por que isso não me surpreende? Escuta, sei que você é capaz de escrever rápido, e sei que esse livro está em algum lugar aí dentro de você. Você é uma das autoras mais talentosas com quem já trabalhei, mas o sucesso veio relativamente fácil para você. Agora está na hora de lutar por ele. Só você pode decidir o quanto quer isso.

As palavras de Sam me atravessam, e um amontoado de emoções cresce em meu peito. Quero terminar o livro. Preciso terminá-lo — mas a ideia de procurar Ryan para que isso aconteça parece extremamente perversa em muitos níveis tóxicos.

Eu precisaria estar fisicamente perto dele, o que seria um desafio por si só, já que parte de mim quer quebrar uma garrafa na cabeça dele. Mas outra parte tem medo de nunca se livrar da atração estranha e incontrolável que ele exerce sobre mim desde o dia em que nos conhecemos. A mesma atração que me recusei a admitir ontem à noite e que me deixou frágil e envergonhada, como se estivesse traindo meu pai de novo.

Deve haver um jeito de ver Ryan, terminar o livro e sair dessa ilesa. Talvez eu não tenha que o encontrar regularmente. Talvez encontrá-lo uma vez baste e eu consiga usar as repercussões de ontem para terminar o romance. Se eu conseguisse escrever o suficiente hoje, seria prova de que só preciso estar perto dele de vez em quando. Dou conta de interações esporádicas com ele, se necessário. Pode ser apenas uma situação de trabalho chata que tenho que suportar, e não vou deixar que Ryan entre na minha cabeça.

Ajeito a posição no sofá, me sentando direito enquanto aperto o celular com mais firmeza.

— Juro para você — digo, minha voz refletindo uma determinação que eu não ouvia nem sentia fazia um bom tempo — que vou terminar esse romance.

— Custe o que custar? — pergunta Sam.

— Custe o que custar.

— É isso aí! Acaba com ele, Kara.

Ela desliga e jogo o celular de lado. Esfrego os cantos dos olhos antes de voltar a olhar para o notebook, na esperança de sair dessa viva.

Dez horas depois, meu otimismo está se deteriorando aos poucos enquanto me remexo no banco de trás do táxi. Sei que preciso me reanimar. Tenho que ser simpática com

Ryan, ou ao menos fingir, pelo bem do meu livro. Passei horas tentando escrever de novo hoje de manhã, em vão. Acabei assistindo a uma quantidade anestesiante de TikToks, reorganizando minha estante por cor e realizando um total de zero coisa além disso.

Uma das partes mais cruéis de tudo isso é que ter uma musa deveria ser uma experiência catártica — libertadora, até. Eu me imaginava em um penhasco irlandês, respirando profundamente e me sentindo revigorada, inspirada e cheia de vida. Agora só me sinto raivosa, cansada e inchada.

Pelo menos vamos nos encontrar no Butter, um restaurante na região de Midtown que me dá água na boca. Vivo tendo fantasias com os pãezinhos quentes e os dois tipos de manteiga do couvert.

Tentando me agarrar aos pensamentos gastronômicos felizes, me contorço um pouco mais no táxi enquanto ajusto a cintura da calça jeans escura. Eu a combinei com sapatilha mule e uma blusa violeta macia porque, se é para participar desse encontro de casais destinado ao fracasso, pelo menos vou estar confortável.

O táxi freia com tudo um minuto depois e uso os braços para me aparar quando sou praticamente catapultada contra a divisória de vidro.

— Valeu — resmungo baixo.

O taxista me ouve, mas finge que não, apenas reconhecendo minha existência quando pago a tarifa e saio na frente do restaurante.

Atravesso as portas de vidro e desço um lance de escada para entrar no espaço escuro e convidativo. Butter tem um ar de balada, mas é arejado, por causa do pé-direito duplo. Uma foto de floresta enorme com luz de fundo fica pendurada sobre o bar principal, que é forrado por painéis de madeira e grades de metal, dando ao cenário um toque industrial rústico.

Procuro pelo lounge de entrada até avistar Cristina, Jason e Ryan em uma área aconchegante do bar secundário. Cristina me vê e acena, linda como sempre em um vestido bordô decotado, ao lado de Jason, elegante de traje esporte fino, o uniforme típico do mercado financeiro.

Olho para Ryan em seguida. Gostaria de dizer que já me acostumei a vê-lo, mas ainda parece que mergulhei num mundo de fantasia. Quase espero que um coelho de colete e relógio de bolso passe correndo no caminho do bar.

— Oi, me desculpem o atraso.

Cristina me dá um abraço apertado e dou um beijo na bochecha de Jason. Hesito ao me virar para Ryan, sem saber se devo escolher um abraço, um aperto de mão ou uma encarada épica de cima a baixo. Tomando a iniciativa, ele pega meu braço e beija minha bochecha. É uma sensação ruim. E boa. Deveria ter escolhido a encarada.

— Estão esperando faz tempo? — pergunto, dando um passo para trás.

— Imagina. Chegamos faz uns cinco, dez minutos — responde Cristina. — Já avisei que chegamos, então a mesa deve estar pronta. Você e Ryan relaxem enquanto vou falar que estamos todos aqui.

Ela me dá uma piscadinha antes de levar Jason e seu drinque na direção da hostess.

Ryan solta uma gargalhada baixa.

— Como a Cristina é sutil...

— Super. Vamos torcer para que ela realmente esteja falando com a hostess e não nos largando aqui para ter um jantar romântico a sós.

— Ela faria isso?
— Sem dúvida.

Ryan toma um gole de cerveja e apoia a garrafa no balcão.

— Posso ser honesto, Sullivan?

Eu me pego endireitando os ombros.

— Claro.

— Desculpa se fui um pouco... ríspido ontem à noite. Sei que eu e você passamos por muita coisa, então, da minha parte, vou tentar manter distância e agir de maneira civilizada quando estivermos juntos.

Estou decepcionada quando deveria estar aliviada. É perturbador.

— É uma boa ideia. Não quero trazer energia negativa para a semana de casamento de Cristina. Vamos agir de maneira civilizada.

— Combinado. Como nos velhos tempos de faculdade.

Há um leve sorriso em seu rosto, e tenho certeza de que ele também está revisitando mentalmente algumas coisas que fizemos nos velhos tempos de faculdade.

— Só por curiosidade — pergunto —, o que fez você mudar de ideia tão de repente?

Ele pega a cerveja e dá mais um gole.

— Não quero estragar a semana de Jason, e meu motivo para encher seu saco parece bobagem em comparação.

— E que motivo seria esse?

Ele hesita, parecendo considerar algo antes de dizer:

— O fato de, mesmo depois de tanto tempo, eu ainda estar tão bravo com você.

Desvio o olhar ao ouvir essas palavras, vendo um casal ser levado a uma mesa pequena nos fundos do salão do restaurante. Eles estão de mãos dadas, e o homem está rindo do que a mulher disse. Fico estranhamente irritada com eles.

— Certo — digo, voltando-me para Ryan. — E, só para constar, grande parte de mim ainda está brava com você também.

— Acho que estamos quites, então.

Ele está me encarando com algo mais do que uma mera irritação quando noto Cristina nos chamando.

— Nossa mesa está pronta.

Minha voz sai mais cortante do que um vento de inverno, e não me esforço para impedir meu ombro de trombar no dele enquanto passo. Consigo senti-lo andando atrás de mim alguns segundos depois, enquanto acompanho Cristina, Jason e a hostess até o salão.

Chegamos à mesa retangular e os noivos se sentam lado a lado no banco, fazendo com que eu e Ryan nos sentemos juntos também. Depois de acomodados, não demoro para perceber que me sentar ao lado de Ryan vai ser um problema. A mesa é pequena e seu braço toca no meu independentemente de como eu me posicione. Considerando a forma um tanto quanto hostil como nos cumprimentamos, não acho que ele esteja fazendo isso de maneira intencional, mas talvez esteja.

Talvez eu queira que ele esteja.

Dou com o ombro na parede quando esse último pensamento faz com que eu me distancie do braço de Ryan, me ajeitando bruscamente no banco para não encostar nele. Ryan não olha para mim, mas se empertiga, com o olhar fixado no cardápio.

— Bom — diz Cristina, sem dúvida sentindo nosso constrangimento. — Não sei vocês, mas eu e Jason vamos começar pelo nhoque com molho de queijo. Se eu descobrisse a logística necessária, eu tomaria banho nesse prato. — Nenhum de nós responde, então Cristina limpa a garganta e continua: — Certo, então, que tal falarmos da cerimônia?

Ela leva a mão à bolsa e joga o fichário grosso de casamento na mesa, chacoalhando os talheres e as taças.

— Claro — concordo, me aproximando da mesa. — Confirmei o mapa dos lugares antes de sair, e todos os duzentos e oitenta convidados estão confirmados.

Ryan solta um assobio baixo com a contagem final. Esse casamento não é brincadeira. Quase desmaiei de alívio quando Cristina perguntou se tudo bem por mim deixar que a prima fizesse o brinde na festa em vez de mim, já que usurpei o lugar dela como madrinha. A mera ideia de falar na frente de tantas pessoas tinha me levado imediatamente a vasculhar a internet em busca de uma sósia para fazer o discurso no meu lugar. Afinal, estamos em Nova York — aposto que daria para encontrar alguém.

— Além disso, vou buscar meu vestido na costureira na terça. Fica ali perto da loja do seu vestido, então, se precisar que eu busque algo para você ou alguma das outras madrinhas, é só me avisar.

— Perfeito. — Cristina abre o fichário e pega uma caneta. — O grande dia está chegando, e é importantíssimo manter o foco.

Jason olha para mim com um traço de medo, e eu tomo um bom gole d'água. A noite vai ser longa.

Uma hora depois, nossos pratos principais são trazidos e acabamos de revisar as responsabilidades nupciais da semana. Cristina não teve dificuldades em bater o martelo quando Jason e Ryan intervinham com comentários provocativos.

Tentei só aproveitar a cesta de pães e não fazer nenhum movimento súbito.

— Então, Ryan, conta como você e Kara se conheceram.

Jason sorri ao nos olhar de trás de sua costeleta de porco, sem saber que a pergunta caiu na mesa como uma granada.

Meu garfo para em pleno ar.

— Sei que vocês namoraram por um tempo, mas como tudo começou? — insiste.

Meus olhos se voltam para Cristina e ela entende a mensagem. Está a um segundo de mudar de assunto quando Ryan pousa o garfo no prato.

— Fizemos uma aula juntos quando eu estava no terceiro ano — diz.

— E aí começaram a conversar?

— Mais ou menos. Eu me sentei do lado dela e tirei de suas mãos o livro de romance que ela estava lendo.

— Jura? — pergunta Jason. — Bom, cada um tem seu jeito. Você tinha o hábito de roubar livros das garotas?

— Não, normalmente não.

— Então Kara era especial.

Acho que Jason está tentando me matar.

Ryan não responde, e me envergonho em dizer que o silêncio fere meu orgulho.

— Ou talvez não tivesse nada a ver comigo — decido dizer. — Talvez ele só fosse um moleque insuportável que gostava de incomodar garotas inocentes.

Ryan ri baixinho e se recosta mais no banco, virando-se para me encarar, me encurralando.

— Que engraçado, vindo da menina de 18 anos mais nervosinha que já existiu.

— Eu não era nervosa.

— Você quase arrancou meus olhos feito uma gambá enlouquecida por causa do livro.

— Porque era particular.

— Era particular porque você estava lendo pornô literário.

— Era um romance de época!

— Eu me expressei mal — diz, calmamente. — Era pornô literário disfarçado de romance de época.

— Para de chamar de pornô. Não é isso.

— É, sim, com certeza. Passei os olhos em umas páginas e entrei na puberdade de novo na hora. Minha voz ficou uma oitava mais grave.

— Ah, fala sério. Livros de romance são um tipo de arte, e você não faz ideia do que está falando.

— Continue se iludindo, Sullivan.

Ryan se vira e pega o garfo com um sorriso largo enquanto lanço um olhar para Cristina. Ela está sorrindo para mim como quem viu um passarinho verde.

Que ótimo.

O resto do jantar se passa sem incidentes e, quando dou por mim, estamos todos do lado de fora, e Cristina e Jason estão entrando em um táxi. Pergunto a Cristina se eu e Ryan devemos ir com eles, mas ela praticamente me empurra com um chute de calcanhar e fecha a porta na minha cara. O carro sai, e eu e Ryan ficamos sozinhos na frente do restaurante.

Isso porque ela não armaria nada.

Se Ryan se sente incomodado, não demonstra. Para confiante na minha frente, a luz dos postes iluminando os ombros de sua camisa azul-clara enquanto ele enfia as mãos no bolso.

— Onde você está hospedado? — decido perguntar.

— No Shelburne Hotel. Fica em Murray Hill, se não me engano.

— Legal. É bem perto do meu apartamento.

Ele acena com a cabeça e continua a olhar para mim, esperando alguma coisa. Não sei bem o quê.

— Tá, vou indo, então — digo.

— Quer dividir um táxi? — pergunta Ryan de repente. — Podemos descer no meu hotel, se sua casa é tão perto.

— Acho melhor não.

Ele revira os olhos e balança a cabeça.

— Por que tudo precisa virar uma briga entre nós? Vamos só dividir um táxi.

— Ah, já que você pediu assim com jeitinho…

Passo por ele com um sorriso sarcástico e sigo para o meio-fio. Estou observando a rua em busca de táxis disponíveis quando o sinto parado perto de mim. Seu braço encosta no meu e, desta vez, sei que é intencional.

— Desculpa. — Sua voz é tão gentil que considero alarmante. — Não quis falar desse jeito. Você poderia, por favor, dividir um táxi comigo, Kara?

Quinze minutos depois, eu e Ryan descemos do táxi na frente do hotel dele. Prefiro andar a pedir para o taxista me levar por mais alguns quarteirões.

— Aqui estamos nós — digo, erguendo os olhos para o toldo bordô do hotel.

O porteiro nos observa, tentando avaliar se vamos entrar ou não. Ryan se inclina para trás e olha para a porta dupla de vidro.

— É muito longe do seu apartamento?

— Não muito. Uns dez minutos de caminhada.

Ele fica em silêncio, o olhar ainda fixo na porta. Penso que estamos prestes a nos separar quando ele solta:

— Quer tomar um drinque?

Não tento esconder minha cara perplexa.

— Por que está me chamando para um drinque? Faz umas duas horas que você disse que ainda estava bravo comigo e que deveríamos manter distância.

— Eu sei. Ainda acho que seria melhor assim.

— Então não entendi.

— Também não.

Isso não vai dar certo. Considero responder com um "não" firme quando relembro a conversa com Sam. Jurei aproveitar todas as oportunidades que tivesse com Ryan, todo o tempo que pudesse passar com ele, custe o que custar — ou doa a quem doer.

— Tá — digo, insegura, mas sem me segurar. — Vamos tomar um drinque.

4

Acabamos caminhando cinco quarteirões até The Wharf, meu barzinho favorito. Por trás da portinha para a qual você não dá nada na Terceira Avenida, The Wharf na verdade é imenso. Depois que você atravessa a área cheia do bar na frente, tem um lance de escadas nos fundos que dá para um pátio coberto cheio de mesinhas de jantar. O pátio só tem duas TVs, então os fãs barulhentos de esportes costumam ficar no andar de baixo, o que deixa a cobertura tranquila, mas ainda vibrante.

A melhor parte no andar de cima, de tirar o fôlego de qualquer um, sem dúvida é a estante velha de madeira na parede, repleta de jogos de tabuleiro. Tem Jenga, Connect 4, palavras-cruzadas, damas, batalha-naval — tem até Dream Phone! (Dream Phone é o jogo de tabuleiro eletrônico mais emocionante, e quase lascivo, que eu jogava aos 10 anos, do qual Carlos, de roupa esportiva neon dos anos 1980, era e sempre será meu verdadeiro amor.)

— Que maneiro — diz Ryan, com o ar solene, erguendo os olhos para as pilhas de jogos retrô.

— Eu sei. — Tenho que respeitar sua admiração pela parede de jogos. Fiquei da mesma forma quando contemplei essa maravilha pela primeira vez. — Faça sua escolha.

— Caramba — diz Ryan com um suspiro. — Se eu soubesse que teria que tomar uma decisão tão importante hoje, teria me preparado emocionalmente.

Dou um passo para trás, para que ele possa continuar olhando as prateleiras, até escolher Jenga.

— São tantas boas opções, mas essa não tem erro — diz ele.

— Um clássico, sempre uma boa escolha.

Pego o jogo das mãos dele e vou até uma das mesas no centro do salão. Um minuto depois, estamos empilhando as peças quando a garçonete chega. Peço meu *bay breeze* com vodca de sempre e ele escolhe um chope. O serviço é rápido, e as bebidas chegam quando estou pronta para tirar meu primeiro bloquinho.

— Preciso te avisar — digo — que sou uma jogadora bem famosa de Jenga por estas bandas, então talvez seja bom você controlar suas expectativas sobre este jogo.

— Considere-me avisado.

Ryan está completamente concentrado no jogo.

Pego o primeiro bloco em um lado estratégico perto da base. Ryan se aproxima da mesa enquanto considera sua manobra. Ele escolhe um bloco central em uma altura média e, três movimentos depois, nenhum de nós pronunciou uma palavra. Meu rosto começa a ficar quente, então tomo um gole do drinque. Não ajuda; pelo contrário, minhas bochechas ficam ainda mais rosadas.

— Pelo lado bom — digo —, fico contente que este nosso passeio não esteja sendo nada esquisito.

— De maneira alguma — concorda Ryan, tirando um bloco lateral e colocando-o no topo da nossa torre. — Talvez outros ex saiam para tomar um drinque e acabem duelando em um jogo de tabuleiro de alto risco em silêncio constrangedor, mas não é o nosso caso.

— Não mesmo. Imagina que vergonha?

Lanço um olhar assustadoramente silencioso de propósito na direção dele enquanto tiro minha peça de Jenga seguinte. Ryan se recosta na cadeira com uma gargalhada baixa.

— É bom saber que você ainda faz piadas para sair de situações incômodas.

— Faço meu melhor.

— Então, como não somos um desses ex-casais com dificuldades para manter uma conversa, por que não me conta o que gosta de fazer quando não está escrevendo?

Conversa fiada. *Que bom ver você de novo. Por favor, me salve desse suplício.*

— Bom — digo, observando Ryan tirar a peça seguinte —, quando não estou escrevendo, nem tentando escrever, visito minha família ou saio com os amigos... minhas duas amigas, para ser mais específica. E, claro, continuo lendo como se não houvesse amanhã.

— Você sempre foi de viver perigosamente.

— Sou uma criatura de hábitos — digo com um sorriso.

Ryan balança a cabeça, parecendo se divertir enquanto observa a torre, e, por dentro, temo que a formação dele em engenharia lhe dê alguma vantagem no jogo.

— Você só lê o tipo de livro que escreve ou lê outras coisas também?

Faço meu próximo movimento e empilho o bloco no topo com facilidade.

— Para ser sincera, gostaria de dizer que me aventuro mais em outros gêneros, mas, em noventa e nove por cento do tempo, eu me atenho aos romances.

— Não cansa? — pergunta Ryan. — Deve ficar repetitivo a certa altura.

— Entendo por que você pensa assim, mas não acho nem um pouco repetitivo. São tantos subgêneros de romance que, se um dia eu sentir que as coisas estão ficando um pouco cansativas, é só mudar um pouco o curso.

— O que quer dizer com subgêneros?

Estou surpresa com a linha de questionamento de Ryan, e imediatamente ganho fôlego. É louco como me animo falando de livros.

— Os livros podem ser categorizados ainda mais dentro do gênero romance. Existem subgêneros, mas também subgêneros dentro dos subgêneros. Então, as categorias de subgênero que mais me interessam são os de época, sobre os quais a gente já conversou, e os contemporâneos. Dentro do subgênero histórico, adoro um bom romance de Velho Oeste, de caubói, mas também não tem nenhum romance ambientado nas Terras Altas, na Escócia, que eu não leia. Em contemporâneo, adoro uma comédia romântica, mas também estou sempre disposta a ler um romance médico sexy.

— Então as possibilidades de safadeza romântica são praticamente infinitas.

Engasgo com o drinque ao rir um pouco.

— Mais ou menos.

— Interessante.

Paro, considerando se devo revelar a próxima parte.

Dane-se.
— Também tiro fotos de livros.
Ryan pausa, prestes a colocar um bloco no alto da torre.
— Você tira fotos de livros? Profissionalmente?
— Não, não profissionalmente. Tiro fotos de livros no meu apartamento para meu perfil de autora no Instagram.
— Entendi — diz Ryan, terminando seu movimento. — Fotos dos livros que você escreveu?
— Às vezes, se vou fazer um sorteio ou se tenho um livro novo prestes a sair. Mas quase sempre tiro dos romances que estou lendo ou dos que já li. Apaguei todas as minhas redes sociais depois que a gente...
— Eu sei — diz Ryan, preenchendo o silêncio breve.
Perco um pouco o fôlego, mas continuo, pegando o bloco seguinte:
— Então, quando assinei meu primeiro contrato de publicação, fiz um perfil de autora para tentar conseguir alguns seguidores. Aí notei que só curtia ou seguia perfis que tinham fotos de livros em cenários bonitos ou que escreviam resenhas. Decidi tentar, e acabei gostando.
— Parece meio divertido — diz Ryan, parecendo tentar imaginar o que estou descrevendo. — Então você é uma fotógrafa secreta de biblioteca?
— O termo certo é *bookstagrammer* — digo com orgulho. — E uma das melhores partes é que tenho tantos seguidores que, de vez em quando, editoras me mandam exemplares de livros para divulgar. Nada é melhor que receber livros pelo correio.
— Parece chique.
— Muito chique.

Ergo o drinque e dou mais um gole. Meu canudinho está encostado no fundo do copo, me deixando com um grande gole de álcool e nada do suco de abacaxi ou cranberry. Aperto os olhos com o sabor forte antes de colocar o copo de volta na mesa.

— E o que você faz para se divertir? — pergunto.

— O segredo foi revelado — diz Ryan, inclinando-se para a frente e espiando de trás de nossa torre cada vez maior. — Quando a noite cai, também tiro fotos anônimas dos meus livros favoritos.

— Você pode até tentar, mas é uma área extremamente competitiva.

— Estou descobrindo. — Ele se empertiga, jogando o ombro para trás antes de tirar o próximo bloco com cuidado. — Além disso, vou à academia depois do trabalho, jogo golfe aos finais de semana, estou em uma liga fantasy de futebol americano...

— Argh — interrompo —, desculpa me meter, mas acredito firmemente que o esporte fantasy é uma praga na sociedade.

— E você tem direito à sua opinião. *Eu* acredito firmemente que é o alicerce da nossa grande nação.

— Claro. — Rio baixo. — Sabe, esporte fantasy seria legal com moderação, mas, pela minha experiência, esse nunca é o caso. De quantas ligas você participa durante a temporada de futebol americano? Sinceramente.

— Talvez umas três.

— Exatamente aonde eu queria chegar.

Tiro o bloco seguinte e a torre começa a oscilar. Não me sinto à vontade para respirar de novo até ela se estabilizar alguns segundos depois.

— Como você entende tanto de esporte fantasy? — pergunta Ryan enquanto tomo um gole do drinque para me acalmar.

— Meu ex-namorado participava de duas ligas e ele virava uma aberração da natureza todo domingo.

Ryan para de puxar seu bloco, os olhos revelando algo que sei que ele não quer que eu veja. Sentindo minha intromissão, ele volta a se concentrar no bloco, colocando-o no topo com delicadeza.

— Vocês ficaram muito tempo juntos?

Um grande grupo passa nesse momento, mais homens do que mulheres, e torço em segredo para não se sentarem perto de nós. Eles estão bem-humorados, mas parecem um pouco barulhentos. Felizmente, pegam Operando e Master e juntam algumas mesas no canto, perto de uma das TVs. Eles acabam criando um bom ruído de fundo quando volto a olhar para Ryan.

— Eu e Mark namoramos por três anos.

— Deve ter sido sério — diz. — Por que terminaram?

— No fim, acho que nós dois queríamos mais, mas fazia tempo que estávamos tendo problemas. Eu achava ele frio às vezes e ele achava que eu tinha problemas para confiar nas pessoas.

— Por que ele achava isso?

— Por que você acha? — pergunto, incisiva.

Silêncio paira entre nós, escondido e viscoso, como uma daquelas ratoeiras que se colocam atrás da geladeira. Nenhum de nós se mexe, por medo de ser apanhado.

Ryan dá mais um gole da bebida.

— Você acha que deveriam ter se esforçado mais para dar certo? — pergunta ele alguns segundos depois.

— Às vezes. Se tenho um dia ruim, penso que, sim, talvez eu devesse ter me esforçado mais. Mark era legal e poderíamos ter tido uma vida feliz.

— E se você está tendo um dia bom?

— Em dias bons, lembro que havia motivos para estarmos dispostos a seguir caminhos diferentes. — Ryan concorda com a cabeça e dá um gole lento na cerveja. — Mas tudo bem. O que aprendi com Mark é que, quando é para sempre, você tem que estar louco pela pessoa.

— Porque, se você não está louco pela pessoa, você está o quê?

— Fadado ao término, pelo jeito.

Ryan sorri, e aquilo me aquece dos pés à cabeça. Não queria me sentir assim.

— Não sei — diz. — Acho que tem vantagem em ficar com alguém com quem você está contente, em vez de alguém por quem você é obcecado.

O tom é leve e tranquilo, em contraponto ao peso das palavras.

— Mas dá para amar uma pessoa sem ser obcecado por ela — argumento.

— Você acha?

Seu olhar me desafia a dizer que ele está enganado. Sei que está pensando em nós. Que estávamos envolvidos demais para o nosso próprio bem. Que levamos tudo à fervura em vez de deixar em banho-maria.

— E você? — pergunto rápido. — Chegou perto de encontrar alguém para casar?

Ryan me observa por alguns segundos e está prestes a responder quando meu olhar é atraído para a porta do pátio.

— Ai, meu Deus — sussurro, prendendo a respiração.

Sinto meu coração despencar. Abaixo o tronco e me debruço na mesa, fazendo o possível para me esconder atrás da muralha de Jenga e da largura dos ombros de Ryan.

Mark está parado na entrada do pátio. Mark, aquele que não estava louco por mim, aquele com quem terminei há três meses.

— O que você está fazendo?

Ryan parece confuso e ligeiramente preocupado enquanto baixa os olhos para mim, sem saber que se tornou meu escudo humano.

— Meu ex está aqui.

— Aquele com quem você acabou de terminar? Cadê?

Ele ergue o pescoço para vasculhar o salão.

— Para! Não olha — digo, furiosa, cravando as unhas no joelho dele por baixo da mesa.

— Ai! Não precisa me esfaquear por conta disso. — Ele gira um pouco, livrando a perna da minha garra mortal. — Do que você está com medo? Pelo que você me falou, vocês não terminaram mal.

— Não, mas isso não quer dizer que quero vê-lo agora.

— Certo, e *quando* você gostaria de vê-lo?

— Sei lá, mas no mundo ideal eu estaria segurando um Pulitzer e usando um vestido de gala.

Um sorriso cansado se abre no rosto de Ryan e, depois de um momento de hesitação, ele mexe a mão. Penso que ele vai pegar a bebida, mas não. Ele desce a mão e empurra para trás o cabelo que está caindo na minha testa. Não me mexo enquanto seus dedos roçam meu pescoço e pairam perto da minha orelha.

— Sabe, Sullivan, nenhuma mulher nunca me fez rir tanto quanto você. Isso sempre me incomodou.

Suas palavras me tiram do estado à beira do pânico.

— Rir de mim ou comigo?

— Com você.

— Obrigada. Minha agente diz que tenho jeito para diálogos.

Agora Ryan leva a mão à bebida.

— Já acabou de se esconder? Não vai lá dizer oi?

Espio por trás do ombro dele e vejo Mark e uma mulher se sentarem a uma mesa do outro lado do salão. Eles nem pegaram um jogo de tabuleiro. Que sacrilégio.

— Não posso ir lá. Ele está com alguém.

— E daí? — pergunta Ryan com tranquilidade. — Você está com alguém. Fala para ele que sou seu namorado.

Respondo com um olhar furioso de desdém.

— Não preciso que você saia comigo por pena.

— Não seria pena. Seria só para fingir. Que mal tem em deixar o cara com um pouco de ciúme?

— Não quero deixar Mark com ciúme. Ele nem é esse tipo de cara.

É verdade. Em todos os nossos anos juntos, Mark nunca teve ciúme de mim. Mas, enfim, talvez eu fosse desconfiada pelos dois. Mark dizia que não era da sua natureza agir assim, mas parte de mim sempre partiu do princípio de que ele simplesmente não se importava o suficiente para proteger o território.

Começo a me empertigar e tentar me acostumar com a possibilidade muito concreta de estar a instantes de encarar Mark e sua nova namorada.

— Tá legal. Vou lá rapidinho para dizer oi.

— Se não quiser falar que sou seu namorado, você deveria falar pelo menos que é um primeiro encontro. Desafio você.

— Não vou mentir. Não sou boa nisso, e não tem por quê.

— Acho que os tempos realmente mudaram. Por mais quietinha que fosse, a Kara Sullivan que conheci nunca teve medo de um desafio.

Ryan termina o chope e deixa o copo com cuidado na mesa, para não balançar nosso jogo.

A universitária dentro de mim sorri diante da petulância dele, enquanto a mulher dentro de mim olha para ele com reprovação. Se ele pensa que meia dúzia de comentários esnobes vão me levar a fazer o que ele quer, ele tem razão: eu mudei.

— Certo — digo com um ar de segurança. — Já que você está tão desesperado assim para as pessoas pensarem que estamos namorando, eu vou dizer. Vai lá se apresentar quando eu chamar. E, se sabotar algum dos bloquinhos enquanto eu estiver fora, eu vou saber e colocar uma maldição em você.

Sem esperar uma resposta, me levanto e sigo na direção de Mark. Ele está sentado a uma mesa pequena do outro lado do pátio, de frente para mim. O piso range a cada passo que dou, os tacos desgastados implorando para eu me virar e sair correndo.

Mas não vou fugir.

Estou no meio do caminho quando ele ergue os olhos e me vê, reconhecimento e surpresa perpassando seu rosto. Chego à mesa um segundo depois e ele se levanta da cadeira.

— Oi, Mark. Que legal encontrar você aqui.

— Nossa. Kara, oi.

Ele me abre um sorriso caloroso enquanto embarcamos em um dos abraços mais constrangedores de todos os tempos. Nossos braços não sabem para onde ir e acabamos parecendo dois polvos nervosos em uma briga de tapas.

— Como você está? — pergunto quando nos separamos.

— Estou bem. A gente só passou para tomar um drinque rápido depois do trabalho.

Ah, a gente, *é?*

Mark baixa os olhos para o outro lado da mesa e penso que devo aproveitar a oportunidade para ver com quem ele está, considerando que essa pessoa é agora minha arqui-inimiga. Meu olhar acompanha o dele e dou de cara com sua assistente odontológica, Julie.

Vestindo uma calça azul-marinho e uma blusinha branca sem mangas, ela está bonita mesmo depois de um dia cheio de trabalho. O cabelo castanho está preso em um coque delicado que eu nunca conseguiria fazer e, com a pele lisa e os olhos verde-claros, ela quase não precisa de maquiagem.

Vou jogar uma praga nessa mulher.

Julie sorri e estende a mão para me cumprimentar. Suas bochechas ficam vermelhas ao fazer contato visual e ela praticamente parece estar pronta para sair correndo. Mark abre um sorriso meigo e tranquilizador e não demoro para me tocar de que não é apenas um drinque profissional.

— Ah — digo baixinho, virando-me para Mark. — Vocês viraram um casal?

Ele coça atrás da orelha.

— É. Mas é bem recente.

Aceno com a cabeça, tentando não escutar a voz que me diz que não é recente coisa nenhuma. Deve estar rolando há meses. Mais tempo até. Eles trabalham juntos. Seria extremamente fácil o caso passar despercebido por mim. É provável que estivesse acontecendo desde sempre.

— Não, claro, entendi — digo.

Minha voz é simpática, embora um pedaço de mim esteja desmoronando. Até consigo abrir um sorriso para Julie.

— E você está aqui com quem? — Mark tenta olhar para trás de mim e me viro para ver Ryan à nossa mesinha, observando a conversa com uma leve curiosidade.

Então me lembro de que estou aqui por causa de um desafio. O desafio de Ryan. A ideia de deixar Mark com ciúme de repente parece mais tentadora, mas, ao notar o olhar exageradamente confiante de Ryan do outro lado do salão, lembro meu plano original.

— Na verdade, estou no primeiro encontro com aquele cara ali.

Dou um passo para o lado para revelar Ryan sentado com toda a sua glória de camisa e calça jeans. Se você tiver que esbarrar em um ex e sua namorada nova, ajuda estar na companhia de outro ex que é mais alto e emana uma leve energia de caubói.

— Ah — diz Mark. — E como está indo?

Olho para trás de novo e Ryan ergue o queixo com um ar de flerte. Ele realmente acha que está me ajudando. Eu me volto para Mark com um suspiro.

— Para ser sincera, não muito bem. Eu o conheci na faculdade e ele praticamente me persegue desde aquela época. Só aceitei sair com ele na esperança de diminuir um pouco o fascínio. Era isso ou chamar a polícia.

O olhar nervoso de Mark passa de mim para Ryan.

— Sério? Tem certeza de que tudo bem ficar sozinha com ele?

— Está tudo bem. A paixão dele por mim é um pouco preocupante, mas, no fundo, ele é inofensivo. A gente vai ter que ir embora logo de todo jeito. Ele tem problemas digestivos e, se não for a um banheiro muito reservado dez minutos depois de comer, a situação fica complicada bem rápido.

Viro para dar um aceno para Ryan e ele se levanta um momento depois. Eu me volto para Mark e Julie, que estão trocando um olhar.

— Lá vem ele — digo com a voz sombria. — Devemos estar perto da marca de dez minutos.

Ryan está vindo, cortando a distância entre nós com sua arrogância inerente. Sei que ele está pensando que ganhou alguma coisa. Não consigo deixar de acrescentar uma última coisa para Mark e Julie.

— Aliás, tentem não encarar o olho de vidro dele. Não está muito bem encaixado, então gira um pouco, e ele é muito inseguro com isso. Ele ficou de experimentar um novo amanhã.

Nesse momento, Ryan chega ao meu lado e me abraça pela cintura.

— E aí — sussurra perto do meu ouvido.

— Olá — respondo com um sorriso angelical. — Deixe-me apresentar você para os meus amigos. Ryan, esses são Mark e Julie.

— É um prazer conhecer vocês. — O leve sotaque desliza doce e gostoso, mel escorregando da ponta de uma colher.

Ele está claramente recorrendo a armas pesadas.

— É um prazer conhecer você também.

Mark está tentando olhar para qualquer lugar menos para o olho de Ryan, mas é óbvio que ele não consegue olhar para lugar nenhum *além* do olho de Ryan.

O silêncio se estende por quilômetros até eu intervir, pegando o braço de Ryan.

— Certo, então é melhor a gente ir. Por que não pedimos a conta e vamos embora?

— Claro — responde ele, sorrindo com tranquilidade para o casal constrangido à nossa frente. — Uma boa noite para vocês.

Não há dúvidas. Mark está completamente focado no globo ocular esquerdo de Ryan.

— É, vocês também — diz ele, baixo.

Puxo Ryan para longe e tento esconder meu sorriso triunfante. Voltamos à mesa e ele puxa minha cadeira.

— Então, sei que você disse que seu ex era legal, mas, cá entre nós, ele pareceu esquisito.

Eu me recosto e me distraio procurando a garçonete para não rir enquanto ele se senta à minha frente.

— Ele pareceu um pouco estranho mesmo — concordo. — Deve ter ficado intimidado por você.

Ryan engole minha resposta enquanto retoma o jogo e pega um dos últimos bloquinhos livres.

— Fico feliz em poder ajudar. Viu, não está feliz por ter ido lá?

— Estou, sim — respondo com sinceridade. — Estou muito, muito feliz.

Algo na minha voz o faz olhar para mim por mais tempo do que deveria enquanto tira o bloco. A torre tomba com um estrondo ensurdecedor, espalhando-se pela mesa e caindo pelo chão, atraindo olhares e comemorações de todos ao nosso redor.

Eu me recosto na cadeira com um sorriso satisfeito.

— Jenga.

5

Depois de sair do The Wharf, seguimos de volta em direção ao hotel de Ryan. Descemos a rua 41 em ritmo lento, e inspiro fundo ao sentir o cheiro de falafel quente de um carrinho por perto.

— Você está gostando de estar de volta a Nova York? — pergunto, olhando fixamente para a frente.

— Sim. Sempre gostei daqui.

— Talvez seja porque os nova-iorquinos são muito legais.

— Você está se referindo a si mesma?

— Não, mas é bom saber que, quando pensa em nova-iorquinos legais, você pensa em mim.

Ryan olha para mim com uma expressão indecifrável.

— Sabe, em certos sentidos você é exatamente como eu lembrava da faculdade, mas, em outros, completamente diferente.

— Em que sentido?

— Você está mais confiante. Você era muito tímida naquela época.

— Ainda sou tímida — garanto.

— Não parece.

— Fiquei melhor em esconder.

Ryan fica em silêncio por tanto tempo que ergo os olhos e o noto me encarando. Ele abre um sorrisinho e se vira para a frente.

— Como anda a escrita? — pergunta. — Trabalhando na sua próxima obra-prima?

— Minha próxima obra-prima — repito, sabendo que só escrevi um capítulo razoável este ano, e que só escrevi esse capítulo por causa dele. — O romance em que estou concentrada agora ainda está em desenvolvimento.

— Exatamente quantos livros você escreveu?

— Sete nos últimos cinco anos.

— Coisa pouca.

— Escrever dominou minha vida por um bom tempo — digo. — Meus cinco primeiros livros foram uma série de romances de época e meus últimos dois foram contemporâneos. Os contemporâneos não deram muito certo.

— Por quê? Você não gostou de escrever?

— Gostei, sim. Foi revigorante experimentar um estilo novo, mas acho que meus leitores não curtiram. Parece que funciono melhor no passado, mais especificamente na Inglaterra do século XIX.

— Você sempre foi uma alma antiga. — Ryan hesita antes de voltar a falar, abrindo um sorriso infantil. — Como é escrever as partes de sacanagem?

— Sério mesmo? — pergunto. — Quantos anos você tem?

— Só estou curioso sobre seu processo criativo. — Nós nos aproximamos quando passamos por um trecho mais cheio. Camelôs vendendo bolsas falsificadas e lembrancinhas de Nova York enchem a calçada. — Pode falar a verdade —

continua. — Você ri ou fica toda séria? Diminui as luzes? Acende umas velas?

— Não menospreze livros de romance, está bem? O romance provavelmente é o gênero mais popular e lucrativo da ficção no país. Todo mundo ama uma boa história de amor.

— História de amor? — pergunta Ryan, incrédulo. — Sem ofensa, Sullivan, mas li seus livros, e *amor* não é a primeira palavra que vem à mente quando penso nos trechos mais memoráveis. Se eu ganhasse um dólar para cada vez que você usou as palavras *botão tenro* para descrever um mamilo exposto, estaria rico.

— Ah, faça-me o favor. Você está focando em um único aspecto. Grande coisa, livros de romance têm partes picantes. E daí? Os homens passaram anos escondendo revistas de sacanagem, e o céu é o limite para a quantidade de pornografia de nível circense que dá para achar na internet hoje em dia. Isso é exponencialmente pior do que ler belas histórias românticas sobre amor verdadeiro.

— É verdade, e talvez os romances não fossem tão ruins se todos soubessem o que realmente rola neles. Pelo menos, é de conhecimento geral que os homens têm coleções... — ele busca as palavras certas — eróticas.

— Rá — digo.

— Mas vocês se fazem de inocentes lendo esses livros. As pessoas ficariam chocadas se soubessem a verdade. Quando roubei seu livro na faculdade, fiquei escandalizado.

— Jura? Você ficou escandalizado, Ryan?

— Fiquei, sim.

Abro um sorriso cético para ele e me viro para olhar para a frente.

— Como vai sua família?

O sorriso maldoso dele se esvai devagar.

— Vai bem. Minha irmã, Sophie, está para acabar o doutorado em psicologia, então anda pensando em onde abrir o consultório.

— Que legal. E seus pais?

— Vão bem. — Ele aperta o passo e volta os olhos para o outro lado da rua. — Se divorciaram.

— Sério? — Quase perco o equilíbrio, e Ryan faz que sim com a cabeça. — Quando isso aconteceu?

— Mais ou menos um mês depois que a gente terminou.

Nosso tom casual se desfaz no mesmo instante. Só encontrei os pais dele algumas vezes, mas eles pareciam felizes. Feitos um para o outro. Pela maneira como Ryan falava, eu sabia que a família era próxima. Ele vivia falando dos pais e da irmã.

— Por que eles se divorciaram? — pergunto, a voz ficando mais grave.

— Eles falaram que o amor acabou. — Os olhos de Ryan se voltam para os meus por menos de um segundo, mas parecem ter menos brilho. — Não fez sentido na época. Eles estavam juntos desde a adolescência. As pessoas olhavam para eles e achavam que eles tinham tudo. Eu pensava assim também. Até que acabou, como se nunca nem tivesse começado.

— Você ficou com raiva? — pergunto quando paramos no farol.

— Fiquei com muita raiva. Eu era jovem, tinha acabado de perder a namorada e minha família implodiu sem motivo aparente. Eu não acreditei na desculpa deles.

Eu me ajeito, apoiando o peso no outro pé.

— Foi uma desculpa? Você não acha que o fim do amor é um bom motivo para as pessoas se separarem?

— Tenho certeza de que é, mas eles se separaram porque meu pai passou dois anos tendo um caso.

Ai, caramba.

O farol fica verde e atravessamos a rua, avançando com o fluxo do trânsito.

— Como você descobriu? — pergunto em seguida.

— Ele me contou a verdade algumas semanas depois. Pensou que eu entenderia.

— E você entendeu?

— Não.

Ryan encosta a mão na minha lombar, me guiando para andar na frente dele quando a calçada se enche de pedestres.

Não sei o que dizer, então não digo nada.

— Por mais que eu tentasse entender, senti que meu pai escolheu a si mesmo e essa outra mulher em vez da nossa família. Éramos descartáveis para ele, menos importantes.

— Ele ficou com ela? — pergunto com a voz suave, olhando para trás. — A outra mulher?

— Margot. É, eles estão casados agora.

Diminuo o passo até eu e Ryan estarmos caminhando lado a lado de novo, e ele continua:

— No dia em que ele me contou a verdade, perguntei por que ele não podia ter simplesmente ficado com minha mãe. Eles não se odiavam. Não brigavam. Poderiam ter continuado como estavam. Ele me falou que não se deve construir uma vida com alguém só porque pode.

Solto um suspiro baixo.

— Como sua mãe ficou?

— Ela tentou se fazer de forte, mas praticamente desmoronou. Ela se apoiou em mim e na minha irmã por um bom tempo, especialmente no começo. Agora que tanto tempo se passou, acho que ela se arrepende do quanto dependeu de nós.

Concordo com a cabeça, sem saber o que dizer.

— Como sua mãe está agora?

— Está melhor. Ela tomou antidepressivo por alguns anos, mas não toma mais.

Damos um passo para o lado, esperando uma mulher passar com um carrinho de bebê antes de voltarmos a andar.

— Enfim, ela arranjou um namorado novo, Joel, faz alguns meses. Ele parece uma boa pessoa, e ela está feliz.

— Que bom — digo, hesitante. — O começo de um relacionamento é sempre empolgante.

Ryan força um sorriso que acho difícil retribuir.

— Por que não me contou quando aconteceu? — pergunto alguns segundos depois. — Eu teria apoiado você.

Ele solta um riso irônico e sombrio.

— Eu tentei contar. Lembra o dia em que finalmente atendeu um dos meus telefonemas?

Diminuo o passo até parar completamente. Ryan faz o mesmo e vira para me encarar como se isso exigisse toda a energia do mundo. Os meses depois do nosso término ainda são nebulosos, mas desse dia me lembro bem. Está gravado no fundo da memória, e nunca cicatrizou bem. Ryan me ligou todos os dias por um mês depois que terminamos, às vezes mais de uma vez por dia, e eu nunca atendia. Mas, nesse dia, atendi.

— Foi o dia do enterro do meu pai — falo.

Ele me encara com o olhar inexpressivo.

— Como assim?

— Ele tinha falecido três dias antes e você ligou logo depois do enterro.

Ryan fica imóvel, perdido e, talvez, um pouco em negação. Eu deveria ter falado com mais calma. O problema é que nunca tem um jeito certo de falar sobre a morte do meu pai. Ainda me deixa mal e sai de um jeito estranho e, dez anos depois, ainda é algo que tenho que processar.

— O que aconteceu? — pergunta Ryan.

Respiro fundo, mas não ajuda.

— Ele foi atingido por um motorista idoso.

— Foi um acidente de carro?

Sinto que estou me escondendo dentro de mim, cavoucando um espaço seguro onde eu não precise escutar a minha própria história. Esse lugar não existe.

— Não. Ele foi atropelado enquanto atravessava a rua.

Surpresa, confusão, raiva, reflexão. Essas são as fases pelas quais as pessoas normalmente passam quando sabem do falecimento do meu pai.

Surpresa pela morte não ter um motivo comum, como um ataque cardíaco ou uma doença. Confusão quando se perguntam: "Ela acabou de dizer que o pai dela foi atropelado por um velhinho de 99 anos que não viu o sinal vermelho?". Raiva quando respondo que não, o motorista não foi preso. O promotor só pediu que ele renunciasse à carteira de motorista. E reflexão quando dizem a si mesmos: "Acho que foi, *sim*, um acidente. O homem ficou extremamente arrependido e essa foi a primeira infração dele". Seguido pelo inevitável: "Nunca vou deixar meus pais dirigirem depois dos 85".

— Por que você não me contou? — pergunta Ryan, puxando-me de volta ao presente.

— Não consegui.

— Por que não?

Quando falo do meu pai, as pessoas são sempre solidárias. *Coitada da Kara*, pensam. Ryan, não. Seu comportamento é quase acusador.

— Na noite antes da morte dele, eu e meu pai brigamos. Acabou mal.

Estou torcendo para parar por aí, mas vejo que Ryan está esperando mais. Tento falar de novo, mas minha voz embarga. A culpa assume formas diferentes para mim. Às vezes é uma fisgada, outras, uma vertigem. Agora, é um aperto lento na garganta: não fatal, mas com pressão suficiente para lembrar que a dor está lá e nunca vai embora. Giro um pouco o pescoço e acrescento:

— Eu não conseguia falar com você. Eu precisava sofrer e, em algum nível, acho que queria que você sofresse também. Foi por isso que falei o que falei quando conversamos pela última vez.

Ryan me responde com um olhar que parece um soco no estômago.

— Por que você e seu pai brigaram?

Eu deveria inventar alguma coisa. Deveria soltar a primeira desculpa genérica que conseguisse pensar. Mas não consigo, então não invento.

— Por causa de nós dois. Falei que queria voltar para você.

Ryan fica imóvel, e finalmente balança a cabeça.

— Isso é ridículo — diz, o tom duro e frustrado. — Você deveria ter me contado. Eu poderia ter ajudado.

— Eu não queria sua ajuda — retruco. — Escuta, não vamos mais falar disso. Já acabou, então não adianta insistir no assunto.

— Está falando sério? Você não pode me contar isso e achar que vou ficar de boa.

— A gente pode não falar mais sobre isso? — Então, baixo, acrescento: — Por favor?

Noto que ele ficou agitado, mas se obriga a assentir com a cabeça, o maxilar tenso e o olhar sombrio. Continuamos a andar em uma velocidade tensa em silêncio absoluto. Três quarteirões parecem durar uma eternidade até chegarmos ao hotel.

Do nada, sinto o impulso de perguntar uma coisa para ele.

— Você me falou mais de uma vez que leu meus livros. Gostou deles?

Não sei por que é importante saber, mas é.

— Gostei, sim, dos seus livros — diz Ryan depois de uma pausa. — Não fazem meu estilo, mas são ótimos.

Aceito a resposta com um pequeno sorriso. Segundos se passam até eu dizer:

— Bom, tirando alguns pequenos deslizes, acho que foi uma noite bastante civilizada.

— Foi. Quase nenhum sangue derramado.

Não sei direito como interpretar o comentário. Não tenho tempo para pensar demais, porque ele avança um passo e me dá um abraço rápido. Dou um passo para trás quase imediatamente, um pouco surpresa diante dele.

Um segundo depois, minha surpresa vira pânico, pois ele estende o braço e pega minha mão, enlaçando os dedos nos meus.

Tem alguma coisa errada. Pessoas que mal se toleram não deveriam dar as mãos. Está tudo errado. Completamente. *Então por que não puxei a mão?*

— O que você está fazendo? — pergunto, a voz trêmula.

— Não sei como agir perto de você — diz Ryan, baixando os olhos para nossas mãos antes de voltar a me encarar. — Quando a gente terminou, eu ficava imaginando um cenário em que eu fazia você se apaixonar por mim de novo só para eu poder terminar com você. Eu pensava muito nisso.

Fico ofegante. Tento puxar a mão, mas ele não solta.

— Você está agindo como se eu tivesse terminado sem motivo nenhum.

— Sei por que você terminou — diz ele. — Esquece o que eu disse. Não estou tramando nenhum plano diabólico. Só estou tentando entender as coisas. Eu achei que te odiasse.

— Também achei que te odiasse.

Ryan relaxa a mão ao mesmo tempo que me puxa para mais perto.

— Sabe o que mais gosto nos seus livros? Quando leio, escuto sua voz na minha cabeça. Gosto de saber que consigo ouvir você quando ninguém mais consegue.

Não me mexo quando a incerteza em seu olhar dá lugar à clareza. Ele se inclina, indo devagar, e me dando tempo de sobra para impedi-lo. Não impeço. Nossas testas se tocam e sua respiração é quente em meu rosto. Eu a sinto por toda parte.

Estico a cabeça, roçando o nariz no dele enquanto minha mão livre sobe para o meio de sua camisa. Um botão encosta na palma da minha mão, frio e deslocado na pele. Nossos lábios se tocam, mas apenas de leve, aquele meio segundo antes de um beijo, quando você decide se vai se jogar do precipício ou dar um passo para trás e se manter em segurança. Estou prestes a me jogar e me jogar e me jogar quando Ryan solta a minha mão e recua.

— Desculpa — balbucia ele. Sua respiração está acelerada, mas ele a controla rapidamente. — Não deveríamos ter feito isso.

Concordo com a cabeça, preferindo não expressar uma resposta em voz alta.

— É melhor eu ir — diz. — Desculpa.

Ele não hesita antes de dar meia-volta e sair andando, empurrando a porta sozinho, sem esperar o porteiro. Ele desaparece no saguão, e minha mão, que ele estava segurando há pouco, cai inerte ao lado do meu corpo.

Volto zonza para casa. Mal consigo acreditar em como fui fraca. Depois de jurar que trataria isso como uma interação profissional, quase deixei que ele me beijasse. Quase o beijei. Estou profundamente decepcionada comigo mesma, tentando descobrir onde foi que errei. Ainda estou um caco contrariado quando chego ao apartamento. Entro, tranco a porta e desabotoo a calça jeans, respirando confortavelmente pela primeira vez em horas.

O notebook está na escrivaninha, paralelo à porta. Sinto a enxurrada de palavras correndo pela minha cabeça, buscando uma saída. Atravesso a sala em alguns passos determinados e o abro. A tela ilumina o espaço ao meu redor enquanto puxo a cadeira para trás e me sento. Meu documento mais recente aparece, e começo a digitar em um ritmo furioso.

— E para onde o jovem George está correndo tão afoito?
Charlotte reprimiu um grito de espanto quando Robert surgiu ao seu lado no pátio de pedra. Já havia uma

semana que ele estava hospedado em Greenspeak Park a convite do pai dela, lorde Destonbury. Ela deveria estar acostumada com a presença dele àquela altura, mas algo em Robert sempre a fazia se sentir fora de sintonia.

Virando-se para observar o irmão sair correndo pelos jardins, Charlotte ajeitou o vestido matinal lilás, alisando o tecido que não estava nada amassado.

— George está buscando uma prímula amarela. Ou piratas. O que encontrar primeiro.

Robert riu baixo ao seu lado e ela continuou:

— Gosto de inventar pequenas tarefas para distraí-lo.

— Por que um menino de 9 anos precisa de distração?

— Sobretudo para não pensar em nossa mãe.

Charlotte se arrependeu de suas palavras no mesmo instante. Ela nunca revelava seu sofrimento. Para ninguém.

— Meus sentimentos — disse Robert logo em seguida, um tom sério cobrindo sua voz grave e aveludada. — George tem muita sorte em tê-la. Também perdi minha mãe quando era jovem e teria adorado ter uma irmã ou um irmão mais velho para cuidar de mim.

Charlotte estava intrigada com Robert. Desde o dia em que se conheceram, ela deixara claro que nunca aceitaria uma união entre eles. No entanto, ali estava ele, abrindo-se para ela sobre sua família como se os dois fossem amigos antigos.

— George me contou que o senhor o levou para cavalgar ontem — disse ela, rapidamente.

— Sim. Fiquei contente com a companhia. Por quê? Ele não tem permissão para cavalgar?

— Não, fiquei contente em ver as bochechas dele mais coradas. Eu me preocupo com ele.

— Seu pai também se preocupa?

— Meu pai não se preocupa com nada além de si mesmo e os próprios interesses. É o motivo pelo qual está decidido a me obrigar a casar e sumir da propriedade o quanto antes.

Era o que Robert suspeitara. Ele tinha ido a Greenspeak na semana anterior apenas para discutir uma divisa com lorde Destonbury quando o homem insistira para que Robert fosse atrás da filha, que, de acordo com ele, estava na idade perfeita para se casar.

— É por isso que a senhorita se opõe tanto a mim? — perguntou ele. — Para contrariar seu pai?

— Preciso ficar em Greenspeak pelo George. Eu me recuso a deixá-lo sozinho.

Robert olhou para Charlotte com um sorriso velado. Então era por isso que ela não queria se envolver com ele. Ela estava protegendo o irmão. Ele não ficou surpreso. Ficou admirado. Sua pequena leoa.

No mesmo instante, Charlotte ergueu o olhar de soslaio para Robert. Ela não conseguia negar que sentia certa atração por ele. Como não? Com o olhar voltado para longe, ele estava impecável, mas absurdamente masculino, de fraque azul, calça de camurça marrom e botas de cavalaria. Ela se obrigou a se virar quando uma centelha de calor começou a se espalhar por seu peito e sua barriga e mais e mais além.

Por mais inexperiente que fosse, Charlotte conseguia sentir o que estava brotando, e não tinha dúvidas de que desejar um homem como Robert Westmond lhe custaria um preço muito maior do que ela estava disposta a pagar...

Tiro os dedos do teclado, zonza e um pouco sem fôlego. Gostaria de pensar que é apenas por causa do entusiasmo de avançar na história, mas sei que não é só isso. Minha noite com Ryan ainda está vibrando em volta de mim. Não tenho mais dúvidas. Eu o associei a esse romance, e não vou conseguir ter um sem o outro. Como se meu processo criativo já não fosse doloroso o suficiente.

E, pela forma como a noite acabou, sei que ele vai fazer o possível para ficar longe de mim. Mas também está se tornando cada vez mais óbvio que, para terminar o livro no prazo, não posso me afastar dele. Vai ser uma batalha que apenas um de nós pode vencer, e essa pessoa tem que ser eu.

6

Na manhã seguinte, saio de legging, camiseta larga amarrada na cintura e tênis de corrida do meu prédio em Tudor City. Situado entre as ruas 40 e 41, o edifício imponente, construído no começo do século XX, tem janelas de aço antigas e arquitetura romântica de pedra. O interior transmite uma atmosfera típica de mansão inglesa, tanto que, quando olho pelas janelas do hall de entrada, às vezes penso que vou ver uma paisagem rural em vez da ONU ou de Long Island City.

Avisto minha amiga Maggie à frente do Tudor City Greens, um pequeno parque gradeado paralelo à entrada do prédio. Não há muitos carros na rua enquanto atravesso, mas normalmente é assim mesmo. A tranquilidade excepcional do quarteirão é parte do motivo de eu ter me apaixonado por Tudor City e ter usado o adiantamento do meu maior contrato literário como entrada para o apartamento de quarto e sala.

Maggie está de olhos fechados, o rosto voltado para o sol, quando chego ao seu lado.

— E aí! — chamo.

Eu e Maggie nos conhecemos há cinco anos no New York Sports Club. Nós duas entramos na academia por impulso e saímos um mês depois (não dava para sair antes por questões contratuais). Nós nos demos bem de cara, quando tivemos ataques de riso durante uma aula de ioga. É incrível como se pode formar um laço rapidamente quando vinte pessoas estão lançando olhares de ódio mortal para vocês em seus tapetinhos ecológicos.

— Bom dia — diz ela, me dando um abraço.

O cabelo preto encaracolado está amarrado para trás em um rabo de cavalo alto com um par de óculos escuros pousados nos cachos rebeldes. De calça jeans skinny com camiseta de gola V elegante, mas simples, e sandália rasteirinha, ela está casual ao mesmo tempo que emana uma confiança feminina. Quero me vestir como ela quando crescer.

— Então, estou pensando em encontrar a refeição mais suculenta que esta ilha tem a oferecer. Você está disposta a se juntar a mim nessa jornada?

— Mais disposta impossível — respondo.

— Fenomenal. — Maggie entrelaça o braço no meu e começa a andar, me puxando no processo. — Que tal The Smith? O brunch de domingo deles é sempre excelente.

— Sou totalmente a favor.

— The Smith, então. E, se andarmos rápido o bastante, não vamos parecer duas monstras gulosas quando dividirmos o bolo no pote de sobremesa.

— Não deveríamos nos sentir assim, de todo modo. Deus não nos colocou nesta terra para não comer bolo no pote.

— Amém — concorda Maggie. — E, depois que comermos, preciso passar na Old Navy. Minha última blusa sem manchas foi atacada por tinta na creche na semana passada.

Não sei como isso vive acontecendo comigo quando não sou nem a professora de artes.

— Força, guerreira.

— Obrigada. Marjorie quase atirou o uquelele em mim ontem quando parei para tomar água. As pessoas não fazem ideia de como a musicoterapia é uma área imprevisível.

Eu nem sabia que existiam musicoterapeutas até conhecer Maggie. Quando fui ao apartamento dela pela primeira vez e o encontrei cheio de instrumentos musicais, fiquei espantada. Quando ela passou a meia hora seguinte tocando piano, violão, violino e uma pitada de percussão, quase caí para trás.

Sempre tive inveja de músicos. Eles tocam e se perdem na música, fugindo para um lugar intocável aonde quero ir, mas não consigo. Deve ser por isso que a musicoterapia é tão transformadora para muita gente... é um gostinho dessa magia.

— Adoro a Marjorie — digo, lembrando dela da vez em que acompanhei Maggie no trabalho. — Mas você não disse que a casa de repouso tinha perdido a verba para música?

— É, mas conseguiram outro edital, então estamos de volta à ativa. Trabalho na escola segunda, quarta e sexta, e na casa de repouso terça e quinta.

— Você tem o melhor trabalho que existe — digo. — Você é tipo uma santa musical andando entre nós.

— Ah, sim. Sou a noviça rebelde de Midtown. No segundo em que meu comandante naval severo, porém gato, aparecer, eu vou estar com a vida feita.

— Melhor não. Daí você vai ter que ser madrasta de sete filhos, e pagar a faculdade para uma turma dessa seria uma loucura.

— Verdade. Ainda estou pagando meu financiamento.

— E não estamos todos?

— Vamos mudar de assunto. É deprimente demais falar de dívida. Como foi a grande festança pré-casamento?

Cristina e Maggie ficam naquela linha fina entre conhecidas e amigas, tendo a mim como denominador comum. Elas são próximas o bastante para Maggie ser convidada para o casamento, mas não o bastante para estar na festa.

— Na verdade, foi um pouco surreal. Meu ex-namorado estava lá.

— Mark? — Maggie quase grita. — O que ele estava fazendo lá?

— Não, não ele, apesar de eu também ter visto Mark. Estou falando do meu ex da faculdade.

— Espera, para um pouquinho. — Maggie me puxa mais para perto enquanto cortamos o tráfego de pedestres na Segunda Avenida. — Começa do começo. Como isso aconteceu?

— Descobri que Ryan, meu ex da faculdade, é amigo de infância de Jason. Então não só ele vai passar a semana aqui, como também vai ser padrinho no casamento.

— Bom, parece até um conto de fadas. Namoradinhos da faculdade se reencontrando. Vocês se beijaram à meia-noite?

— De jeito nenhum. O namoro acabou mal na época e não parece que muita coisa mudou até ontem à noite.

Viro para esperar a resposta de Maggie quando de repente ela está olhando para baixo, revirando a bolsa freneticamente.

— Um segundo — murmura. — Meu celular está vibrando.

Tirando o celular da bolsa, ela passa os dedos na tela. Ela fica estranhamente imóvel antes de gritar:

— Eba!

— O que foi? — pergunto.

— Ganhei o sorteio dos ingressos para *Oklahoma!* — cantarola.

Maggie tende a começar a cantar do nada com muita frequência. Ela está praticamente saltitante enquanto embala o celular junto ao peito como se fosse um bebê.

— Que demais — digo, me contagiando com seu entusiasmo. — Nem sabia que *Oklahoma!* estava na Broadway.

— Faz pouco tempo que entrou em cartaz, mas essa versão é ousada e moderna, e o elenco é incrível.

— Adoro aquela música "Surrey with the Fringe on Top".

— Maravilhosa — concorda Maggie, guardando o celular na bolsa com alegria. — Tenho duas horas para retirar os ingressos digitalmente, então, quando chegarmos ao restaurante, nossa mesa precisa virar a central de comando por alguns minutos.

— Por mim, tudo bem.

Maggie entrelaça o braço no meu de novo, radiante com sua vitória musical. O engraçado é que ela ganhou várias vezes sorteios de ingressos, mas nunca daria para saber pelas reações. Para ela, todo ingresso ganho significa o novo melhor dia da sua vida. Ela é viciada em musicais da Broadway. Ela diz que é seu hobby, mas é muito mais do que isso. Musicais são para ela o que livros de romance são para mim: necessários.

— Certo — diz, se acalmando —, agora que já tive minha boa notícia, quero ouvir mais da sua. Você estava falando do Ryan. Vai. Como ele estava?

Meu sorriso se transforma em uma careta.

— Ryan sempre foi bonito.

— E ele não devia ser má pessoa, se vocês namoraram. Você é uma das pessoas mais exigentes que conheço. Por quanto tempo vocês ficaram juntos?

Atravessamos a rua na esquina da 48 com a Segunda Avenida, a poucos quarteirões de nosso destino.

— Ficamos juntos por dois anos, o finalzinho à distância.

— Vocês eram muito próximos?

Ele era tudo para mim. Absolutamente tudo. Ele era a única coisa em que eu pensava por dentro e a única coisa que eu via por fora. Peguei minha primeira experiência amorosa e a levei aos limites até meus pulmões arderem e minhas pernas cederem.

Esse é meu primeiro pensamento.

— Éramos próximos — decido dizer, e Maggie faz cara de quem ouviu minha resposta interna. — Ele era engraçado e fofo e foi o primeiro homem que realmente prestou atenção em mim, que me viu dessa forma.

— Viu você de que forma?

— Sei lá — respondo. — Como algo tão especial que ele mal conseguia acreditar.

— Você o amava? — pergunta.

Demoro um segundo para responder.

— Amava. Demais. Mais do que deveria.

— Bom, então — questiona Maggie —, o que rolou?

— Foi uma situação difícil. Foi o ápice de muitas coisas.

— Tipo o quê?

Resisto ao impulso inicial de me desligar. É estranho — depois de todo esse tempo, a dor ainda está lá. Silenciosa e enfraquecida, mas ainda viva. Ainda respirando.

— Depois que Ryan se formou, ele conseguiu um estágio na Carolina do Norte e mergulhou de cabeça no trabalho. Eu tinha acabado de começar meu terceiro ano e achamos que daríamos conta de ficar longe. No começo, foi tudo bem, mas, com o passar do tempo, ele ia falando cada vez menos comigo. Ele queria transformar o estágio em um trabalho, e parecia que não tinha espaço para mais nada. Nem para mim. A gente passava dias sem se falar.

— Que chato — diz Maggie. — Foi isso então? A distância?

— Não. — Paro, ouvindo o velho silvo da lembrança à medida que ela serpenteia de volta à consciência. — Tinha uma estagiária que trabalhava com ele. Madison. Eles se aproximaram. Ela sempre postava fotos deles trabalhando até tarde, saindo aos finais de semana. Ryan vivia dizendo que eles eram só amigos, mas pensar nela com ele o tempo todo me desgastou, e eu não conseguia evitar. Ela era linda. Tão linda que a coisa ficou feia para mim.

— Você chegou a falar disso com ele na época?

— Falei. Ele dizia que eles eram amigos e que eu não tinha nada com que me preocupar, mas ainda parecia uma traição emocional. Ele se abria com ela. Gostava de passar tempo com ela. E, enquanto isso, eu estava a centenas de quilômetros de distância, me debruçando sobre todos os posts nas redes sociais que nem uma pervertida, me sentindo menor do que pensava que poderia me sentir.

— Rolou alguma coisa entre eles? — pergunta Maggie.

Demoro para responder. Em vez disso, baixo os olhos, notando as rachaduras no concreto desgastado.

— Quando as coisas ficaram muito tensas entre nós, viajei para Raleigh para fazer uma surpresa. Eu tinha perguntado o que ele planejava fazer no fim de semana e ele disse que ficaria em casa. Cheguei ao apartamento dele por volta das nove da noite e, quando bati na porta, ele não atendeu. Liguei umas dez vezes e caía direto na caixa postal.

Chegamos na frente do restaurante, mas nenhuma de nós entra. Maggie passa a bolsa de um ombro para o outro.

— O que aconteceu depois? — pergunta.

— Fiquei sentada na frente do apartamento dele até umas duas da madrugada antes de fazer check-in em um hotel vagabundo medonho. Acho que dormi um total de vinte minutos.

— Ai, caramba.

— Pois é. Quando voltei ao apartamento dele na manhã seguinte, ele estava de ressaca e com as roupas da noite anterior. Ele ficou chocado em me ver, mas animado também. Ele me agarrou e me deu um grande abraço. Acho que ainda estava bêbado, porque não percebeu que eu estava prestes a chorar. Perguntei o que ele tinha feito na noite anterior e ele disse que ficou em casa vendo TV. — Maggie assente e continuo: — Perdi as estribeiras. Falei que sabia que ele estava mentindo e, quando tentei ir embora, ele contou que todos do trabalho saíram e encheram a cara, e que ele acabou apagando na casa da Madison. É obvio que fiquei maluca. Ele jurou que não tinha rolado nada, mas ele tinha acabado de mentir na cara dura. E, no meio disso tudo, perguntei se ele ficaria com a Madison se estivesse solteiro. Ele não me deu uma resposta direta, e essa foi a gota d'água para mim. Eu vivia angustiada e ele estava claramente no ponto em que não conseguia mais ser sincero comigo. Então eu disse para ele que era o fim.

— Como ele reagiu? — pergunta Maggie, hesitante.

— Nada bem. Ele implorou para eu não terminar e disse que faria qualquer coisa. Disse que largaria o estágio e se mudaria para Nova York. Eu sabia que o estava magoando, mas não dava para continuar do jeito que estava. Não era para a gente ter que se esforçar tanto para um relacionamento dar certo aos 20, 22 anos.

— É verdade — diz Maggie. — Então foi isso? Essa foi a última vez em que vocês se falaram?

— Depois do término, ele me ligou várias vezes. Eu nunca atendia, mas todo dia eu sentia que estava ficando mais e mais perto de atender. Certa noite, ele ligou quando eu estava na casa dos meus pais. Falei que estava pensando em dar uma segunda chance para o Ryan, e eles ficaram muito bravos. Eles sabiam o que tinha acontecido quando fui visitá-lo, e pensaram que a gente tinha terminado de vez.

— Você não pensava isso também?

— Pensava, mas também sentia muita saudade dele. Achei que me sentiria melhor depois de terminar, mas fiquei mais deprimida do que nunca. Minhas notas despencaram, eu mal saía com os amigos... Estava me sentindo muito mal, e meus pais sentiam raiva do Ryan por isso, especialmente meu pai. Tivemos uma briga feia depois que ele ligou. Meu pai disse que eu estava agindo feito um zumbi e que Ryan estava me esgotando. Disse que o amor não era para ser assim e que tinha me criado para saber melhor das coisas. Saí correndo dali.

— Ah, não — diz Maggie, adivinhando aonde vou chegar com isso.

— Pois é. O acidente foi no dia seguinte.

Às vezes queria que meu pai tivesse sido um pai pior. Que não tivesse treinado meu time de softball do primeiro ao oitavo ano. Que não tivesse entrado em todos os brinquedos de criança em nossa viagem para a Disney e fingido que estava se divertindo como nunca. Que não fizesse um chapeuzinho de chef para mim quando eu o visitava na pizzaria dele a dois quarteirões de casa. Se ele não tivesse feito essas coisas, a ausência dele não daria essa sensação de que um buraco gigante foi deixado em todas as lembranças que tenho ou terei dele. Mas ele fez. E nunca vou deixar de sentir saudade.

— Fiquei zonza depois disso. Passei os últimos momentos com meu pai brigando por causa de um namorado que mal ligava para mim e que dormia na casa de outras meninas. Saí correndo feito uma pirralha egoísta e mimada e, depois de uma vida de uma relação incrível, meu pai deixou este mundo decepcionado comigo. A culpa era sufocante, e fiquei tão cheia de ódio. Ódio de mim, ódio do Ryan, ódio de toda a nossa relação. Culpei e odiei nossa relação.

— Caramba. — Maggie suspira. — Você contou para o Ryan o que aconteceu?

— Não. No dia do enterro do meu pai, ele me ligou assim que acabou. Atendi e ele disse que precisava conversar comigo. Eu já estava fora de mim e ouvir a voz dele me fez perder a cabeça. Falei que estava cansada de ouvir os problemas dele e que não conseguia acreditar que tinha perdido tanto tempo com ele. Disse que nunca tinha sido mais feliz do que estava no último mês sem ele. Falei que, toda vez que ele ligava, eu ria de como ele era ridículo.

— Minha nossa. E a resposta dele foi...?

— Que ele estava saindo com Madison fazia meses pelas minhas costas e que só estava me ligando por pena. Disse que não queria que eu aparecesse chorando na porta dele que nem no mês anterior.

Maggie faz uma cara de dor.

— Vocês eram um casal intenso.

— Pois é. Então, ontem à noite, ele me disse que estava ligando naquele dia porque tinha acabado de descobrir que os pais iriam se divorciar.

— Era só o que faltava — diz Maggie, quase dando risada. — Como se esse término já não fosse trágico o suficiente. Você acha que ele estava mesmo saindo com a tal da Madison quando vocês estavam juntos?

— Não sei. Eu achava que sim até ontem à noite.

— Como foi na festa? Ele ainda estava irritado? Ele parecia diferente?

— Nós dois estávamos com rancor... acho que por bons motivos.

— Você acha... — Maggie hesita antes de continuar — Acha que o teria perdoado na época se descobrisse que ele inventou o lance com a Madison?

— Não sei. Depois de tudo que aconteceu, a gente parecia um caso perdido. E, depois do meu pai, eu não achava que merecia mais amor.

— Quer dizer que agora você acha que merece? Porque merece, sim.

Não respondo, em parte porque não quero, em parte porque não consigo. Felizmente, Maggie aceita meu silêncio.

— Cara — diz depois de alguns segundos —, para falar a real, depois de ouvir tudo isso, vou querer um bolo no pote só para mim. Vamos nessa.

Solto um riso e a tensão se desfaz. Eu respiro com mais facilidade quando finalmente entramos no restaurante. Chegamos tão cedo que tem espaço mesmo sem reserva, então seguimos a hostess simpática até uma mesa perto da parede de vidro retrátil na frente do restaurante. O ambiente é acolhedor e iluminado, com azulejos brancos impecáveis e toques de madeira de demolição.

Nós nos acomodamos e aceitamos o cardápio, mas já estou decidida. Vou comer ovos mexidos, torrada integral e, aparentemente, um bolo só para mim.

Maggie parece tão preparada quanto eu e larga o cardápio no colo.

— Então, o que vocês vão fazer agora? Do que você estava falando quando comentou de ontem à noite?

Um sino de alerta toca em minha cabeça, me recriminando quando me lembro do beijo que não aconteceu.

— Foi besteira. Rolou um clima e a gente quase se beijou, mas felizmente não aconteceu nada.

— Como é que é? — pergunta Maggie. — Por que essa não foi a primeira coisa que saiu da sua boca?

— Porque não importa. Não aconteceu nada. Que bom, porque minha história com Ryan acabou.

Maggie solta um bufo insatisfeito e se recosta no assento.

— Eu rejeito essa premissa. Pelo jeito que você acabou de contar a história, que, aliás, me faz querer voltar para casa e cantar "Drivers License" a plenos pulmões enrolada em uma coberta, fica cem por cento óbvio que sua história com Ryan *não* acabou.

— Acabou, sim — insisto. — Sam diz que eu deveria usá-lo para terminar meu romance. Ela acha que ele é meu muso.

— E é?

Sabendo a verdade, mas sem querer falar, desvio os olhos para o restaurante ao redor. Está começando a encher. Parece que ninguém consegue resistir ao brunch em um domingo ensolarado em Manhattan.

Eu me volto para Maggie com um suspiro demorado.

— Nas duas vezes em que vi Ryan, desembestei a escrever. Não sei por quê, ele simplesmente desencadeia alguma reação em mim.

— Você está falando dos hormônios descontrolados da adolescência?

— Sim, obrigada. Você está sendo de grande ajuda.

— Bom, gostaria de dar meu voto e dizer que estou do lado da Sam. Se Ryan é sua inspiração, você precisa sair com ele. Já passou da hora de misturar um pouquinho de negócios com prazer.

Uma certa náusea ansiosa atravessa minha barriga com a sugestão de Maggie. Apanho o guardanapo dobrado na mesa e o estendo no colo.

— Certo, chega de falar de mim. Como vai você? Como está a vó Noreen?

Maggie sorri, como sempre faz quando menciono sua avó.

— Ela está ótima. Visitei ela ontem.

Vó Noreen é a mãe de Maggie de todos os jeitos, menos no cartório. A verdadeira matriarca da família, vó Noreen criou Maggie e a irmã mais nova, Hannah, desde que elas eram crianças. Maggie vai visitá-la em sua cidadezinha em Connecticut toda semana e fala com ela ao telefone duas vezes por dia sem falta. Noreen acabou de fazer 93 anos, mas parece décadas mais jovem. Maggie jura que é porque ela usa uma tonelada de hidratante e dorme embaixo de um cobertor elétrico o ano todo.

— Hannah parece estar se adaptando, então isso é bom, e é um alívio saber que a vovó está tendo interação social constante. Ajuda a manter a mente dela afiada.

Pode ser egoísmo, mas fiquei aliviada quando a irmã de Maggie foi morar com a vó Noreen no mês passado. Depois de uma queda feia no ano passado, deu para ver que estava sendo difícil para Maggie aceitar a avó morando sozinha, tanto que eu estava quase achando que ela mesma se mudaria para lá. Não preciso dizer que Hannah recebeu uma das minhas famosas cestas de presentes no dia da mudança.

— Estou morrendo de fome — diz Maggie. — Felizmente, pensei de maneira estratégica e vesti essa calça para poder comer compulsivamente.

Olho por baixo da mesa para ver suas roupas.

— Você está de calça jeans. Ninguém consegue comer tanto assim de jeans.

— Não é jeans, é uma jegging. Uma jegging chique, mas ainda assim uma jegging. Estou completamente preparada para fazer bom uso dessa safadinha.

— Admiro sua dedicação.

Maggie sorri e começa a observar o espaço em busca de nosso garçom ou garçonete quando se empertiga de repente. Acompanho seu olhar e viro a cabeça para ver dois homens em pé ao lado da nossa mesa.

— Oi, Kyle! — diz Maggie, a voz cantarolada tão delicada quanto um sino.

— Maggie. Que bom ver você.

Kyle é alto, negro e muito bonito.

Lanço um olhar especulativo para minha amiga enquanto ela toca o cabelo, que ainda está perfeitamente amarrado.

— Você também. A gente só veio comer uma coisinha. Kara, esse é Kyle.

— Prazer — digo, apertando a mão estendida.

Kyle dá um tapinha no ombro do amigo.

— E esse é Adam.

Eu me empertigo um pouco mais, animada ao contemplar um homem de cabelo castanho, olhos castanhos simpáticos e uma covinha. Ele não é tão alto quanto eu gostaria, mas acho que dá para relevar.

Olá, Adam.

— Prazer — digo.

— Igualmente.

Ele estende a mão e ergo a minha para apertar a dele. Seu aperto é bom, confiante e caloroso.

Kyle se abaixa para sussurrar no ouvido de Maggie, praticamente fazendo Adam e eu segurarmos vela.

— Então, você mora por aqui? — pergunta Kyle.

— Moro — respondo. — Ali em Tudor City, na rua 41.

— Ah, legal. É perto do rio, né? Adoro aquele quarteirão.

Eu abro um sorriso.

— Eu também.

Estou me preparando para continuar a conversa quando Kyle dá mais um tapinha no ombro de Adam. Nós nos despedimos, e eu e Maggie observamos os rapazes irem embora.

— Com licença, mas quem era esse? — pergunto, virando-me para Maggie.

Ela dá de ombros com um sorriso malicioso.

— Conheci Kyle na semana passada no aniversário do meu primo.

— Ouso dizer que ele é muito bonito. Está com um bom pressentimento?

— Não quero me precipitar, mas já dá para dizer que ele é meu futuro marido e pai dos meus filhos.

— Fantástico. Ele já sabe disso?

— Não, mas vai saber depois que sairmos para um happy hour nesta semana.

— Porque todos sabem que bebida pela metade do preço leva ao amor eterno.

— É o que eu sempre disse.

Balanço a cabeça com um sorriso, e nossa garçonete aparece e se apresenta. Fazemos o pedido e ela nos diz que uma seleção de coquetéis está inclusa no nosso especial de brunch.

— Excelente! — Maggie sorri. — Eu e minha amiga vamos querer um Bellini cada. Na verdade, estamos comemorando nossos noivados.

Quase engasgo com a água ao ouvir as palavras de Maggie. A garçonete nos parabeniza e sai para pegar nossos drinques.

— Você está chapada? — pergunto, rindo.

— Que foi? Realmente acho que nossos pedidos de casamento estão por vir. Kyle e Ryan são homens de sorte.

— Eu não contaria com isso — digo.

— Ah, bem. Sonhar não custa nada.

7

— Então é só eu mandar uma mensagem surtada que você aparece trinta minutos depois com pão de queijo e café? Estou decidida. Vou me casar com você em vez de Jason.

— Vamos formar um belo casal.

Entro quando Cristina abre mais a porta, vestindo uma camiseta desbotada da Universidade de Nova York, calça de pijama macia e pantufas. Nós nos sentamos no sofá momentos depois e descalço os tênis antes de enfiar os pés embaixo das almofadas de veludo azul.

O apartamento de Cristina e Jason em NoHo é um lindo loft com tijolo e tubulação aparente ao longo do teto. Tapetes felpudos e obras de arte contemporânea dão um ar aconchegante, apesar da atmosfera industrial. O lugar seria perfeito, tirando o fato de que Cristina jura que um camundongo clandestino mora nos radiadores. Ela ainda não avistou o coleguinha de quarto que não paga aluguel, mas é praticamente impossível evitar esses bichos em prédios antigos como este.

— Agora, por que todas as mensagens de socorro? — pergunto, inclinando-me para a frente para rasgar o saco de padaria que nos separa da benevolência dos pães de queijo. — O pessoal do trabalho do Jason ainda não confirmou presença? O florista finalmente mandou a amostra de arranjo de mesa?

Olho para o apartamento ao meu redor, mas não vejo nenhum vestígio dos arranjos com orquídeas em tamanho humano que vão agraciar todas as quarenta mesas na festa.

— Não, ainda não vieram os arranjos — diz Cristina. — Tenho que conversar com você sobre outro assunto.

Sua voz parece calma, mas também capto a incerteza. Eu me recosto, dedicando toda a atenção a Cristina.

— O que houve? Está tudo bem com Jason?

— Não. Quer dizer, sim, ele está bem. É só que estou um pouco estressada no momento e preciso que você me ajude a retomar o foco.

— Tá, mas lembre que falta menos de uma semana para o seu casamento. É normal se estressar.

— Isso não é normal. Adivinhe quem vai morar com a gente nos próximos seis dias, que podem ser considerados os seis dias mais importantes de nossas vidas.

— Não sei — respondo depois de hesitar. — A mãe do Jason?

— Ai, meu deus, nem brinca com isso! A mãe do Jason está acampada no Four Seasons e ficaria feliz morando lá pelo resto da vida. Não, estou me referindo ao seu namoradinho, Ryan.

Odeio admitir, mas a mera menção do nome de Ryan basta para fazer todo o meu corpo ficar tenso.

— Ryan vai morar com vocês? Por quê?

— Ah, é uma história ótima — diz Cristina, rindo sem nenhum traço de humor. — Ryan vai ficar com a gente porque ele foi expulso do hotel. Aparentemente, ele trouxe o cachorro, porque é óbvio que as pessoas fazem isso quando vão a casamentos em outra cidade, e o cachorro destruiu o quarto enquanto estávamos no Butter ontem.

— Está falando sério? — pergunto. — Ele deixou o cachorro sozinho no hotel?

— Não, o outro padrinho genial do Jason, Beau, tinha ficado de cuidar dele, mas decidiu ir encontrar uma das minhas amigas do trabalho. Um hóspede reclamou do barulho, então o gerente foi lá, e você pode imaginar o que aconteceu depois.

— E agora Ryan e o cachorro vão morar com vocês?

— Exato. Beau é cheio da grana, então ele arranjou um quarto só para ele em outro hotel que não permite cachorros, e Ryan vai ficar aqui. Jason acha que não vai dar problema, e está com dó de Ryan, porque qualquer hotel que ele tentar reservar agora vai ser ridiculamente caro. Eu me ofereci para pagar do meu próprio bolso, mas acabei cedendo porque algum lunático inventou que você tem que ceder em relacionamentos.

Estou prestes a dar uma resposta reconfortante quando a porta do apartamento de Cristina se abre, batendo na parede. Esticamos o pescoço para olhar atrás do sofá e lá vem Jason, seguido por Ryan, seguido por um buldogue ligeiramente obeso.

Cristina se volta para mim e inspira fundo pelo nariz.

— Vou ter um ataque de pânico.

— Não, não vai — falo rápido e baixo, levantando-me do sofá. — Oi, meninos!

Atravesso a sala com um sorriso simpático que quase vacila quando Ryan faz uma careta descarada para mim. Considero silvar feito uma vampira em resposta, mas penso que um de nós tem que ser o adulto da relação. Faço o possível para ignorá-lo enquanto me agacho na frente da sua cara-metade canina, que está pulando animadamente contra a coleira, tentando me alcançar.

O cachorro de Ryan tem pelo branco curto com grandes manchas caramelo, e quero pegá-lo no colo no mesmo instante e abraçá-lo, embora ele deva ter mais de vinte quilos. Coço a cabeça e o pescoço dele, fazendo com que ele bata as patinhas no chão sem parar e aproxime o rosto do meu. Seus grandes olhos dramáticos me dizem que, se eu parar de fazer carinho nele, ele vai morrer. É melodramático e provavelmente come demais. Esse cachorro me entende.

Eu me levanto para olhar para Ryan, perguntando:

— Como ele se chama?

— Duque — responde, como se preferisse não me contar.

— Oi, Kara! — Jason passa o braço pelo meu ombro e se vira. Cristina olha feio para ele do sofá e ele aponta o queixo na direção dela, aproximando-se de mim. — Já conseguiu convencê-la a não se matar?

— Vai com calma, amiguinho — responde Cristina rispidamente. — Ainda não sei se estou falando com você. Faça o favor de se retirar da sala.

— Acho que isso é um não.

Jason dá um tapinha no meu braço e vai para a cozinha e Cristina se vira, dando as costas para ele e bufando. Estou contemplando o cenário deplorável com compaixão quando uma ideia perversa me vem à mente. Uma ideia que pode salvar Cristina e a minha carreira em uma cajadada só se eu for doida o bastante. Volto a olhar para Ryan, que está se retirando para o escritório de Jason enquanto minha confiança se depara com dúvida e medo turbulentos. Mas então paro de pensar.

— Gente — exclamo. — Tenho uma ideia. Que tal Ryan e Duque ficarem na minha casa até o casamento?

Um silêncio geral cai sobre a sala.

— Você está falando sério? — pergunta Cristina, quase sussurrando.

— Não — responde Ryan rápido. — Não, tudo bem. Não quero atrapalhar.

— Não seria problema nenhum — garanto a ele.

— Duque dá trabalho. Não faria você passar por isso.

— Eu adoro cachorros, e meu prédio aceita animais.

Ryan me encara com ódio sutil e abro um sorriso doce em resposta. Ele procura ajuda com Jason, que se volta para mim em meio a um debate interno óbvio.

— É muita gentileza da sua parte, Kara, mas não se preocupe. Ryan e eu vamos comprar um colchão inflável para colocar no escritório para ele e Duque.

Cristina se vira no sofá para encarar Jason.

— Se disser mais uma palavra, eu vou te esfaquear. — Ela se volta para mim. — Para falar a verdade, ajudaria muito. Adoraríamos que Ryan pudesse ficar conosco, mas já temos muita coisa acontecendo com o casamento. Desse jeito, vocês podem colocar o papo em dia e todo muito sai ganhando.

Todos então se voltam para Ryan, que está unicamente focado em mim.

— Posso conversar com você por um segundo?

Faço que sim e o acompanho quando ele se aproxima das janelas do outro lado da sala.

— Por que você está fazendo isso? — pergunta Ryan quando ninguém pode nos ouvir.

— Estou tentando ajudar Cristina. Caso não tenha notado, vocês a deixaram à beira de um ataque de nervos.

Basta um olhar para a expressão esperançosa de Cristina para provar que estou certa.

— A gente não daria trabalho — diz ele sem convicção, sabendo que não é verdade.

— Isso vindo do homem que acabou de ser despejado do hotel.

Ele me olha feio em resposta.

— Está com medo de quê? — pergunto. — Que eu mate você durante o sono e esvazie sua conta bancária?

— Nunca se sabe.

— Bom, pode ficar em paz, porque tenho coisas mais importantes para fazer. Tenho um prazo para cumprir e vou trabalhar o tempo todo.

Ryan olha para o outro lado da sala, onde Duque está se sentindo em casa no sofá. Cristina está seguindo o caminho dele com um aspirador manual, limpando todos os pelos do cachorro que aderem ao tecido.

— Então você quer mesmo fazer isso? — pergunta ele, voltando-se para mim. — Não acha que nós dois dividindo um espaço possa ser perigoso?

— Perigoso para mim ou para *você*?

Ryan não responde de imediato. Acho que ele está tentando pensar em um plano alternativo, mas nada vem à mente. Vai rolar mesmo.

— Acho que vamos acabar descobrindo, Sullivan — diz ele. — Se você me quer, estou nas suas mãos.

Há algo de definitivo nas palavras dele que me deixa um pouco inebriada pelo poder. É como se eu estivesse possuída quando digo:

— Como nos velhos tempos.

Os olhos de Ryan se voltam cortantes para os meus. Pelo visto, meu sarcasmo não é valorizado.

Uma pena.

Abro um sorriso rápido e dou a volta por ele para encontrar Jason e Cristina.

— Tá, vou para o Queens agora para jantar com minha mãe e Jen, mas volto umas vinte. Ryan — digo, voltando-me para ele —, pode ir para lá por volta desse horário. Cristina vai passar meu endereço e telefone para você.

— Maravilha — diz ele, sem entusiasmo.

Aceno animada para ele e sigo para a porta. Estou no meio do caminho quando Cristina salta na minha frente.

— Você é minha heroína — sussurra ela. — Eu venero o chão em que você pisa e você tem minha lealdade incondicional para sempre.

Jason surge ao lado dela.

— Acho que o que ela quer dizer é "obrigada". E uma observação: se Ryan sair da linha, é só me ligar. Vou dar um jeito nele.

— Obrigada pela oferta, mas sei lidar com ele. — Olho para trás, sentindo que estou saindo de leve do corpo e tentando não sorrir com sarcasmo. — Até mais tarde, Ryan.

* * *

Levo vinte minutos no trem para chegar da Penn Station à estação Little Neck, no bairro onde cresci. De lá, caminho seis quarteirões, passando por lavanderias, pizzarias, lojas de bagel — todas as bases da sociedade do Queens.

Chego à casa onde cresci — uma casa de tijolos de três quartos com um pequeno quintal na frente. Subo os degraus de cimento e automaticamente olho a caixa de correio ao lado da porta. Tem uma boa quantidade de correspondência, a primeira da pilha no nome de Tim Sullivan. Sinto um nó na garganta, mas não me importo. Gosto que ele ainda receba correspondência.

Ao passar pela porta de tela, que range, e entrar na sala, imagino meu pai sentado na poltrona. Minha tradição particular. Ele desviaria os olhos do jogo dos Yankees na TV para me ver entrar. Sorriria e se levantaria, me dando um abraço e me falando que fiquei tempo demais longe, embora eu viesse jantar todo final de semana.

Passo a mão no encosto da poltrona, mas o couro está frio. Intocado e sem uso. Tiro a mão antes que a sensação persista, passando para a sala de jantar e entrando na cozinha, onde encontro minha mãe e minha irmã, Jen, sentadas à mesa de carvalho oval.

Desde que me entendo por gente, minha mãe foi uma mulher bonita. Ela tinha uma excelente silhueta, comia o que gostava, tomava uma *piña colada* toda sexta e sobremesa era algo que apreciávamos em família. Hoje em dia, ela tem um tipo diferente de beleza.

Depois que meu pai morreu, ela ficou fissurada em manter a forma. Caminha quase dez quilômetros por dia, conhece todos os funcionários da academia pelo nome e nossas sobremesas em família são uma memória distante. Mal posso pronunciar a palavra *sorvete*, com medo de ativar uma armadilha como as dos *Goonies*. Não que se exercitar e comer apenas comidas saudáveis seja um mau estilo de vida — óbvio que não —, mas sou a favor de tudo em moderação.

Entrando na cozinha, passo pela sua tabela de pesagem e IMC semanal, fixada na geladeira com um ímã em formato de pirulito que fiz no jardim de infância. Os números da minha mãe são impressionantes, e ela cumpre todos os objetivos de condicionamento com prazer.

— Oi, família — digo, dando um beijo na bochecha da minha mãe.

Ela se levanta e me dá um abraço de tirar o fôlego. Fica claro que deu uma intensificada na musculação.

— Oi, amor. Chegou bem na hora.

Espio o relógio sobre o fogão, aliviada ao ver que são cinco e meia em ponto. Minha mãe fica irritada se tiver que comer depois das seis. Olho para o balcão e encontro a refeição que ela prepara todo domingo. Salmão assado, purê de couve-flor e salada feita com as verduras e os tomates orgânicos que cultiva no quintal dos fundos.

— Como assim, não tem batata frita com queijo? — brinco.

Ela revira os olhos e ergo a correspondência.

— Peguei essas quando entrei. Tem algumas para o papai.

— Ah. — Ela pega as cartas e seu sorriso se fecha por um breve segundo antes de ela o trazer de volta. — Certo, obrigada. Depois resolvo isso.

Ela enfia a correspondência em uma gaveta e a fecha. Eu e Jen fingimos não notar quando a mão dela permanece na maçaneta por mais tempo do que o necessário.

Em seguida, me viro para beijar minha irmã mais velha, pálida e grávida. Se não soubesse que Jen vai ter um bebê, nem daria para notar a barriguinha minúscula dela. Prefiro não pensar no fato incômodo de que eu e minha irmã grávida poderíamos usar a mesma calça jeans.

— Cadê o Denny? — pergunto.

Denny é o marido de Jen há quatro anos.

— Ele não conseguiu sair do trabalho. Na próxima ele vem.

Denny dirige o departamento de radiologia no Centro Médico Judaico de Long Island. Embora ele não tenha nada a ver com obstetrícia, isso ainda garante um tratamento VIP para Jen quando o bebê chegar. *Você gostaria de uma massagem com pedras quentes depois da próxima contração? Sim, por favor!*

— Como está se sentindo? — pergunto.

Ela responde com um "hunf" descontente enquanto me sento na cadeira vazia ao seu lado.

— Vomito de duas em duas horas, tenho enxaquecas de três em três e suo tanto quando durmo que parece que saí para nadar no mar.

— Que nem uma bela sereia? — arrisco.

— Que nem a meia-irmã constipada e furiosa de uma bela sereia.

— É uma descrição bastante vívida.

— Eu consigo ser mais vívida se você tiver estômago para aguentar.

— Não tenho.

Minha mãe se senta à mesa com um suspiro.

— Não seja vulgar, Jen.

— Não estou sendo vulgar.

— Está, sim. E, Kara, não se esqueça de levar para casa o frango grelhado que preparei para você. O seu tem a tampa azul, o meu está no pote vermelho. Fiz do jeito que você gosta, com o limãozinho extra.

— Obrigada! Como se eu fosse esquecer meu carregamento de frango grelhado semanal.

Jen fica um pouco verde.

— Se vocês continuarem falando de aves, vou começar a vomitar.

— Mudando de assunto! — intervenho. — Mãe, você ainda tem aquela bandeja de prata que a tia Grace te deu?

— Acho que sim. Por quê?

— Estou atrasada para um post no Instagram e preciso fotografar um livro ainda hoje. Além disso, você tem flores? Flores ficariam ótimas com essa capa, mas, se não tiver, posso usar seu conjunto de chá antigo. Vou armar no parapeito da janela da sala, ou posso usar sua cama, se estiver com o edredom branco macio.

— Estou começando a achar que você só me comprou aquele edredom para os próprios fins egoístas.

— Sua afirmação é ao mesmo tempo extremamente ofensiva e parcialmente verdadeira.

Minha mãe sorri e balança a cabeça.

— Sabe, dou todo meu apoio a suas *bookstafotos*, mas...

— É *bookstagram* — diz Jen. — *Bookstagram*. Você deveria saber, já que é uma das bases do sustento da Kara.

— Sei lá como chama — resmunga minha mãe. — Você deveria estar se concentrando no seu livro. Quanto mais esperar, mais difícil vai ser. Não seria nada bom demorar demais e acabar presa num mato sem cachorro.

Tarde demais.

— Eu sei, mãe, e, para deixar claro, já comecei meu próximo romance. — *Graças a Deus.* — Mas está nos estágios iniciais, então ainda está tomando forma.

— Que ótimo! Você tem páginas para eu ler?

Minha mãe pode ser a crítica mais severa, mas também é minha maior fã. Embora ler no computador machuque seus olhos, ela leu meu primeiro manuscrito depois de toda edição que fiz, o que acabou dando uns noventa e sete rascunhos. Eu nunca teria me esforçado tanto para ser publicada se ela não estivesse lá me apoiando e me encorajando ao longo do caminho.

— Ainda não está pronto, mas acho que logo mais vou poder te mostrar algo.

— Conta para a gente da festa da Cristina — diz Jen, passando a mão na barriga. — Preciso viver através de você para esquecer minha própria existência miserável.

— Eu me diverti. A festa foi legal e usei um vestido novo, de ombro de fora.

— Pensei que você fosse usar o vestido que comprei para você.

Minha mãe olha para mim com expectativa e me ajeito no assento, cruzando uma perna sobre o joelho enquanto me fecho um pouco. Ela sempre foi viciada em comprar roupas para mim e Jen. O problema é que eu e ela temos estilos muito diferentes desde que virei pré-adolescente e me apaixonei louca e profundamente por um suéter vintage que minha tia me comprou de presente. Era como se eu estivesse usando uma coberta vestível socialmente apropriada, e foi um caminho sem volta.

— Eu experimentei o vestido que você comprou, mas você sabe que não uso roupas sem mangas.

— Você se sentiria ótima usando o que quisesse se usasse com confiança — diz ela tranquilamente. — Vivendo como vivo, me sinto empoderada todo dia. A gente deveria fazer um quadro de visualização juntas!

Lá vamos nós.

Desde que minha mãe virou fanática por academia, ela não para de tentar recrutar Jen e eu. Tentei fazer a vontade dela. Meio caminhei, meio corri uma meia-maratona com ela no ano passado e fomos à academia juntas várias vezes — uso o passe de convidada, mas ela preferiria que eu assinasse um compromisso vitalício com sangue. Não a recrimino por amar exercícios, mas sei que ela me recrimina por não sentir o mesmo.

Nunca fui gorda, mas também nunca fui magra. Enquanto as outras meninas eram durinhas e esbeltas, eu era mais molenga e curvilínea. Enquanto minhas amigas entravam na aula de dança, eu jogava tênis e softball. Saí do ventre com as coxas encostadas e elas se recusaram a se separar desde então.

De modo geral, estou feliz com meu corpo, mas meus braços são uma zona proibida. Blusinhas e vestidos de manga curta ou de ombro de fora são mais a minha praia, e me viro muito bem assim.

— Obrigada pela sugestão, mas a vida sem mangas não é para mim. Mas sou a favor de um quadro de visualização.

— Eu também — diz Jen. — As primeiras coisas que vou colocar no meu quadro são umas comprinhas na Target e uma casa de campo inglesa. Ou, no mínimo, quero manifestar um mundo onde eu possa comer queijo quente e assistir a séries de época o dia todo.

— Idem — concordo. — São escolhas sensacionais.

— Vocês estão perdendo o foco — diz minha mãe. — Como Kara vai arranjar alguém se não é a versão mais feliz e confiante de si mesma?

Olho para o chão e tento me lembrar de que ela tem boas intenções. Que não enxerga o fato de que seus sermões encorajadores mais parecem cutucadas ácidas de que nunca consigo desviar.

— Estou muito feliz, mãe. E não acho que eu esteja destinada a ficar para titia só porque não gosto dos meus braços.

Minha resposta parece ensaiada, porque é. Já tivemos essa conversa um bilhão de vezes.

— Só estou dizendo que investir tempo e energia no autocuidado saudável vai fazer maravilhas pela sua autoestima.

— Mas o que faz você se sentir bem não é necessariamente o mesmo para mim — argumento. — Você pode não acreditar, mas toda vez que leio um livro de pijama, sinto um barato igual ao dos corredores.

— Não é possível.

— Conheço a minha verdade.

Minha mãe se recosta com um suspiro.

— Sei que esse deve ser um assunto delicado, mas ainda não entendo por que você e Mark terminaram. Ele tinha um ótimo emprego e era um bom rapaz.

Claro, é mais fácil colocar a profissão de um homem acima de sua personalidade quando não é você que vai se casar com ele.

— Mark era legal, sim, mas eu e ele não nascemos um para o outro.

— E por quê, Kara? Porque ele não apareceu a cavalo para arrebatar você que nem um personagem dos seus romances?

— Eu e Mark não demos certo porque não tínhamos a química necessária para sustentar uma relação para a vida toda, além de outras questões. — Então acrescento: — Fora isso, ele sempre passava fio dental na minha frente e aquilo me dava vontade de vomitar.

— Ele era dentista! Não tem nada de errado em praticar higiene dental adequada.

— Tá, já chega — falo baixo, mas firme. — Eu e Mark não vamos voltar e estou satisfeita com minha saúde física e mental, então você precisa relaxar e me deixar em paz. — Depois me viro para Jen, sem dar tempo para minha mãe retrucar. — Agora, onde eu estava?

— A festa — diz ela, enfiando na boca um dos biscoitos salgados da caixinha pequena escondida no colo.

— Isso, a festa. — Estou prestes a elaborar quando meu celular vibra no bolso do suéter. Eu o pego e vejo uma mensagem de um número desconhecido. — Um segundo.

Digito meu código de segurança e a mensagem surge na tela.

Só para avisar, ronco mais alto que o Duque.

Meu estômago se revira. Sei que falei para Cristina dar meu número para Ryan, mas receber uma mensagem dele agora parece estranho demais para ser verdade. Aperto o celular com as duas mãos e digito:

Não me surpreende. Acho que vou ter que estrear aquela máquina de ruído, no fim das contas.

Pontinhos piscam na mesma hora. Pelo menos, ele não é um daqueles caras que levam cinco horas para responder a mensagens.

Também faço meditação com cânticos às cinco da manhã com um solo de gongo caprichado, tocado ao vivo por mim. Gostaria de participar?

Sorrio e, quando ergo os olhos, minha mãe e Jen estão me observando.
— Desculpa — digo. — É Cristina com as coisas do casamento.
Baixo os olhos e digito rapidamente:

Essa eu vou passar. Mas obrigada.

Meu celular vibra.

Sejamos sinceros, Sullivan. Você está me atraindo para seu apartamento para poder me seduzir ou o quê?

Rio, o que não passa despercebido por minha mãe e Jen. Felizmente, elas voltam à própria conversa, e aproveito para responder, com o celular embaixo da mesa feito uma adolescente culpada. Estimulada pela nossa troca de mensagens leve, digito:

Com certeza. Vai ser assim: vou estar de moletom e ignorar você completamente para trabalhar no livro o dia todo. Boa sorte resistindo a essa dança do acasalamento.

Uau. Vê se avisa da próxima vez antes de ser tão pornográfica.

Você é um idiota. Depois a gente conversa.

Os pontinhos piscantes aparecem mais uma vez.

Vejo você em casa.

Deus do céu, onde fui me meter?
Largo o celular à minha frente na mesa, nervosa e ansiosa. Estou me lembrando de que é apenas por causa de trabalho quando noto minha mãe e irmã me encarando.
— Oi — digo inocentemente.
— Quem era? — pergunta minha mãe. — E não venha me dizer que era Cristina.
Como vou explicar isso...
— Era um cara que encontrei ontem à noite.
Minha mãe olha para Jen antes de se voltar para mim.
— Ah, que legal. Você está interessada nele?
Faço uma pausa antes de responder.
— Talvez eu esteja interessada nele.
Não menciono que estou me referindo a Ryan. Minha mãe o encontrou várias vezes na faculdade e sempre gostou dele, mas, depois de saber todos os detalhes de nosso término, não sei como ela reagiria agora.

— E o que ele faz? Como ele é de aparência?

— Ele é engenheiro e, quanto à aparência... é alto. Tem cabelo loiro e um maxilar forte. Os olhos dele são verdes com pontinhos castanhos nas bordas.

— Minha nossa — diz Jen. — São muitos detalhes para um primeiro encontro.

Puxo a cadeira para mais perto da mesa.

— É, bom, ele é amigo do Jason, então conversamos por um tempo.

— Vocês vão se ver de novo? — Minha mãe está tentando parecer desinteressada, mesmo me cercando verbalmente feito um tubarão.

— Para falar a verdade, vamos nos ver hoje à noite.

— Que maravilha! Vou querer saber tudo amanhã. Agora, meninas, vão para a sala de jantar que vou levar a comida.

Minha mãe se levanta e eu e Jen saímos da cozinha, indo para a sala de jantar lado a lado.

— Sabe, por mais horrível que seja estar grávida, realmente é uma experiência incrível. Você precisa se mexer se quiser ter bebês algum dia.

— Eu tenho tempo — digo, alongando os ombros. — Comecei tarde, então a qualidade dos meus óvulos é muito mais jovem do que deveria.

— Não dá para saber se isso é verdade.

— Claro que dá. Só menstruei aos 16 anos, então, quando eu tiver 34, meus óvulos ainda vão estar com vinte e poucos.

— Você menstruou tão tarde mesmo?

— Sim. Então, por mais que você me veja como uma solteirona, meus óvulos ainda são jovens debutantes efervescentes.

— Certo — Jen ri baixo —, mas, mesmo com óvulos mais jovens que a média, você precisa dar seus pulos no departamento amoroso. Pelo menos conheceu um homem novo.

Não menciono que Ryan não é exatamente novo enquanto me sento à mesa de jantar.

— Pois é — digo em vez disso. — Deseje-me sorte.

Coisas a fazer antes que Ryan chegue:

1. *Arrumar tudo.*
2. *Espanar tudo.*
3. *Passar aspirador em tudo.*
4. *Comprar comidas saudáveis e guardar estrategicamente na geladeira.*
5. *Tirar livros de romance com títulos exageradamente obscenos da estante da sala e guardar na estante do quarto.*
6. *Virar os livros de romance nas estantes que tiverem ilustrações sacanas na lombada.*
7. *Expor meus livros publicados.*
8. *Lavar a roupa.*
9. *Esconder as calcinhas de vovó (ou seja, 98% das minhas calcinhas).*

Tendo conseguido ticar todos os itens da lista que escrevi depois de voltar correndo ao apartamento, a jogo na lixeira ao lado da escrivaninha. Ryan está oficialmente no prédio, subindo neste exato momento. Tudo que resta é dar a partida no show de horrores que está para começar.

Bem nesse momento, há uma batida sonora na porta.

Lá vamos nós.

Respiro fundo e atravesso a sala. Outra batida ecoante soa antes que eu pegue a maçaneta e abra a porta.

Ryan está ali de calça jeans e camiseta cinza, a mala pendurada no ombro, segurando a coleira de Duque na mão direita. Duque me olha como se estivesse vindo morar comigo para sempre. Só falta um conjunto de bagagem retrô em tamanho canino.

— Não tem como voltar atrás agora, Sullivan.

Ryan reajusta a mala no braço e eu desvio os olhos de Duque e me volto para ele.

— Nem sonhando. Entra.

— Acho que Duque precisa de um tempo para se acostumar primeiro. — Ele se agacha para acariciar o cachorro. — Certo, amigão, podemos ter sido sequestrados e obrigados a vir aqui contra nossa vontade, mas tenho certeza de que sobreviveremos por alguns dias.

— Legal. E eu aqui pensando que fiz uma boa ação para todos os envolvidos.

— Falei para você que ela era arrogante, não falei? — diz Ryan para Duque. — Não se preocupe. Vamos perseverar.

— Quer saber? Que tal o cachorro ficar e você ir morar no metrô? Acho que você se daria bem naquelas comunidades subterrâneas.

— Você acha? — pergunta Ryan, levantando-se com um sorriso.

— Tenho quase certeza. Você parece normal por fora, mas, sob a superfície, aposto que existe um líder de seita carismático só esperando para se libertar.

— Agradeço sua linha de pensamento, mas acho que vou segurar a barra aqui por enquanto. Não gostaríamos de decepcionar você.

Eu me imagino dando um soco na cara de Ryan.

— Certo, bom, você tem cinco segundos. Entre ou não. Vou sobreviver de qualquer maneira.

— Esses dias vão ser longos, Duque.

Ryan entra no apartamento seguido pelo cachorro corpulento e fofo e fecho a porta atrás dos dois. Ele está passando pela minha bicicleta pendurada em um suporte de bambu, que também serve de mesa de entrada, e para de repente.

— Não creio — diz ele. — Você ainda anda de bicicleta?

— Claro — respondo.

Ele toca o sininho da bicicleta e sinto um certo orgulho maternal. Sem querer ser esquisita, meu amor pela minha bicicleta não seria maior nem se ela tivesse saído de dentro de mim. Azul-turquesa, de três marchas, ela tem um guidão em estilo retrô e um suporte traseiro que combina com o cesto de arame resistente da frente. É delicada e extravagante, cheia de personalidade, e nunca vou abrir mão dela. O nome é Calíope, mas pode chamar de Callie.

— Você sai com ela com frequência? — pergunta.

— Umas duas vezes por semana. Principalmente para ir ao mercado ou ao apartamento da minha amiga. Em dias bonitos vou até o Central Park.

Ele pega um dos guidões, balançando a cabeça e sorrindo com sinceridade.

— Ela é você em forma de bicicleta. É incrível.

Ele sai andando depois disso, e fico um pouco surpresa com a reação.

Adoro pedalar desde pequena e o amor continuou comigo durante toda a faculdade. Eu cheguei até a consertar uma bicicleta de sete marchas que comprei barata na internet e dar para Ryan como presente de aniversário quando começamos a namorar. Sempre achei que ele pedalava comigo só para me agradar, mas talvez ele gostasse mais do que eu imaginava.

Acompanhando Ryan e Duque até a sala, preciso admitir que um buldogue faz o espaço parecer ainda mais aconchegante. Penso se Ryan me emprestaria o cachorro para alguns dos meus posts. Livros e cães são um combo irresistível no Instagram.

— Gosto do nome Duque — digo a ele.

— Obrigado. Não teria como mudar agora nem se eu quisesse. Gastei dinheiro demais com monogramas.

Sem querer, minha mente viaja de volta ao romance que Ryan tirou da minha mão no dia em que nos conhecemos.

— Você não o batizou em homenagem a *O duque diabólico*, batizou?

Ryan larga a mala no sofá e olha a sala ao redor antes de se voltar para mim.

— Na verdade, não. Por melhor que seja essa recordação, minha irmã estava comigo quando adotei esse meninão e me ajudou a escolher o nome dele. Ela estuda na Universidade Duke.

— Ah, legal.

Só para constar, estou superfeliz por ter deixado perfeitamente claro que lembro o título do livro que deu início ao nosso relacionamento. Eu odiaria que Ryan pensasse que o superei ou coisa assim.

Ansiosa para mudar de assunto, avanço mais na sala e pergunto:

— Quanto tempo foi de carro da Carolina do Norte até aqui?

— Um pouco mais de nove horas.

— Que dureza. Mal consigo ir a Long Island sem passar mal.

— Bom, se você ainda dirige como dirigia na faculdade, não é nenhuma surpresa. Acho que, na velocidade máxima, você não ia nem a cinquenta quilômetros por hora.

— Sou uma motorista defensiva.

— Você é uma motorista idosa.

— Não vamos apontar o dedo, está bem? É você o homem adulto que vai de carro para tudo quanto é lugar porque tem medo de entrar num avião.

— Você sabe muito bem que sofri um trauma — diz Ryan com o ar solene.

— Você passou por um pouco de turbulência em um voo a Denver quando era criança. Não sei se isso pode ser considerado um trauma.

— Aos 7 anos, uma turbulência dramática é como se você estivesse mergulhando nas profundezas do inferno. Pensei que você fosse um pouco mais sensível.

— Eu *sou* sensível, mas é meio exagerado que um voo ruim faça você odiar aviões pelo resto da vida.

— Sou um homem da estrada, Sullivan. Estou apegado aos meus hábitos e não vou mudar por nada.

— Como quiser — murmuro.

Ryan anda até a estante, onde começa a avaliar os títulos. Que bom que passei os romances mais picantes para o quarto. No momento, apenas os livros leves a moderados estão expostos na estante que ele avalia.

— Como você escolhe quais livros ler? — pergunta.

Ainda olhando para as costas dele, entrelaço os dedos na minha frente.

— Não sei. Vejo o que chama a minha atenção numa livraria ou compro algum que esteja aparecendo muito na internet.

— São muitos livros. Tem algo especial que você procure nos livros além do amorzinho doce?

— Quer mesmo falar de livros agora? Tem umas quatro ou cinco horas livres?

Ele volta os olhos para mim com uma risadinha.

— Acho que dou conta.

— Certo — digo. — Bom, quando se trata do que procuro em cada livro específico, acho que é mais fácil dividir em premissas, propostas de enredos ou temas. Exemplos em romance seriam amigos que viram amantes, inimigos que viram amantes, relacionamentos de mentirinha, romances de segunda chance, proximidade forçada, falsa identidade...

— Então são muitas — intervém Ryan, sentindo que estou disposta a continuar eternamente.

— Muitas mesmo. A maioria é divertida e intrigante.

— Mas, se existe um certo número de temas, os livros da mesma categoria não são todos iguais?

— De jeito nenhum, porque cada livro aborda a premissa de um aspecto diferente. Os personagens são diferentes, a localização é diferente... — Tento pensar em como expressar isso de uma forma que Ryan consiga entender. — Olha, então você me perguntar se é tudo igual na mesma premissa seria equivalente a eu perguntar se todo jogo de beisebol é igual. Afinal, todos jogam beisebol, seguem as mesmas regras e sempre terminam igual, com um time ganhando. Deve ser monótono.

— O que seria uma verdadeira blasfêmia.

— Exato. No beisebol, todos fazem os mesmos movimentos com o mesmo objetivo final, e mesmo assim você sente prazer em acompanhar diversos times e acompanha o esporte porque cada jogo é diferente e eletrizante. Isso também vale para romances. Cada história de amor é uma experiência única.

— Certo — diz Ryan, passando a mão na barba rala das bochechas —, não estou tentando inflar seu ego, mas você deveria saber que o que acabou de falar foi extremamente perspicaz.

Uma onda de orgulho me perpassa, e sinto que fico um pouco vermelha. Aí está o barato de livros igual ao de corredores de que eu estava falando para a minha mãe.

Como eu disse, conheço a minha verdade.

— Obrigada, mas tenho certeza de que outras pessoas já devem ter usado essa metáfora antes.

— É uma ótima metáfora. Entendi muito melhor agora.

— Fico feliz em poder ajudar você a caminhar na luz.

— Então, qual dessas premissas é sua preferida? — pergunta Ryan.

— Ai, caramba. — De repente sinto que devo escolher qual dos meus filhos inexistentes amo mais. — Gosto de tantas. Mas, se eu tiver que escolher, minhas três principais devem ser o irmão da melhor amiga…

— Como é que é? Isso conta como gênero?

— Gênero, não. Premissa.

— Certo, é uma *premissa* extremamente específica.

— A maioria é. Pensando bem, esquece isso, irmão da melhor amiga tem caído na minha lista nos últimos tempos. Tá, top três oficial… amor proibido, proximidade forçada e inimigos que viram amantes.

— E imagino que "inimigos que viram amantes" quer dizer…

— Exatamente o que parece… pessoas que se odeiam, mas se apaixonam.

— Exatamente o que parece — diz Ryan, e cai um silêncio estranho na sala. — Legal. Eu leria isso.

Não sei dizer se tem alguma indireta aí ou se estou vendo coisa onde não tem.

— Legal. Beleza, chega de discussões literárias por enquanto.

Atravesso o espaço entre nós para tirá-lo de perto da estante com delicadeza.

— A culpa não é minha. Estar perto de todos esses livros está atiçando meu lado intelectual.

— Deve ser uma experiência estranha para você.

Eu me viro para ver Duque farejar e bufar para cada uma das pernas de latão da minha mesa de centro branca.

— Nossa — diz Ryan atrás de mim. — O sucesso realmente transformou você, Sullivan. Lembra quando você sempre era legal comigo?

— Lembro, quando eu era adolescente. Eu tirava sarro de você naquela época também, mas só por dentro, porque você era bonitinho.

— E agora não sou mais?

Eu me viro para ele, inclinando a cabeça enquanto avalio sua aparência. Ryan não é bonitinho. Ele é terrivelmente lindo.

— Dá pro gasto — respondo.

— Bom, por mais que eu adore o rumo que esta conversa está tomando, preciso encher o pote de água do Duque e montar a caminha dele.

Ryan atravessa a sala e se agacha na frente da mala, abrindo o zíper e a revirando. Ele tira um pote grande de água, uma enorme coberta felpuda e um travesseiro no formato de osso que diz: "Você me conquistou com seu au-au".

Eu avanço até a cozinha, que é conjugada com a sala.

— A pia é logo ali. Fique à vontade para usar a geladeira ou o fogão. Não é nada nível *Masterchef*, mas dá conta do recado.

— Certo, entendido.

Sem dizer mais nenhuma palavra, Ryan dá meia-volta e desaparece no banheiro, que é bem na frente do meu quarto. Confusa, vou atrás dele até parar no batente, vendo-o encher o pote de água do Duque na pia.

— O que você está fazendo? — pergunto.

— Colocando água para o Duque.

— Isso eu vi, mas por que está enchendo aqui, e não na cozinha?

— Porque é aqui que o Duque vai dormir.

Tento absorver essa última informação, mas a ficha demora para cair.

— Como é que é?

— Duque gosta de dormir no banheiro.

Ryan termina de encher o pote e o coloca aos meus pés. Antes que eu me dê conta, sou empurrada para o lado por

Duque, que passa por mim para chegar à água. Praticamente expulsa do banheiro pelo buldogue sedento, eu me viro para parar no corredor. Ryan dobra o cobertor grosso de lã até o transformar em uma cama que parece tão macia que eu não veria mal em comprar uma igual para mim. Quando termina, ele se levanta e se recosta na pia.

— Por que ele dorme no banheiro? — pergunto.

— Não sei. Desde o dia em que o adotei, é aonde ele sempre vai para dormir.

— Então ele vai ficar no banheiro toda noite?

— Muito provavelmente. Isso é um problema?

— Não é um problema — digo —, mas e se eu tiver que usar o banheiro enquanto ele estiver dormindo?

Ryan dá de ombros.

— É só tomar cuidado onde pisa. Duque não vai incomodar.

— Então seu cachorro vai ficar ali, me olhando?

— Duque — esclarece. — O nome dele é Duque, então por favor o chame pelo nome. Ele é um ser humano, Kara.

— Foi mal, então *Duque*, o cachorro humano, vai ficar lá me encarando?

— É possível, mas eu não me preocuparia com isso. — Ryan se afasta da pia para se empertigar. — Para falar a verdade, Duque não acordaria nem se o pessoal de uma fanfarra viesse fazer suas necessidades depois de jantar com curry bem apimentado. Você não tem nada a temer.

— Excelente.

Bom, parece que uma ida noturna ao banheiro com um animal respirando sonoramente à minha espera no escuro fará parte do meu futuro imediato.

Volto à sala e me sento no sofá. Duque vem atrás e pula nas almofadas ao meu lado, água pingando da boca. Tento evitar o contato visual, mas ele me encara até eu ceder e começar a acariciar sua linda pelagem. Ryan entra na sala e bate as palmas das mãos.

— Bom, o quarto do Duque está preparado.

— Ótimo — digo, levantando-me e me virando para olhar para o sofá. — É aqui que você vai dormir. Muitos amigos meus já dormiram nessa belezinha e depois pediram para ficar para sempre, então acho que você vai ficar bem.

— Meu parceiro no crime parece aprovar.

Duque se esparrama no espaço que vaguei, ficando ainda mais confortável. E depois ele peida. Alto.

— Eca!

Rio e cubro o nariz. Ryan faz uma careta e vira a cabeça para evitar o cheiro avassalador.

— Poxa, cara, a gente conversou sobre isso!

Ele abana a mão para criar uma corrente de ar, mas não adianta: o fedor é forte demais.

— Tenho um purificador de ar — ofereço de trás das mãos, que ainda estão servindo de máscara de gás.

— Tudo bem. Vai passar depois de uma hora ou duas.

— Ah, maravilha. — Levo a mão à mesa de centro para pegar os lençóis e travesseiros que separei. — Esses são para você. Desculpa por não ter um sofá-cama, mas não recebo muitas visitas que viram a noite.

— Ah, não? — Algo no tom de Ryan me faz pensar que ele está se perguntando sobre minhas visitas masculinas. Ótimo. Ele sorri e diz: — O sofá está ótimo.

— Legal. — Nós nos entreolhamos, em um longo silêncio. Empurro os lençóis na direção dele. — Então pronto.

— Ei, você se importa se eu tomar um banho rápido antes de me deitar? O cara que estava no elevador com a gente estava se matando de tanto tossir e eu odiaria passar gripe suína para você na primeira noite.

— Claro — respondo, cruzando os braços. — Sabe, você realmente é tão estranho quanto me lembro.

— Normalmente não. Acho que você traz isso à tona em mim.

— Muita gente me fala isso.

— E, por falar em ser estranho, tenho mais um pedido.

— Ai, caramba — digo —, vamos lá.

— Você se importaria se eu diminuísse o termostato à noite? Tenho problemas para dormir a menos que meu quarto esteja superfrio. Duque também não se dá bem com o calor.

— Está bem — respondo, passando por ele e verificando o termostato ao lado da porta do quarto. — Já está ajustado em vinte graus.

— Então, estava pensando mais em dezessete.

Arregalo os olhos.

— Caramba, Elsa. Isso sim é frio. Como você vive na Carolina do Norte?

— Não é fácil. — Ryan ri. — Tenho ar-condicionado central, mas a conta de luz vem absurda. Em noites quentes, sinto o quarto todo abafado, me reviro de um lado para o outro e fico de mau humor no dia seguinte... Não é bom para ninguém.

— Vamos evitar isso, então — digo, ajustando a temperatura. — Ártico, aí vamos nós.

— Tem certeza de que não é um problema?

— Absoluta. Moletons e suéteres são minha segunda pele mesmo.

— Legal — diz Ryan, doce e sorridente. Um silêncio caloroso preenche a sala, apesar da temperatura mais baixa. — Então, o banho?

Minha mente se enche de imagens criativas. Ryan pelado no meu banheiro. Ryan pelado no meu chuveiro. Ryan pelado e enrolado em uma das minhas toalhas.

Dou meia-volta e volto para a cozinha.

— Sim, vai lá.

Finjo estar ocupada abrindo a geladeira. O ar frio tem um efeito calmante.

Depois que a porta do banheiro se fecha, me viro para confirmar se Ryan está fora de vista. Vendo que ele saiu, bato a porta da geladeira e dou passos duros até o espelho pendurado sobre o sofá. Examino o reflexo corado e ajeito o cabelo atrás das orelhas.

Depois, me viro mais uma vez para avaliar a sala. Tudo está como deveria estar e Duque está sentado na minha poltrona de leitura como se fosse seu trono.

— Está gostando de Nova York até agora? — pergunto para ele.

Ele me lança um olhar breve de esguelha que diz que prefere que eu não interrompa seu devaneio. Sem querer forçar a sorte fazendo carinho nele enquanto ele está em estado zen, decido me sentar no sofá, pegando o controle remoto e ligando a TV.

Já assisti a dez minutos do meu reality show favorito quando noto que a água do chuveiro não está mais correndo. Imediatamente tento fazer uma pose sentada e casual e me concentro na tela — mas isso se revela difícil quando Ryan sai do banheiro só de toalha cinza-escura.

O cabelo está jogado para trás para não cair no rosto, pingando gotículas de água nos ombros e no peitoral definido. Ele é forte, mas não demais, em forma, mas não que nem aqueles caras que vão à academia em nível extremo e ficam com os músculos inchados.

Ele é um desses caras que você sabe que um dia vai ter um corpinho incrível de pai de família. Tipo, quando levar os filhos para a praia, as mães vão olhar para ele e pensar... talvez ele tenha treinado para as Olimpíadas em algum momento quando era jovem. Quer dizer, provavelmente não *participou* das Olimpíadas, mas talvez das classificatórias.

— Desculpa, deixei minha mala aqui fora — diz Ryan.
— Eu pego.

Eu me levanto do sofá e pego a mala, que está a poucos metros de mim. Um segundo depois, estou em pé diante do corpo seminu de Ryan.

Está tudo tranquilo. Completamente normal.

Estico o braço para entregar a mala e, ao fazer isso, sua mão roça na minha.

Em um dos meus livros, eu poderia explorar um roçar de mãos por pelo menos uma página, mas, na realidade, não sei se o contato tem algum peso.

— Valeu — diz Ryan com um sorriso antes de voltar para o banheiro.

Ele fecha a porta e eu cubro o rosto com as mãos.

Recomponha-se! Seja profissional!

Respiro fundo e sou o retrato da compostura quando Ryan volta à sala alguns minutos depois, de calção azul-marinho e camiseta branca. Ele está... nojento. Decido acreditar que ele está nojento.

— Está com fome? Podemos pedir alguma coisa.

— Não, obrigado — diz Ryan. — Estou bem cansado, então acho que já vou dormir.

— Boa ideia. — Passo por ele enquanto se dirige ao sofá e me viro quando paro no batente do quarto. — Duque entra no banheiro agora ou vai depois?

— Ele vai ficar comigo por um tempo, e entrar quando estiver pronto para dormir.

— Entendi. Posso perguntar por que você o trouxe para Nova York? Não teria sido mais fácil arranjar alguém para cuidar dele em casa?

— *Teria* sido muito mais conveniente, mas Duque sofre de muita ansiedade de separação. Fiz uma viagem de trabalho de uma noite e ele ficou doido, embora minha mãe estivesse ficando com ele na minha casa. Ele não dormiu e fez xixi por todo o chão, coisa que nunca acontece.

— Ah, não — digo, com dor no coração. — Que terrível.

— Pois é, ele foi resgatado, então sabemos que veio de uma situação ruim. Ele está melhor agora, mas às vezes o passado volta para assombrar ele.

Baixo os olhos para o chão e penso que sei como é. Quando volto a erguer os olhos, Ryan está me observando com uma expressão compreensiva. Eu me ajeito perto da porta e inspiro rápido, abrindo um sorriso.

— Tá, boa noite, então.

Ryan responde com um sorriso constrangido e ergue a mão para coçar o ombro.

— Isso é tudo meio surreal, né?

— Só um pouco — respondo.

— Escuta, sei que estava enchendo você, mas obrigado por nos hospedar.

— Tudo bem. Eu gosto da companhia.
— Eu também. Hotéis me dão arrepios, na verdade.
— Sério?
— Pois é. São impessoais e frios. Sempre prefiro dormir no sofá de um amigo, se puder.
— Então somos amigos agora? — pergunto.
— Gostaria que fôssemos. Acho que eu teria tentado ficar seu amigo mesmo depois de tudo, se você tivesse deixado.

Sinto um aperto lento no peito com as palavras de Ryan. Talvez pudéssemos ter ficado amigos depois do término, mas não sei como. Cortar todo e qualquer contato foi a única forma de superá-lo. Deixar Ryan entrar na minha vida de alguma forma naquela época teria sido permitir que ele a preenchesse por completo, e eu não poderia fazer isso. Não de novo.

— Amigos — murmuro. — Acho que também gosto da ideia. — Dou um passo para trás e seguro a maçaneta do quarto. — Boa noite.
— Boa noite, Sullivan.

Fecho a porta e uma sensação estranha toma conta de mim. Eu me sinto indefesa, mas, de alguma forma, ainda totalmente no controle. Exausta, mas bem acordada. O notebook me chama a atenção no meio do colchão e, sem hesitar, vou até a cama e me sento de pernas cruzadas. Abro o computador e digito a senha. Meu manuscrito aparece na tela e começo a digitar imediatamente.

Charlotte e Robert andaram lado a lado pela abafada galeria de retratos, seguindo zelosamente o pai de Charlotte enquanto ele tagarelava sobre sua ilustre família. Ele era um homem alto, mas suado — escorregadio como uma enguia e com o humor de um toco de árvore.

Robert via que nem todas as pinturas eram originalmente da galeria. Marcas desbotadas na parede estavam visíveis atrás de obras menores onde pinturas em maior escala já estiveram penduradas. Ele se perguntou se lorde Destonbury estava vendendo as heranças da família na surdina para manter os credores longe. Muitos sabiam que Philip estava envolvido em apostas, mas a extensão de sua dívida era desconhecida.

— Deem-me licença por um momento — disse lorde Destonbury, saindo da galeria e deixando Charlotte e Robert completamente a sós.

Charlotte se voltou para Robert, sem parecer nem um pouco surpresa.

— Está claro que meu pai não é o acompanhante mais eficiente.

— Com ou sem acompanhante, a senhorita não tem nada a temer de mim.

Charlotte observou Robert com um olhar perscrutador.

— E o senhor tampouco de mim.

Ela se virou e continuou ao longo da galeria, Robert a seguindo com um sorriso largo. Eles só tinham andado alguns metros quando ela deu meia-volta para o encarar uma vez mais.

— Perdoe-me por ser tão direta, lorde Stratton, mas não entendo por que ainda está aqui. O senhor parece um homem decente. Tenho certeza de que tem amigos. Sem dúvida há mulheres em Londres que adorariam sua companhia. Eu lhe disse que não me casarei com o senhor, então por que permanece aqui?

Robert cortou a distância entre eles. Ele não encostou nela, embora seus olhos revelassem o quanto desejava. Autocontrole nunca fora difícil para ele. Até então. Charlotte engoliu em seco, mas se manteve firme. Isso o afetou mais fortemente do que ele gostaria de admitir.

— Permaneço aqui porque gosto da senhorita — disse ele, depois de um momento. — Acha que poderia vir a gostar de mim?

— Eu... não sei. Mas, mesmo se gostasse, isso não me faria mudar de ideia.

— Que tal fazermos um acordo? Não lhe farei um pedido oficial de casamento até daqui a um mês. Se não me amar até lá, vou partir e nunca mais voltar.

Robert estendeu a mão, esperando que Charlotte aceitasse sua aposta.

Um momento depois, ela colocou a mão na dele com um ar confiante.

— Combinado. Devo mandar um servo ajudar o senhor a fazer as malas agora ou precisamos mesmo esperar até o fim de sua estadia?

— Tentarei minha sorte — disse Robert com um sorriso irônico. — Embora, para um acordo como o nosso, um aperto de mão me pareça formal demais. Vamos selar isso com um beijo.

Charlotte não teve tempo de reagir quando Robert avançou e lhe deu um beijo habilidoso, tirando dela um gritinho de surpresa quando ele colocou a mão em sua cintura e a puxou para junto de si. De início, ela ficou rígida e nervosa, mas logo relaxou sob a insistência delicada da boca calorosa de Robert. O beijo foi lento — suave e inebriante — e a deixou à deriva. Ela tinha *certeza de que era aquela a intenção de Robert. Por mais que ele se contivesse, ela sentia o desejo dele, a sugestão de que havia muito mais à espera quando estivesse pronta. Ela jurou que se soltaria, mas acabou se inclinando mais à frente quando foi ele quem recuou, apenas um pouco.*

— Muito melhor — sussurrou ele, o nariz roçando o dela. — Estou ansioso para as próximas semanas, Charlotte. Que comecem os jogos.

9

Sou despertada pelo cheiro doce de panquecas. Inspirando o aroma, me viro de barriga para cima, esfregando os olhos com as mangas do suéter de lã grosso, bem mais compridas do que meus braços. Sem o suéter, teria congelado durante a noite. Ryan dorme em uma caverna de gelo.

O relógio ao lado da cama mostra que são 7h38. Se panquecas estão mesmo acontecendo e não é apenas o poço sem fundo do meu apetite que está sonhando com elas, quer dizer que Ryan se tornou uma pessoa matinal. Mais um motivo por que qualquer relacionamento entre nós estaria fadado ao fracasso.

Eu me arrasto para fora da cama e me dirijo discretamente ao banheiro, entrando às escondidas sem que Ryan me veja. Felizmente, Duque já se retirou, então não precisa haver nenhuma disputa pelo poder. Abro a torneira e jogo alguns punhados de água no rosto até estar completamente desperta.

Depois de me secar, dou uma olhada no espelho e sinto a pele começar a descongelar. Ryan deve ter ajustado o termostato de volta ao normal. Tiro o suéter, ficando de pijama, um conjunto de blusa e calça cinza-claras e macias que Jen me deu de Natal no ano passado.

Escovo rápido o cabelo e o dentes e saio para a sala antes que eu possa pensar duas vezes.

— Panquecas? — pergunto com a voz rouca matinal.

Estou prestes a falar mais alguma coisa, mas sou rapidamente dominada pelo cheiro de algo queimando. Queimando mesmo.

Olho para Ryan, de bermuda cáqui e camiseta azul-marinho, que gira na frente do fogão, todo frenético. Segurando uma espátula em uma mão, ele balança a outra de um lado para o outro sobre a frigideira fumegante.

— Talvez eu tenha queimado o bacon — diz.

— Estou vendo. Mas foi legal da sua parte tentar.

Atravesso a sala para abrir as janelas atrás da escrivaninha, na esperança de ajudar o ar a circular.

— Normalmente sou bom cozinheiro de café da manhã, mas acho que fui ambicioso demais em tentar o combo de panquecas e bacon em um fogão desconhecido.

Dou um passo na direção da cozinha e, com cautela, Ryan apalpa o cabo da frigideira. Confirmando que não está escaldante, ele a pega e joga o bacon carbonizado no lixo.

— Sua geladeira estava muito bem estocada. Normalmente me orgulho se tiver leite deste ano na minha.

— Fui ao mercado antes de você vir.

Estico os braços ao alto para me espreguiçar e Ryan se vira para se ocupar de algo no balcão.

— Não se sinta obrigada a comprar muitas coisas por minha causa. Posso reembolsar você pelas compras, se quiser.

— Não, não tem problema — digo. — Além disso, se preparar café da manhã todo dia, eu é que vou ter que reembolsar você.

— Para falar a verdade, não costumo cozinhar para mim de manhã. — Ele se afasta do fogão enquanto passa a última panqueca da frigideira para um prato. — Talvez eu esteja me exibindo um pouco para você.

Meu coração bate mais forte do que eu gostaria.

— Por que acordou tão cedo?

— Acredite ou não, alguns de nós têm trabalhos chatos de verdade, e não é fácil se desacostumar desses horários.

Ele olha meus armários da cozinha e para quando encontra o xarope de bordo. Eu me sento à pequena mesa de bistrô para dois, situada a poucos metros da cozinha.

— Você está com inveja porque meu trabalho é mais legal do que o seu.

— Acho que é isso mesmo. — Um momento depois, ele coloca um prato na minha frente, com cara de satisfação. Ele se inclina por sobre meu ombro, apoiando o peso no dorso da cadeira. Viro a cabeça para olhar para ele. — Está impressionada?

Arfo, assustada, quando me dou conta de como ele está próximo.

— Bastante.

— Ótimo.

Meu rosto cora quando ele volta para o fogão, e fico grata por ele não ter visto. Corto as panquecas enquanto ele coloca outro prato na frente do meu e se senta à mesa.

— Quando você adotou Duque? — pergunto antes de dar minha primeira garfada.

Ryan abre um sorriso orgulhoso de pai de pet e dá um gole do café.

— Eu o adotei em abril, e esse grandão vai fazer quatro anos no mês que vem.

— O que levou você a decidir adotá-lo?

— Foi ideia da minha irmã. Sophie é obcecada por cachorros. Ela tem dois e amadrinha um monte em um abrigo para animais perto de onde mora. Ela achou que faria bem para mim.

— Por quê? — pergunto.

Observação: estas panquecas estão uma delícia. Tenho que exercitar forte disciplina para, em vez de devorar tudo, dar garfadas dignas de uma dama.

— Ela vivia pegando no meu pé porque eu trabalhava demais ou saía demais. Achou que um cachorro me daria certo equilíbrio.

— Entendi. Então sua irmã fez uma intervenção canina.

— Acho que sim. Enfim, fui até o abrigo e foi amor à primeira vista.

Ele começa a atacar as próprias panquecas, mas não da forma tradicional. Em vez disso, corta as panquecas em pedacinhos e empurra todos para um lado do prato. Depois, despeja uma pocinha de xarope do outro lado e mergulha cada pedaço antes de comer. Uma expressão saudosa perpassa meu rosto enquanto observo o processo estranhamente meticuloso. Esqueci que ele comia panquecas assim.

— Que fofo — digo depois de um tempo, voltando a me concentrar na conversa sobre Duque. — E você gosta de ter um cachorro?

— Adoro. A gente brinca no quintal toda manhã antes do trabalho e um passeador vem à tarde. Normalmente quando volto do trabalho para casa é de duas, uma: ou ele está esperando por mim perto da porta, ou está na minha cama, babando no meu travesseiro enquanto come um petisquinho.

Rio baixo.

— Consigo imaginar.

— Pois é, ele é ótimo. Quando volto do trabalho, é bom saber que ele vai estar lá. Não vai se cansar de mim, nem me dar um pé.

Começo a sorrir, mas paro quando me dou conta das suas palavras. Ergo os olhos e ele baixa a cabeça, dando uma mordida e passando a impressão de que cometeu algum tipo de deslize. Apesar da sua confiança aparentemente infinita, será que Ryan pode ter questões com abandono? Será que eu representei um papel nisso? Ou seus pais? Estou pensando no que dizer em seguida quando ele volta a se animar rapidamente e continua:

— Ele é incrível. Se ter um cachorro é uma prévia de como é ter filhos, estou pronto.

— Sério? — pergunto, engasgando um pouco com a comida. — Você gostaria de ter filhos logo?

— Sim. Quero ser um pai jovem e, depois de tudo que aconteceu com os meus, ter uma família se tornou um objetivo importante para mim.

Acho que eu não deveria ficar surpresa, mas fico.

— E você? — pergunta Ryan. — Se imagina tendo filhos?

Paro de comer, pousando a ponta do garfo no prato.

— Acho que sempre me imaginei como mãe. Não sei se vai acontecer em breve, mas definitivamente é algo que quero. Eu me concentrei tanto na escrita nos últimos anos que pensar em família acabou ficando em segundo plano, em vez de ser urgente.

— Faz sentido. Tenho certeza de que você vai ser uma ótima mãe quando chegar a hora.

Nós dois sorrimos e conseguimos preencher os minutos seguintes com conversa fiada até Ryan se levantar da mesa e limpar o prato.

— Então, tenho assuntos de padrinho para resolver hoje. Vamos buscar os ternos, comer alguma coisa e depois Jason enfiou na cabeça que todos temos que comprar sapatos combinando.

— Crocs ou tênis?

— Nenhum dos dois, infelizmente. Você poderia cuidar do Duque por algumas horas? Se for demais, posso vir entre uma tarefa e outra para passear com ele ou dar comida.

— Não, sem problema. Eu dou conta.

— Tem certeza?

— Absoluta.

— Vai me ajudar muito. — Ele vai até a mala ao lado do sofá e pega um papel. — Deixo isso com qualquer pessoa que esteja cuidando do Duque. É o horário de passeio, o horário de comida e as quantidades exatas de comida dele. Além disso, se quiser sair sem ele, tem uma sugestão de playlist que sempre o faz pegar no sono. Vou mandar o link para você baixar. Se você sair enquanto ele estiver dormindo, tudo bem. Se sair quando ele estiver acordado, ele vai latir por horas e fazer xixi em todas as superfícies disponíveis.

— Tocar a playlist, não sair quando ele estiver acordado, entendido.

Ryan volta até a mesa, me entrega o papel e dou uma lida rápida.

— Tem uma quantidade surpreendente de Céline Dion aqui.

— Ele tem uma queda por cantoras canadenses fortes. Cada qual com seu cada qual.

— É o que parece.

— Bom, preciso ir. Jason disse que a moça da loja de terno está tentando nos extorquir, então preciso ajudar a resolver as coisas.

— E como planeja fazer isso? — pergunto, baixando a lista na mesa.

— Vou encantar a mulher com meu senso de humor e minha beleza máscula, óbvio.

Rio enquanto empurro o garfo para a frente com a ponta do indicador.

— Você tem um plano B?

Ele pega a carteira e o celular no sofá e os guarda nos bolsos de trás, se encaminhando para a entrada.

— Por que eu precisaria de um Plano B?

— Por nada — digo com o ar blasé.

Ryan para. Ele se recosta na porta com os braços cruzados diante do peito.

— Você está duvidando do meu senso de humor e da minha beleza máscula, Sullivan? — Dou de ombros e continuo a ajustar os talheres. — Porque consigo me lembrar de algumas vezes em que você gostou muito dos meus charmes masculinos.

— Acho que dizer as palavras *charmes masculinos* quer dizer que você não tem nenhum.

— Estou ofendido. Eu aqui achando que era malandro na juventude.

— Infelizmente, não. Mesmo nas minhas lembranças favoritas, você era apenas parcialmente charmoso.

Um sorriso irônico se abre em seu rosto.

— Justo. Nas minhas lembranças favoritas, você estava apenas parcialmente vestida, então acho que estamos quites.

Minhas entranhas se reviram de calor conforme algumas das lembranças me vêm à mente.

— Certo, vai andando, tarado. Vamos parar com isso antes que seja tarde demais.

— Sim, senhora. — Ele está levando a mão à porta quando se vira de repente e pega um saquinho de papel que eu não tinha notado na mesa de entrada/suporte de bicicleta. — Já estava esquecendo — diz, voltando e me entregando o saco —, comprei para você quando levei o Duque para passear de manhã. Lembrei que era seu favorito.

Pego o saco, notando o logo de uma padaria a alguns quarteirões de casa gravado na frente. Coloco a mão dentro e tiro um bolinho de canela que ainda está quente. Não consigo conter o sorriso. Quando estávamos na faculdade, Ryan me surpreendia com bolinhos de canela pelo menos uma vez por semana depois que descobriu o quanto eu os adorava. O ato em si era atencioso, mas o que eu mais amava neles era o fato de que significavam que ele estava pensando em mim quando eu não estava lá.

As lembranças me deixam ligeiramente desorientada enquanto coloco o bolinho na mesa.

— Obrigada — digo, tentando fazer parecer que estou menos afetada do que estou. — Ainda é meu favorito.

— Fico feliz.

— Aliás, não acredito que deixaram você entrar na padaria com o Duque. Fui lá algumas vezes e nunca deixam animais de estimação entrarem.

— Qual é, Sullivan. Ninguém neste mundo resistiria a essa carinha.

Sigo o olhar dele na direção de Duque. Ele está sentado no chão a poucos metros, coçando vigorosamente atrás da orelha enquanto tomba um pouco para o lado. Ryan tem razão. Duque é fofo demais para ser verdade.

— Certo — diz Ryan —, vou deixar você saborear o seu bolinho. Me manda mensagem se tiver alguma dúvida.

— Pode deixar.

— A gente se vê à noite. Boa sorte.

Ryan me dá um tchauzinho ao sair, e Duque segue o caminho dele até a porta, já esperando a volta dele.

— Duque — digo, enquanto baixo a cabeça na mesa.

— O que eu estou fazendo da minha vida?

Uma hora depois, eu e Duque chegamos à quitinete de Maggie no Theater District. Repleto de espaços para ensaios e agências teatrais, este é o bairro onde Maggie pode trombar com membros de elencos de musicais quando eles estão relaxando. Ela diz que mora na região por causa do aluguel barato, mas acho que a selfie que tirou na semana passada com metade do elenco de *Hamilton* em um restaurante mexicano da região fala por si só.

— Opa, opa. O que é isso? — Maggie arregala os olhos quando Duque avança tranquilamente pelo apartamento.

— É o cachorro do Ryan.

— Como é que é?

— O nome dele é Duque e ele e Ryan estão passando alguns dias na minha casa.

— A gente fica um dia sem se falar e é isso o que acontece? Espera, vocês vieram de bicicleta?

— Não, mas eu tentei. Duque ficou animado em ir na cestinha, mas ela nunca que seria forte o bastante para aguentar o peso dele. Minha vida passou diante dos meus olhos depois de três metros.

Maggie fecha a porta atrás de nós enquanto conto uma versão abreviada das últimas vinte e quatro horas. Acabei de terminar e estou me abaixando para desencaixar a coleira de Duque quando ele começa a arfar em um ritmo alarmante.

— Ele está bem? — pergunta Maggie.

Eu me agacho na frente dele, passando a mão no pescoço e nas costas com carinhos relaxantes para tentar acalmá-lo.

— Vai ver ele só não está acostumado a subir quatro lances de escada depois de uma caminhada longa. Sei que ele costuma sair, mas não sei o quanto ele anda normalmente.

Duque ainda está arfando e bufando, e acelero o carinho com nervosismo.

— Está tudo bem — murmuro. — Vamos relaxar. Vai ficar tudo bem.

— Parece que ele vai ter um ataque cardíaco. Cachorros têm ataques cardíacos?

— Só busca um pouco de água antes que ele desmaie.

Maggie corre para a cozinha e começa a abrir os armários.

— Juro, Kara, se esse bicho cair morto no meu apartamento, nunca vou te perdoar.

— Vai ficar tudo bem. Ele só não é o cara mais atlético do mundo.

Maggie coloca um pote grande de água no chão e eu continuo fazendo carinho em Duque enquanto ele bebe. Sua respiração volta ao normal e, um minuto depois, ele sai vagando. Sigo seu caminho até ele se acomodar no banheiro, esparramado e exausto. Confiante de que ele está bem, atravesso a sala para me sentar em um banquinho ao lado da ilha da cozinha minúscula de Maggie enquanto ela se recosta no sofá.

— Bom — diz ela —, vocês sabem fazer uma entrada dramática. A vida é sempre tão movimentada no ninho de amor?

Penso antes de responder.

— É normal, acho.

— Eu me recuso a acreditar que você veio até aqui sem nenhuma história boa. Você não é tão cruel assim.

— É só que me sinto estranha falando sobre esse assunto.

— Se você não queria ser estranha, está cinco minutos e um buldogue obeso atrasada.

— Justo. Acho que... — Respiro fundo e desembucho. — Acho que talvez eu ainda sinta alguma coisa pelo Ryan e não quero sentir e preciso que você me ajude a dar um basta nisso. — As palavras saem da minha boca como uma torrente rápida e Maggie me encara completamente inexpressiva.

Ficamos alguns segundos em silêncio absoluto até ela dizer:

— Se é para isso que estamos aqui, preciso de café. — Ela se levanta e pega a bolsa e as chaves na mesa de centro. —

Duque vai ficar bem se a gente sair por alguns minutos ou você acha que ele vai destruir o lugar?

Eu me levanto para dar uma olhada nele e o encontro dormindo no piso do banheiro de Maggie. Nem precisou de Céline.

— Podemos ir, mas temos que ser rápidas. Não tem nenhum risco de asfixia por aqui, tem? — Dou uma olhada rápida ao redor para confirmar, mas Maggie é supreendentemente minimalista, com exceção de seus inúmeros instrumentos. Sabendo que Duque vai ficar seguro, coloco um alarme de vinte minutos no celular. — Certo, vamos.

Alguns quarteirões depois, eu e Maggie estamos sentadas de frente uma para a outra no Frisson Espresso, a cafeteria favorita de Maggie, na rua 46. O lugar charmoso é relativamente pequeno, mas as paredes brancas e as obras de arte coloridas dão uma impressão chique e aconchegante em vez de apertada e claustrofóbica.

Dois baristas cuidam da única máquina de expresso, criando cafés individualizados que poderiam se passar por obras de arte. Meu mocha latte tem um desenho de espuma em forma de tulipa tão detalhado que dá dó de beber. É tarde demais para saber se o café gelado de Maggie tinha um desenho de espuma também, porque ela está praticamente virando de um gole só.

Pegamos lugares no canto e, mesmo que a mesa ao lado esteja quase grudada na gente, estamos confortáveis. Tomo meu primeiro gole e Maggie finalmente respira e apoia o copo na mesa.

— Certo, agora estou devidamente cafeinada. Desembucha.

De repente sinto que deveria estar tomando vinho em vez de café.

— Então, como eu disse, acho que eu talvez ainda sinta algo por Ryan e preciso que você me ajude a fazer esses sentimentos passarem o mais rápido possível.

— Tá — diz Maggie, parecendo indiferente. — Não vou me envolver em nada disso de jeito nenhum.

— Por que não? Você precisa me ajudar. Isso é péssimo.

— Por que é péssimo?

— Porque a gente tem bagagem demais, e também nem sei ao certo se ele está interessado em mim ou se só está me usando por causa do meu sofá.

— Estamos nesse ponto de novo? É óbvio que ele está interessado em você, Kara. Como ele agiu hoje de manhã?

Ela pega o café e o gira, fazendo o gelo rodar dentro do copo.

Eu me recosto na cadeira.

— Ele não fez nada de mais.

— Mas como ele estava?

— Ele estava normal. — Mas acrescento, baixinho: — Ele fez panquecas.

Um silêncio profundo se instaura.

— Desculpa, acho que entendi errado. Pode repetir mais uma vez?

Cutuco a beira da xícara com a ponta do dedo.

— Eu disse que ele fez panquecas.

Maggie bate a bebida na mesa.

— Qual é, Kara! Todo mundo sabe que panquecas são o café da manhã internacional do amor. É óbvio que vocês vão voltar, então não quero mais saber de reclamações. Você está perdendo a cabeça e está me levando junto com você.

— Não é tão simples assim — tento explicar.

— Argh, beleza. Então vocês têm um passado atormentado digno de novela. E daí?

— Não é só isso. Como posso estar com Ryan se eu e ele fomos o motivo pelo que aconteceu com meu pai?

— Do que você está falando? — Maggie está evidentemente confusa. — Você e Ryan não causaram nada do que aconteceu com seu pai. Foi só uma coincidência ruim.

Balanço a cabeça. Eu não deveria ter trazido esse assunto à tona. Essa parte é só para mim.

— Deixa para lá. Só não acho que Ryan me veja dessa forma.

— Ele vê você dessa forma, sim, e tenho certeza de que você pode reconquistá-lo quase sem esforço. Já levei muito mais tempo na fila do Departamento de Trânsito do que você vai levar para reatar esse romance.

Dou um golão no meu café, com ou sem tulipa, e Maggie continua:

— Homens héteros querem mulheres, Kara. Simples assim. Não importa se é a esposa deles, uma namorada, uma ex-namorada ou uma nerd simpática mas excêntrica da aula de composição musical do último ano.

— Esta última descrição parece muito específica a você.

— E é mesmo. Eu e Kurt Wyatt demos muitas escapadinhas no armário de instrumentos. Ainda me lembro daquela época com carinho. — Seu olhar fica distante por um momento até eu pigarrear a garganta e ela voltar a se concentrar na nossa conversa. — Então, sim, só estou dizendo que, se um cara vê uma mulher e se atrai por ela, ele a quer. E, se estiver solteiro, vai atrás dela se ela der o mínimo indício de que também o quer.

— Mas não quero que Ryan simplesmente me queira.
— Então o que você quer?
Espero um segundo para pensar.
— Não sei. Quero mais do que isso.
— Você quer mais, o que significa que quer que ele ame você de novo.
Não a corrijo. Não falo que não. Deveria. Preciso.
— Você quer — afirma Maggie. — Quer que ele ame você de novo.
— Não falei isso.
— Não precisa falar. O que tem de tão especial nele, afinal? Nunca vi você tão nervosa por causa de homem antes.
— Não sei. — Eu me pego olhando ao redor do café, sentindo que não deveria estar falando sobre esse assunto e, mais importante, que não deveria estar tendo esses sentimentos. — Só é diferente. Ele é gentil e absurdamente incrível com o Duque. É esquisito, mas de um jeito excêntrico e interessante. Ele me acha engraçada, então baixo a guarda com ele. Eu me considero tranquilamente uma pessoa monótona, mas, para ele, sou fascinante. Acho que gosto de me ver pelos olhos dele.
Paro nesse ponto, e Maggie me olha como se dois corações enormes estivessem saltando de seus olhos, que nem em um desenho animado.
— Vocês vão se casar — diz. — Vão se casar ou vão transar de um jeito alucinante, de outro mundo, digno de romances, e estou completamente de boa com qualquer uma das opções.
Minhas bochechas ficam vermelhas e a pele do pescoço começa a coçar.

— Essa conversa é ridícula e acho que está me dando alergia. Voltar a me envolver com Ryan é a última coisa que eu deveria estar fazendo agora.

— Não, não é — argumenta Maggie. — Você gosta desse cara e merece se sentir desejada, e eu vou ajudar. Fazer um homem se apaixonar por você é igual a fazer ele desejar você, só que com alguns passos a mais. E vai ser bem mais fácil nesse caso, porque Ryan já amou você uma vez, então basta fazer com que ele se apaixone de novo. É que nem renovar um livro da biblioteca. Você ama a biblioteca.

— Eu realmente amo a biblioteca, mas e o fato de que vou para a Itália em menos de uma semana? Não é egoísta da minha parte correr atrás disso se estou prestes a ir embora?

— Não é egoísta coisa nenhuma. Só porque não tem um futuro perfeitamente fixado no horizonte não quer dizer que você não deve ir atrás do que deseja.

O argumento dela faz sentido. Mas ela está dizendo o que a parte envergonhada de mim quer ouvir.

— Em primeiro lugar, Ryan precisa desejar você, mas isso não deve ser um problema, porque vocês já estiveram juntos. Aliás, como esse safadinho era na cama?

Arrasto a cadeira para trás para me distanciar da mesa.

— É, mudei de ideia, não vou mais fazer isso.

— Dá para relaxar? Não vou falar para você jogar o cara no chão e sentar nele até perder a consciência, por mais que eu ache uma boa opção. O que quero dizer é: você precisa fazer com que ele pense em você por essa perspectiva de novo. Plantar as sementinhas, por assim dizer.

— E como você sugere que eu plante as sementinhas?

— Você está mesmo me perguntando isso? Você é Kara Sullivan, autora best-seller de romances! Você é mestre no jogo da luxúria. Como as pessoas se juntam nos seus livros? Você usa algum tipo de fórmula?

— Não vejo como uma fórmula, mas acho que tem certos passos que uso para juntar meus personagens.

— Que bom. Vamos começar por aí. — Maggie olha para a mulher na mesa ao lado, que está trabalhando no notebook com uma caderneta ao lado. — Oi, desculpa, mas poderia nos emprestar uma folha de papel e uma caneta?

A mulher hesita por um segundo e alterna o olhar entre mim e Maggie. Abro um sorriso para ela, na esperança de não a assustar.

— Claro — diz a mulher, hesitante, arrancando uma folha de papel do caderno e a passando junto com uma caneta da bolsa.

— Muito obrigada. — Maggie pega o papel e a caneta e parte imediatamente para o trabalho. Ela escreve *Seduzindo o caubói* no alto da folha e sublinha. — Ei, daria um bom título para um livro. Você acha que poderia usar algum dia?

— Vou chutar e dizer que já deve haver vários livros com esse título.

— Faz sentido. Soa bem.

Eu me contorço na cadeira, ficando mais e mais constrangida a cada segundo que passa. Maggie segura a caneta em prontidão.

— Certo, qual é o primeiro passo?

Respiro fundo e, ao fim de alguns minutos, Maggie anotou, nas palavras dela, todos os passos básicos pelos quais meus personagens normalmente passam para encontrar o amor. A lista diz:

1. *Eles se conhecem.*
2. *Eles têm problemas — internos e externos.*

3. *Eles têm objetivos.*
4. *Um dos dois ou os dois precisam um do outro para atingir esses objetivos.*
5. *Eles entram em conflito (dão uns beijos).*
6. *Rola uma atração (dão uns beijos mais pesados).*
7. *Eles entram em conflito de novo (dão uns beijos e rola uma mão boba por cima da roupa).*
8. *Rola muita, mas muita atração (dão uns beijos e rola uma mão boba por baixo da roupa).*
9. *Eles cedem (sacanagem total).*
10. *Tudo dá errado.*
11. *Eu te odeio.*
12. *Eu te amo.*
13. *Felizes para sempre e filhinhos.*

— Agora — diz Maggie, revendo a lista e traçando outra coluna —, vamos acrescentar algumas atitudes específicas de livros românticos que você e Ryan podem fazer.

— Não faz sentido. A ficção não se aplica à vida real.

— É isso que vamos ver. Fala as atitudes para mim.

Suspiro e esfrego as mãos nas coxas enquanto penso. Cinco minutos depois, a segunda lista nas palavras de Maggie está completa, agora em tópicos.

- *Atiçar a bandeira vermelha — desafiar os heróis, mexer com eles.*
- *Momento meloso — criar contato físico (ou seja, tropeçar, cair, atividades a cavalo não vão funcionar aqui). Quando eles estão perto, a química toma conta.*
- *Pegação raivosa — discutir, brigar e depois entrar com safadeza para aliviar a tensão.*

- *Ah, oi, outro estranho bonitão — deixar o cara com ciúme.*
- *Um brinde! Heroína e herói ficam bêbados.*
- *Segredos, segredos são tão divertidos — fazer um dos dois ou os dois revelarem algo profundamente pessoal. Agora são eles contra o mundo.*

— Parece promissor — diz Maggie quando escreve o último item. — E mais uma coisa...

Ela ergue a caneta mais uma vez, colocando um *1* perto da primeira coluna, um *2* perto da segunda coluna e, depois, um *3* perto de algo que anota ao pé da página. Ela me entrega o papel um momento depois e pulo para o fim.

3. Ciao! Terminar aquele livro e partiu Itália.

— Não precisa agradecer — diz.

O alarme do meu celular começa a tocar, lembrando-me que é hora de voltar para Duque.

— É melhor a gente ir — digo, dobrando o papel e o guardando na bolsa.

— Lá vamos nós para a batalha.

Maggie termina o café e se levanta para jogar o copo na lixeira junto à porta. Estou arrastando a cadeira para trás e me levantando quando a mulher sentada ao nosso lado dá um leve aceno, tentando chamar minha atenção.

— Desculpa — diz —, mas não pude deixar de ouvir partes da sua conversa. Sua amiga disse que você é Kara Sullivan?

Sou pega desprevenida, mas respondo rápido com um sorrisinho.

— Sou eu, sim.

A mulher parece nervosa pela minha resposta, mas retribui o sorriso.

— Ai, minha nossa! Li todos os seus livros e são simplesmente maravilhosos.

Fico lisonjeada por essa moça tão simpática com um gosto excepcional em literatura.

— Muito obrigada. Fico feliz que tenha gostado. Foi um prazer conhecer você.

— Ah, você também! — diz. Estou prestes a sair quando ela volta a se inclinar para a frente na cadeira. — Desculpa, mas preciso perguntar... Você... leva uma vida tão romântica quanto seus livros?

Baixo os olhos para minha leitora esperançosa enquanto Maggie sai pela porta. Digo a primeira coisa que me vem à mente.

— Estou trabalhando nisso.

Eu e Maggie estamos paradas na porta do banheiro, olhando para Duque, que ainda está apagado. Sua língua está pendurada para fora da boca e suas patas vibram um pouco a cada ronco que passa.

— Por que ele dorme no banheiro? — pergunta Maggie.

— Não sei. Ryan diz que ele faz isso desde que o adotou.

— Parece que você tem uma dupla de campeões comendo na sua mão.

— Ah, sim — concordo, abaixando-me para prender a guia na coleira de Duque e fazendo carinho para ele acordar. — Dois verdadeiros príncipes.

Ele acorda com uma grande espreguiçada e eu o guio devagar pela sala.

— Então, recapitulando — diz Maggie, passando à minha frente para abrir a porta do apartamento —, não seja você mesma esta noite. Hoje você é uma das suas personagens sensuais e valentes, que não têm medo de nada e conseguem tudo o que querem.

— Estou totalmente disposta a considerar essa sugestão.

— Não é exatamente o compromisso que eu estava esperando, mas acho que está valendo. Quero saber todas as novidades amanhã.

— E saberá — digo enquanto eu e Duque saímos para o corredor.

Ele mais do que hesita quando chegamos ao topo da escada, mas acaba descendo depois de um pouco de persuasão.

— Agora, lembre-se — exclama Maggie quando eu e Duque terminamos o primeiro lance de escada —, tente não se estressar demais e, quando estiver em dúvida, pense em livros de romance!

Ela bate a porta um segundo depois e o conselho ressoa em meus ouvidos.

Pense em livros de romance. Pense em livros de romance...

Meu mantra interior logo é interrompido quando o som agudo de latidos de cachorro ecoa pela escada vindo de algum lugar lá embaixo. Duque desce furiosamente e sou impulsionada à frente pelo seu peso e sua força. Preciso de todo o equilíbrio para me manter em pé enquanto desço deslizando pelos degraus apoiada no calcanhar.

— Duque! Fica! — imploro.

Ele me puxa ainda mais rápido quando chegamos ao térreo e atravessamos o vestíbulo em alta velocidade. Eu me viro de lado, me preparando para o impacto quando bato na porta de entrada, pensando que é um verdadeiro milagre ela não se estilhaçar. Duque se levanta nas patas traseiras, pulando contra o vidro e latindo sem parar para o chihuahua pequeno e barulhento do outro lado.

Fecho os olhos e aperto o ombro, sentindo a dor intensa disparar por todo o meu braço.

Bom, não posso dizer que alguma das heroínas dos meus romances desfilou com uma tala no braço durante seduções escandalosas, mas acho que para tudo há uma primeira vez.

10

A respiração ofegante fazia o peito de Charlotte arder enquanto saía correndo para a sacada deserta que dava para o extremo leste da propriedade. Ela olhou para o céu e tentou se acalmar, concentrando-se em encher os pulmões com o ar cristalino da noite. Ela pensou que estivesse sozinha, mas deveria ter imaginado que Robert a seguiria para a escuridão do lado de fora.

— Está tudo bem? — perguntou ele, ao chegar ao seu lado.

Ainda olhando para o fundo do universo infinito de estrelas, Charlotte manteve a voz firme. Não ajudaria em nada que ele soubesse que ela estava chorando.

— Estou bem. Só cansada.

Robert se aproximou mais, passando os dedos nos dela. Charlotte suspirou com o contato delicado.

— George disse que você e seu pai tiveram uma discussão.

— É bastante comum entre nós. — Charlotte apertou os dedos nos dele. Ela sabia que era errado, mas não se *importou. Não conseguia se conter.* — Pensei que George tinha ido dormir. Vou conversar com ele.

Ela começou a se afastar, mas Robert agarrou seu punho e a puxou para trás. Enquanto olhava para suas bochechas manchadas por lágrimas, algo primitivo se ergueu dentro dele. Ele teria adorado dar uma surra em Phillip Destonbury, mas o olhar de Charlotte o impediu. Ela precisava dele, e ele não a deixaria. Por nada nesse mundo.

— O que seu pai lhe disse? — *perguntou.*

Os olhos dela se voltaram para os dele devagar, desejando tanto ser envolta pelo conforto que ela sabia que ele ofereceria.

— Ele disse que estou me tornando uma megera inútil como minha mãe. Disse que sou mimada e teimosa e que, se eu não fizer o possível para convencer você a se casar comigo, ele vai me fazer me arrepender.

Robert cerrou o punho livre. Se ouvisse mais uma palavra, não duvidava que colocaria Charlotte sobre o ombro e a levaria embora daquele lugar para sempre, e que se danassem as consequências.

— Diga-me o que posso fazer para ajudá-la. Diga-me como resolver isso, e resolverei.

— Quero me esquecer de tudo por um tempo — *sussurrou ela, a voz embargando.* — Posso fazer isso? Só por uma noite?

Ela não esperou por uma resposta. Charlotte se voltou para Robert e passou os braços em volta do pescoço dele, puxando-o para baixo para tocar os lábios nos dele. Robert ficou surpreso, mas estava mais do que disposto quando seus braços envolveram a cintura dela no mesmo instante. Ela finalmente tinha vindo a ele por conta própria, e ele não tinha qualquer intenção de deixar que ela fosse embora.

O beijo se intensificou e os dois finalmente cruzaram uma espécie de linha invisível. Charlotte abriu a boca para ele, pedindo mais e beijando com uma entrega inocente que quase fez Robert se ajoelhar. Ele retribuiu a paixão com um grunhido e a encaixou com ainda mais firmeza junto ao corpo.

O tempo passou devagar até Charlotte recuar, tomando fôlego. O olhar de Robert fez calafrios deliciosos percorrerem cada centímetro do corpo dela.

— Venha para meu quarto esta noite — suplicou ele, inclinando-se para a frente para beijar o lado do pescoço dela. — Quando a casa estiver dormindo, mandarei meu valete para levá-la até mim. Diga sim. Seja minha, mesmo que apenas por esta noite.

Charlotte inclinou a cabeça para trás, dando total acesso à pele sensível do pescoço.

— Sim — sussurrou ela. — Sua, esta noite...

Paro de digitar com um sorriso sacana. As coisas estão prestes a esquentar em Greenspeak Park! O alarme do forno toca um segundo depois, obrigando-me a me afastar dos personagens, que estão completamente prontos para correr atrás do ouro.

Continua.

Fecho o notebook e vou correndo da escrivaninha para a cozinha.

Ignoro o ombro dolorido enquanto dou os toques finais no fettuccine Alfredo, fazendo de tudo para esquecer a dor e acrescentando mais um punhado de queijo no molho cada vez mais grosso. Quando estou satisfeita, desligo o fogo e cubro a panela com uma tampa de vidro. O relógio no fogão marca 18h34. Ryan disse que voltaria por volta desse horário.

Desamarro o avental que ainda tenho de quando trabalhava no café de uma livraria na faculdade e o jogo em cima do balcão, revelando uma camiseta azul-clara, um suéter cinza e uma calça de malha azul-marinho. Para começar, vesti calça jeans, mas pareceu chique demais e estou tentando dar um ar de bonita, mas informal, enquanto também passo a impressão de que talvez eu faça ioga.

Decidindo tomar certa coragem líquida, tiro meia garrafa de Riesling da geladeira e sirvo uma taça antes de passar para a sala. Não que eu *precise* de coragem. Tudo que estou fazendo é cozinhar uma refeição para um homem atraente com quem tenho milhares de laços emocionais enquanto tento colocar em prática a história de um livro de romance na esperança de terminar meu livro e começar um relacionamento físico que talvez possa levar a algo mais, mas provavelmente não, porque eu estaria desonrando meu pai e indo diretamente para o inferno.

Certo, melhor dar um bom gole de vinho.

Estou sentada no sofá ao lado do Duque quando escuto a chave girar na fechadura ao som do Van Morrison que coloquei para tocar. Tomo mais um gole de vinho e viro o pescoço.

A hora é agora.

— Oi — diz Ryan enquanto entra no apartamento.

Ele está segurando uma sacola grande de roupa numa mão e uma sacola menor com uma caixa de sapato na outra. Duque salta do sofá para pular nas pernas de Ryan, balançando o bumbum de euforia de um jeito terrivelmente fofo.

Ryan pendura as sacolas no cabideiro montado ao lado da bicicleta e se abaixa para fazer um bom carinho em Duque.

— E aí, amigão. O que está pegando? — Ele volta a se levantar depois de alguns segundos e olha para mim com um sorriso. — Oi.

— Oi. Como foi tudo?

— Foi bom — diz. — O traje de casamento está finalmente pronto e fique você sabendo que consegui, sim, fazer a moça baixar o preço, então, se quiser mandar seu pedido de desculpas para mim por escrito, vou dar um tempinho para você fazer isso.

Reviro os olhos e Ryan continua:

— Como foram as coisas por aqui?

— Foi tudo bem. Eu e Duque demos uma volta e consegui escrever um pouco.

— Que bom. Estou um pouco enciumado.

— Pois é, formamos uma bela dupla dinâmica. Longe de mim esfregar na sua cara, mas ele me falou diretamente que gosta mais de mim do que de você.

— Aposto que sim. Bom, tirando o amor vira-casaca dele por você, fico feliz que tiveram um dia bom.

— Obrigada. Quer um pouco de vinho?

Eu me levanto do sofá e vou até a área da cozinha antes que ele responda.

Ryan me encontra lá, parecendo em dúvida enquanto me observa servir uma taça de Riesling para ele. Não deve ser a bebida favorita dele, mas vai ter que servir, porque não gosto de cerveja. Queria gostar. Sempre quis ser uma menina descolada que toma cerveja, mas só o cheiro da bebida já é desagradável para mim. Se tivesse que imaginar qual é o cheiro de uma garrafa de suco de sovaco fermentado que ficou um mês e meio no sol do deserto, eu chutaria o de cerveja.

— Nunca tomei vinho branco — diz Ryan.

— Bom, como *connaisseur*, juro que esta garrafa é muito boa.

— É estranho pensar que você mal bebia na faculdade. Você ia de sóbria a bêbada em dois copos.

— Ainda sou um pouco fraca para bebida, mas ganhei um pouco de experiência desde aquela época.

— Ah, é? — pergunta Ryan. — Acho que você vai precisar me provar.

Provar minha experiência? Com ele? Hm, está bem!

— Então, como foi seu dia? — pergunto, hesitante, e acabo de servir a taça.

Ryan se vira para se apoiar no balcão da cozinha enquanto pega o vinho.

— Você já me perguntou isso.

Merda.

— Perguntei?

— Sim, mas posso responder de novo. Meu dia foi bom. Mas foi estranho não trabalhar. Parecia que eu estava matando aula.

— Você nunca tira um dia de folga para se divertir?

— Quase nunca. Por que eu tiraria?

Por algum motivo, as palavras de Ryan me fazem parar para pensar. Será que ele está tão fixado na rotina que nem passa pela cabeça dele tirar um dia de folga? Ou ele não tem nada ou ninguém por que valha a pena diminuir o ritmo?

Qualquer que seja o caso, não quero pressioná-lo. Em vez disso, me viro para o fogão e tiro a tampa da panela de fettuccine.

— Está com fome? — pergunto.

Dois minutos depois, estamos sentados à mesa de jantar com a comida quente e servida à nossa frente. Estou prestes a começar a comer quando Ryan ergue a taça.

— Quero fazer um brinde — diz. — Obrigado por nos fazer essa refeição incrível, por cuidar do Duque e por nos deixar ficar aqui. Saúde.

— Saúde — digo com um sorriso envergonhado.

Damos um gole do vinho e colocamos as taças de volta na mesa. O macarrão está com um cheiro impressionante de tão tentador e logo começamos a comer.

— Me conta mais do seu trabalho — digo quando paro para respirar depois de um tempo.

— Não é nada de mais, mas eu gosto bastante. É o que sempre quis. — Um certo sorriso cansado perpassa seu rosto, e não sei o que significa. Estou prestes a perguntar quando ele continua: — Eu praticamente só especulo projetos e aplico regras de zoneamento. Visito e inspeciono canteiros de obras e avalio plantas. Digo, é óbvio que eu preferiria ser um golfista profissional ou um espião internacional, mas isso serve por enquanto.

Sorrio, deixando de lado minha preocupação anterior.

— Estou achando que você se daria melhor como golfista. Não consigo imaginar você como espião.

— Por que não? — pergunta, sério.

— Porque você não é discreto o bastante. Espiões precisam ser o pacote completo. Têm que passar despercebidos nos lugares, falar várias línguas, dançar...

— Opa, opa, opa — diz Ryan, parando o garfo enquanto enrola o fettuccine. — Eu sei dançar.

Engasgo um pouco com o vinho enquanto seguro a risada. Ryan me olha feio enquanto eu seco o queixo onde um pouco da bebida escorreu.

Ele apoia o garfo na mesa.

— Acho que não gosto do que você está insinuando, Sullivan.

— Sério? O que estou insinuando?

— Você estava rindo de mim?

— Eu ri?

— Riu, sim, quando eu disse que sabia dançar.

Também pouso o garfo na beira do prato.

— Certo, me sinto mal em falar isso para você, já que conseguiu a proeza de chegar à fase adulta sem descobrir a verdade. Por favor, saiba que estou falando por sinceridade e amizade... mas você é, sem dúvida, o pior dançarino do mundo.

— Como assim? Eu sou um ótimo dançarino!

Coitadinho. Ele não faz a menor ideia.

— Tá, eu era jovem nas poucas vezes em que dançamos e mudei muito desde então. Quer saber? Você precisa de uma demonstração. — Ele é pura determinação enquanto arrasta a cadeira para longe da mesa. — E saiba que, depois que eu começar, não me responsabilizo se você desmaiar. Isso acontece com as mulheres que levo para dançar.

— Nisso eu acredito — digo com sinceridade. — Mas, quando essas mulheres desmaiaram, foi porque estavam morrendo de vergonha ou só estavam rindo tanto que o corpo delas simplesmente parou de funcionar? Ou você estava ocupado demais pulando de um lado para o outro feito um canguru que fumou crack para notar?

— Caramba. Você está querendo acabar comigo, Sullivan.

Ryan se levanta e vai até o notebook que deixou no sofá, abrindo a biblioteca de músicas e clicando duas vezes na sua escolha. Uma melodia dançante enche a sala enquanto ele se vira para mim e tira os tênis um a um.

— Ai, caramba — digo —, ele tirou os sapatos. Você vai sair chutando o ar?

— Não dá para saber o que vai acontecer. Depois que o senhor da dança é liberto dos grilhões sociais, ele faz o que o coração mandar.

— Isso parece uma ameaça.

— É uma ameaça rítmica e sensual.

Ryan começa a alongar as pernas e sorrio e balanço a cabeça.

— Você realmente ficou muito mais estranho com a idade. O que eles colocam na água da Carolina do Norte?

— Principalmente testosterona e refrigerante.

Ryan joga os ombros para trás e para a frente e depois alonga o braço na frente do corpo como um arremessador.

— Não precisa mesmo de uma demonstração — digo, erguendo a voz para ser ouvida apesar da música altíssima.

— Acho que precisa, *sim*, de uma demonstração, a menos que você admita que sei dançar.

— Não posso fazer isso — respondo automaticamente.

— Diga que sei dançar.

— A honra me proíbe.

— Beleza. Lembre-se: você foi avisada.

Sem dizer mais uma palavra, Ryan bate as palmas. Ele dá uma balançadinha para o lado com o quadril e eu fecho os olhos, recusando-me a assistir à dancinha de tiozão vergonhosa de um homem desesperado.

— Tá, você sabe dançar! — grito. — Você sabe mesmo dançar.

— Tem certeza? — pergunta, completamente preparado para começar a dançar se eu mudar de ideia.

— Tenho.

Ele abre um sorriso vitorioso antes de se empertigar, desligar a música e voltar à mesa.

— Eu sabia que você acabaria admitindo a verdade.

Ele se senta e toma um gole digno de vinho.

— Você é lunático — digo, pegando meu garfo. — Podemos jantar agora? O senhor da dança já se esgotou depois desse showzinho?

— O jantar pode continuar. Deslumbrar uma dama com minhas habilidades de dança sempre me deixa faminto.

Antes que eu me dê conta, terminamos nossa segunda taça de vinho e o jantar acabou. Eu me levanto para começar a lavar a louça.

— Deixa que eu ajudo — diz Ryan e começa a tirar a mesa.

Logo entramos em um sistema em que ele limpa os pratos e panelas e me passa para que eu enxágue e coloque na máquina lava-louça. Cinco minutos depois, a cozinha está impecável e entramos na sala.

Duque já está dormindo no banheiro quando me sento na poltrona de leitura, dobrando os joelhos e apoiando os pés no pufe. Ryan se acomoda no sofá e liga a TV para assistir aos destaques do beisebol. Ele se sentava do mesmo jeito na faculdade. A única diferença é que eu estaria aconchegada ao lado dele com seu braço em volta de mim, lendo um livro e me sentindo tão segura que quase sempre pegava no sono.

— Posso fazer uma pergunta? — arrisco.

— Se está tentando descobrir quanto cobro por aulas de dança, é bom saber que é acima dos preços do mercado. Custo mais porque valho mais.

— Óbvio — concordo. — Não, eu queria saber... o que você fez depois que terminamos?

Ryan se atrapalha com o controle por um segundo e olha da TV para mim.

— Por que você pergunta?

Porque quero saber. Quero saber o que aconteceu com o menino com quem eu pegava no sono no sofá.

— Pura curiosidade. Eu comecei a escrever pela primeira vez alguns meses depois.

Ryan coloca a TV no mudo.

— Comecei a malhar muito. Acho que as pessoas teriam ficado impressionadas, mas também deixei crescer uma barba nojenta, então uma coisa meio que cancelava a outra.

— Duvido — digo, descontraída. — Tenho certeza de que noventa e oito por cento das mulheres solteiras votariam a favor de um homem barbudo musculoso.

— Não, não estou falando da barba de um lenhador rústico emocionalmente magoado. Estou falando de uma barba medonha e hostil de pescador velho desmaiado na ponta do bar. Imagina o Forrest Gump na última parte da corrida pelo país.

— Essa é uma imagem bastante eficaz.

— Eu me esforço. Então, sim, passei por uma metamorfose temporária de lobisomem enquanto você dava início à carreira literária. Acho que um de nós lidou melhor com o término.

— Acho que eu teria começado a escrever quer a gente terminasse quer não. Você só foi o trampolim que me fez entrar em um ritmo mais rápido.

— Como você decidiu o que escrever? — pergunta Ryan.

Eu me aconchego mais na poltrona, puxando um cobertor de lã para cobrir as pernas. Regulamos um timer para o termostato, então a sala já está ficando fria.

— Eu estava sentada na varanda da casa da minha mãe um dia, terminando de ler o que parecia meu milionésimo livro de romance. Tentei imaginar o que eu inventaria se fosse romancista e decidi escrever um capítulo. Entrei e terminei uma hora depois. Imprimi, dei para a minha mãe e ela gostou.

— E assim nasceu uma escritora.

— Depois disso, fui continuando. Eu fazia um capítulo de cada vez e dava para a minha mãe julgar. Era bom para nós. Ter uma distração do meu pai. — Ryan sorri, mas não é um sorriso feliz. É melancólico. — Também foi incrível ver minha mãe gostar do que escrevi. Ela nunca foi muito de me elogiar, então eu me alegrava sempre que ela lia meu trabalho.

— Mas tenho certeza de que ela está orgulhosa de você agora. Você é uma autora de sucesso, independente e mora em Nova York. Você é uma pessoa ótima. Ela deve se gabar de você o tempo todo.

— Duvido — murmuro, sabendo muito bem que, aos olhos dela, ainda não estou à altura.

— Por que diz isso?

Ryan parece sinceramente confuso e, de um jeito estranho, isso me faz me sentir melhor. Ele acha que sou alguém de quem vale a pena se gabar.

— Não é nada. Ela só é difícil de impressionar.

— Eu e Sophie não tínhamos mais defeitos aos olhos da minha mãe depois que meu pai foi embora. Era como se tudo que fizéssemos tivesse uma aura de perfeição.

Cai um silêncio na sala até ouvirmos Duque roncando com força estrondosa. Nunca percebi que meu apartamento tinha uma acústica tão boa. Eu e Ryan sorrimos um para o outro.

— Quando o divórcio estava sendo finalizado, minha mãe ficava me falando que ela e meu pai se conheceram jovens demais. Ela jurava que o casamento deles teria durado se eles tivessem começado a namorar com 20 e poucos anos em vez de quando tinham 16. — Ryan baixa os olhos antes de se voltar para mim. — Você acha que, se tivéssemos nos conhecido agora e não quando estávamos na faculdade, as coisas seriam diferentes?

Meu coração começa a bater mais rápido.

— Talvez. Mas, se não tivéssemos nos conhecido na faculdade, talvez eu e você nunca tivéssemos conversado na festa de pré-casamento.

— Mas teríamos acabado nos conhecendo no casamento — diz ele.

— Verdade. Eu estaria sendo obrigada a usar meu vestido desconfortável de madrinha e contando os minutos até poder tirar os saltos e calçar as sandálias que escondi na bolsa.

— Você estaria tendo um miniderrame de nervoso por causa do discurso. Nós iríamos escondidos para o bar pouco antes para relaxar um pouco.

— Você seria uma má influência.

— Nós teríamos uma noite ótima. Você falaria mais que o normal.

— Você falaria *menos* que o normal. Mostraria um monte de fotos do Duque no celular para me seduzir.

— Eu sabia que funcionaria, porque você pareceria muito meiga.

— E então a noite passaria.

— Eu pediria seu número.

— Eu diria que não costumo dar meu número, mas que faria uma exceção para você.

— Eu te mandaria mensagem na mesma noite e diria que foi ótimo te conhecer.

— Eu ficaria pensando se você me ligaria na semana seguinte.

— Eu te ligaria no dia seguinte.

— E assim seria.

— Assim seria.

Nós nos entreolhamos, saindo do nosso faz de conta e voltando para a realidade que existe de verdade.

Eu me empertigo na poltrona, esticando as pernas e puxando a coberta mais para cima.

— Ou talvez nos conhecêssemos na festa pré-casamento, tivéssemos uma conversa cordial e nada mais. Você teria ficado com uma das amigas do trabalho da Cristina e nunca mais teríamos nos falado.

— Você poderia ter conhecido outra pessoa na faculdade e se casado jovem. Você teria aparecido no casamento com sua minivan cheia de migalhas de cereal, com seu marido e cinco filhos.

— É muito possível — digo. — Acho que nunca vamos saber.

— Acho que não.

Inspiro devagar, sentindo-me um pouco zonza e confusa depois da brincadeira improvisada de mundo paralelo. Paro por um segundo antes de bater as palmas das mãos nos joelhos.

— Acho que é hora de dar boa noite. — Eu me levanto da poltrona, tirando a coberta e deixando-a no pufe. — Se sentir o impulso de fazer mais alguma dancinha à noite, agradeço se mantiver o volume baixo.

— Pode deixar.

Dou dois joinhas e saio em direção à cama, mas paro no meio do caminho, decidindo tirar o suéter para deixá-lo na sala para o dia seguinte. De costas para ele, curvo os braços atrás das costas e puxo o suéter para baixo. Estou quase fora dele quando minha manga esquerda acaba ficando presa no anel *claddagh* que esqueci que estava usando na mão direita. Meu braço fica preso nas costas como se eu estivesse em uma camisa de força.

Que apropriado.

Jogo as escápulas para trás na esperança de libertar o anel, mas acabo sentindo uma dor lancinante no ombro esquerdo. Não consigo conter um gritinho.

— O que houve? — pergunta Ryan, levantando-se imediatamente.

— Não é nada de mais. Estou bem.

Tento desesperadamente sair do suéter. Jogo o ombro para trás de novo e assovio alto por causa da dor.

Ryan aparece ao meu lado e leva as mãos aos meus ombros.

— Você não está bem — diz com a voz meio brava, puxando meu suéter devagar. — O que aconteceu com seu braço?

Sinto quando ele coloca a mão dentro da manga e sobre meu punho, girando o anel no meu dedo.

— Só está dolorido. Bati o ombro de leve quando levei Duque para passear.

Sou rapidamente liberta quando Ryan tira o anel do meu dedo e o suéter dos meus braços, colocando os dois na mesa de centro. Eu me viro para ele e fico surpresa quando ele não se afasta.

— Bateu no quê? — pergunta ele.

— Na verdade, é uma história engraçada. — Tento ficar à vontade com a proximidade de Ryan, mas é mais fácil falar do que fazer. — Eu e Duque estávamos saindo do apartamento da minha amiga à tarde quando ele ficou animado e meio que desceu as escadas a todo vapor.

Os olhos de Ryan continuam fixos nos meus.

— E ele deslocou seu ombro?

— Não. Não caí nem nada, mas ele me arrastou por alguns segundos e acabei batendo numa porta.

A explicação me faz ganhar um olhar de compaixão.

— Desculpa, Sullivan. Eu deveria ter avisado que Duque fica animado demais durante os passeios.

— Está tudo bem. Acho que nem vou sentir amanhã. — Estou me preparando para me retirar quando Ryan me vira de volta e me puxa na sua direção. — O que você está fazendo? — pergunto imediatamente.

— Onde está doendo? Aqui? — Suas mãos deslizam por baixo da gola da minha blusa para apertar a pele nua dos ombros.

— Não precisa fazer isso — digo, sem querer que ele pare, mas também me sentindo culpada de certa forma.

— Dá para relaxar? Isso é culpa minha. O mínimo que posso fazer é uma massagem.

Decido não discutir. É só uma massagem. Não preciso resistir. Olho diretamente à frente para a fileira de livros na estante, pensando em organizar todos em ordem decrescente de preferência, mas os títulos parecem desfocados.

Ryan ajeita a parte de cima da minha blusa para o lado, puxando-a para expor meu ombro esquerdo ainda mais e massagear o nó sensível. Estou começando a precisar de mais concentração para regular a respiração.

Depois disso, não sei se vou para trás ou se ele avança, mas seu peito encosta na minha coluna e consigo sentir a firmeza de seus músculos através do tecido das roupas. Estamos encostados um no outro, tanto que quase me apoio na estante à minha frente.

Suas mãos descem pelos meus braços e voltam a subir, deixando um rastro de calor sensível por onde passam. Ele mantém o mesmo ritmo silencioso e o repete de tempos em tempos antes de as mãos pararem de se mover perto dos meus punhos. Baixo os olhos quando nossos dedos se entrelaçam. Sinto sua respiração contra o meu pescoço, me dando arrepios e fazendo minha blusa parecer tão apertada que chega a ser impossível. Estou nervosa, curiosa e sedenta para sentir mais e, de repente, a lista de sedução de Maggie surge com tudo em minha cabeça.

Se eu fosse a versão tímida e cautelosa de mim mesma, agradeceria Ryan pela massagem e sairia andando. Se fosse a versão de romance de mim mesma, daria meia-volta e ficaria de frente para ele. Uma das ações na lista era criar contato físico. Se for para ticar esse item, a hora é agora.

Minha respiração está trêmula quando me viro para encarar o olhar de Ryan. Seus olhos estão tão ardentes quanto os meus e nada disso parece real, como se eu estivesse vivendo dentro de um sonho febril, nostálgico e sexy. Seus dedos soltam os meus e suas mãos deslizam para minha lombar, amassando o tecido da blusa no toque firme enquanto me puxa para perto. Estar envolta por ele é uma sensação incrível. Minhas mãos sobem por seus braços e ombros, mal tocando a superfície até meus dedos entrarem em seu cabelo por cima da nuca. Seus olhos quase se fecham quando encosta a testa na minha.

— Senti saudade disso — diz Ryan, o tom embalante e grave. — Você não faz ideia do quanto.

Nenhuma voz cética interior sussurra insultos em meu ouvido. Nenhuma pontada de dúvida ou vergonha passa sob minha pele. Minha mente entra em silêncio. Um silêncio abençoado.

— Também senti saudade — falo com uma voz sussurrada que, até agora, só tinha visto em livros.

Ele roça a curva da minha cintura com uma mão e a outra sobe pelo meu pescoço. O polegar pousa logo abaixo do meu maxilar para inclinar meu rosto para cima.

— É melhor a gente parar — diz, embora continue tocando em mim.

— Então para — sussurro.

Ele engole em seco, mas não se mexe. Aperta minha cintura com mais força.

Fico na ponta dos pés e roço os lábios nos dele. Ele recua com uma respiração fraca que absorvo por inteiro. Não é o bastante. Estou impaciente e agitada, um fósforo riscado em uma superfície áspera, tentando faiscar. Dou mais um beijo nele, aumentando a pressão. Ryan solta algo entre um suspiro e um rosnado enquanto avança, deixando nossos corpos tão próximos que parece impossível. Perco o fôlego e sua língua entra na minha boca. Meu estômago se revira de todos os jeitos certos. Não acredito que fazíamos isso o tempo todo.

Um minuto se passa, mas as sensações só se intensificam. Quero me derreter nele. Sinto que sou capaz de derreter. Ele desce a mão direita do meu pescoço para meu seio enquanto me beija com uma ânsia de que estou apenas começando a me lembrar. Estou tão sedenta quanto ele. Arqueio as costas contra seu toque, sentindo que me aproximo de um velho precipício, ainda que esteja completamente vestida. Nós dois estamos arfando quando me afasto um minuto depois, meus olhos procurando pelos dele.

E, de repente, acaba.

Ryan dá um passo para trás, subitamente me mantendo a um braço de distância, e a ausência do calor do seu corpo deixa a sala insuportavelmente fria. Quase estremeço pela sua falta.

— Desculpa — diz ele, rápido. Ele está respirando como se tivesse corrido um quilômetro enquanto tenta fingir que não. — Desculpa, eu...

Ele não termina a frase. As mãos dele me soltam devagar e uma expressão zonza permanece em meu rosto enquanto espero que ele me ofereça algum tipo de alento. Qualquer coisa. Ele não oferece nada.

Tento dar um passo para trás com as pernas bambas.

— Eu não queria fazer isso — me pego dizendo. — Não sei por que fiz isso.

— Não, foi culpa minha. Eu me deixei levar.

Concordo com a cabeça e Ryan olha ao redor, olha para todos os lugares menos para mim. Sinto um aperto no peito, mas escondo bem.

Quando finalmente olha para mim, ele está resignado e quase decepcionado.

— Acho que é melhor a gente dormir.

O que é que está acontecendo?

— É. Tá bom, boa noite.

Começo a me virar quando escuto:

— Sullivan, espera um segundo.

Paro, voltando a torcer por uma sensação de clareza.

— O que foi? — pergunto.

Ele só fica me olhando, sem dizer nada. Não tenho certeza se ele sabe por que me pediu para esperar. O silêncio se estende, mais e mais denso, até seu celular começar a tocar na mesa da cozinha. Eu avanço na direção do celular, planejando entregá-lo a ele, mas ele entra na minha frente.

— Pode deixar — diz.

Eu o vejo pegar o aparelho e o silenciar antes de guardá-lo no bolso. Sentindo-me mais e mais constrangida a cada momento que passa, eu me viro e me dirijo para o quarto.

— Obrigado pela noite. Pelo jantar — diz Ryan quando já estou de costas.

Paro no batente, mas não volto a olhar para ele.

— De nada. Até amanhã.

Entro no quarto e fecho a porta. Me apoio nela e me inclino para a frente, abalada demais para me mexer.

Foi tudo verdade.

Ryan me disse que sentia saudade de mim. Eu o beijei. Ele retribuiu o beijo e, então, foi como se nada tivesse acontecido.

Mas aconteceu.

Começo a me sentir estranhamente letárgica e visto o pijama alguns minutos depois, saindo do quarto discretamente e entrando e saindo do banheiro que nem uma fantasma para não acordar Duque nem ver Ryan. De volta ao quarto, me deito na cama, me enrolo nas cobertas e me viro para o lado, de frente para a janela. Eu me aconchego no travesseiro gelado e me permito um sorriso rápido e sonolento antes de pegar no sono quase imediatamente.

11

Pego o pedacinho de papel na mesa de centro pela terceira vez, ainda irritada com o conteúdo enquanto o releio.

Kara,
  Levei Duque para dar uma volta antes de sair para ele não precisar de outro passeio antes de eu chegar. Volto lá pelas duas. Valeu.
  — Ryan

Um bilhete de amor tão doce. Jogo-o no lixo e entro na cozinha, sentindo-me um pouco apaziguada quando vejo o novo bolinho que espera por mim no balcão. Eu o tiro da sacola e devoro metade. Comer por estresse é justificado nesta situação.

A cada dia, Ryan se torna uma contradição ainda maior. Ele está bravo, mas quer passar tempo comigo. Ele me beija, e depois me afasta. Desaparece de manhã, mas deixa um lembrete comestível de como consegue ser atencioso.

Vou até o fogão, pronta para me servir de uma merecida xícara de chá, quando toca um alerta da portaria. Coloco no balcão minha caneca favorita que tem "Milady" estampado na lateral e atendo.

— Alô?

— Oi, dona Sullivan. Sua irmã está aqui para ver você.

— Ah. Ótimo, obrigada, Nick.

Desligo, mas fico com o interfone na mão. Estou surpresa que Jen esteja aqui. Ela quase nunca vem para a cidade hoje em dia. Mas estou ansiosa para vê-la... até me lembrar de que Duque está deitado na minha cama.

Merda!

Entro correndo no quarto e baixo os olhos para o cachorro gordo que está deitado nos meus travesseiros como se fosse a Cleópatra. *Por favor, por favorzinho, pega no sono.* Destravo rapidamente o celular e o coloco na mesa de cabeceira com a delicadeza de uma pena, ligando a playlist acústica de Céline Dion que Ryan me mandou antes de sair do quarto na ponta dos pés. Fecho a porta tão devagar que, quando ela está fechada, Jen já está batendo lá fora.

Vou correndo/pulando e abro a porta antes que ela possa bater de novo.

— Jen, oi! — Meu tom tem um nível Poliana de animação. — Que surpresa divertida.

Jen fica desconfiada no mesmo instante.

— Estava indo encontrar uma das minhas amigas da faculdade para almoçar e decidi arriscar. Você anda sumida.

— Pois é, desculpa, coisas do trabalho. Entra aí. Quer beber alguma coisa?

Meu sorriso de Irmã Perfeita continua estampado no rosto enquanto ela entra no apartamento.

— Aceito uma água.

Estou prestes a seguir para a cozinha quando escuto Duque fazer barulho dentro do quarto.

— Melhor ainda — digo, voltando-me na direção de Jen —, por que não saímos? Tem um restaurante a alguns quarteirões daqui que tem uma água incrível.

Pareço maluca até para mim.

— Quê? Não. Acabei de chegar, e meus pés estão me matando.

— Certo, claro.

Lanço um olhar nervoso para a porta do quarto, voltando-me para a cozinha e abrindo a geladeira.

— Você bebeu toda aquela garrafa de vinho sozinha? — escuto Jen perguntar.

Olho para o balcão e vejo a garrafa vazia de Riesling que eu e Ryan terminamos ontem à noite.

— Bebi, sim.

— Um pouco pesado para um dia de semana, né?

Repasso os acontecimentos da noite anterior na minha cabeça.

— O álcool era necessário.

Fecho a geladeira e passo a água para ela.

— Se você diz. Só lembra que, se isso virar um problema, não vou visitar você em nenhuma clínica chique de reabilitação no interior.

— Não sou alcoólatra, Jen. Relaxa.

Felizmente, ela deixa meu potencial problema de abuso de substância de lado e entra na sala, deixando-se cair no sofá com um suspiro contido. Vou atrás dela, sentando-me na poltrona de leitura.

— Então... — digo, tentando puxar assunto.

Jen toma um gole da água e se volta para mim com um olhar perscrutador.

— O que está rolando com você hoje?
— Como assim?
— Tem alguma coisa estranha.
— Não tem nada de estranho.
— Tem, sim, você está agindo estranho — diz. — Tem alguma coisa errada?
— Não tem nada de errado. Estou ótima. E você? Ainda vomitando toda manhã?
— Ainda tenho enjoo matinal, sim. Para de tentar mudar de assunto. O que você fez?
— Não fiz nada.
— Você está mentindo. — Ela deixa o copo na mesa de centro e se recosta, cruzando os braços. — Você se meteu em alguma encrenca?
— Não — garanto.
— Está doente?

Pergunta difícil. Fisicamente não, mas mentalmente é discutível.

— Não tem nada de errado comigo, Jen. Você está doida.
— Não estou doida. Só conheço você e sei que está mentindo para mim.
— Não estou mentindo. Juro, não tenho nada a esconder.

E esse é o momento exato em que Duque decide começar a latir. Traíra.

— O que foi isso? — pergunta Jen, o olhar focado na porta do meu quarto.
— É o cachorro do vizinho.
— Veio de dentro do seu apartamento.

Sem hesitar, ela se levanta para investigar.

Será que existe alguma consequência jurídica a restringir fisicamente uma gestante?

— Minhas paredes são finas. Um pianista de concerto mora a dois apartamentos daqui e sempre escuto quando ele toca. Ele ainda tem dificuldades com a "Rapsódia em si menor" do Brahms, mas o Schubert dele é perfeito.

Minha irmã passa por mim na direção do quarto. Não tento impedi-la. Não há como impedir uma Jen determinada depois que ela entra em ação. Ela abre a porta do quarto e entra. Fecho os olhos e espero.

— Kara? — pergunta calmamente.

— Sim?

— Por que tem um buldogue enorme na sua cama?

Eu me levanto e me junto a ela no quarto, aceitando o fato de que fui derrotada.

— Deixaram na minha porta numa cestinha hoje de manhã. Decidi que o criaria como se fosse meu.

— É claro que sim. — Ela continua a avaliar o quarto, depois olha para fora e vê a mala de Ryan ao lado da porta do banheiro. — E aquelas roupas masculinas também foram deixadas na cesta?

Duque está andando de um lado para o outro da cama, desesperado para pular nos braços de Jen se ela os abrir para ele. Ele está arfando descontroladamente e olhando fixamente para ela, tentando transmitir a mensagem de que, se ela não fizer carinho nele logo, a vida não vale a pena.

— As roupas são minhas — digo.

— Sério? Você usa roupas masculinas agora?

— Levo uma vida dupla.

— Kara! — exclama Jen. — Me conta logo a verdade!

— Tá! — grito em resposta. — Ryan está ficando aqui. Esse é o cachorro *dele* e essas são as roupas *dele*. Ele está ficando aqui até o casamento da Cristina acabar e depois vai embora e é isso.

Cai um silêncio.

— Espera um minuto. Ryan? — pergunta. — O mesmo Ryan da faculdade?

— Isso — admito.

— Como isso aconteceu?

Ergo os olhos para o teto antes de encarar seu olhar curioso.

— Eu o encontrei na festa pré-casamento da Cristina. Ele é amigo do Jason e foi assim que isso tudo começou.

— Então — diz Jen, assimilando tudo — ele é o cara de quem você estava comentando comigo e com a mamãe na outra noite? O cara com quem você estava trocando mensagens?

— Isso.

Ela finalmente se senta na cama e faz carinho no Duque. Ele se joga de costas no colo dela com um alívio exausto.

— Preciso saber mais. Começa do começo e elabora.

Jen põe as pernas em cima da cama e se recosta na cabeceira acolchoada. Duque se aconchega junto a ela, pretendendo nunca mais sair dali.

Suspiro e me jogo de barriga na cama. Levo uma boa meia hora para contar a história inteira, começando pela festa da Cristina e terminando na noite de ontem.

— Então você ainda não superou ele — diz Jen.

— Pelo visto, não.

— E precisa dele para terminar seu romance.

— Parece que sim.

Ela assente, refletindo sobre minha confissão.

— Qual é o próximo passo?

Solto uma risada breve, vazia.

— Meu próximo passo é fazer nada. Estou atualmente sem passo nenhum.

— Inaceitável. Cadê a lista que Maggie escreveu?

Relutante, me levanto da cama e vou até a estante do quarto. Tiro meu velho exemplar esfarrapado de *O duque diabólico* e o abro, encontrando a lista dobrada lá dentro onde a escondi. Eu a entrego para Jen e ela lê.

— Certo, tudo isso é possível. Você já ticou um item ontem à noite e também pode ticar "desafiar o herói". Pelo que parece, tudo que vocês dois fazem é se desafiar.

— Exato — concordo —, nós nos desafiamos demais para o nosso próprio bem. Acho que envelheci uns dez anos desde que ele chegou aqui. Estou ficando com gota.

— Você não está ficando com gota. Agora posso escolher o que você vai fazer em seguida.

— Por que você está me encorajando? Na última vez que Ryan estava na jogada, você ficou feliz quando terminei com ele.

— É, mas isso foi há muito tempo e todas estávamos um caco depois do que aconteceu com o papai. Pelo que você me contou, Ryan parece ter amadurecido. Você precisa correr atrás disso a sério. Você não é mais tão jovem, sabe.

— Odeio quando você e a mamãe agem como se eu estivesse a um aniversário do limiar da morte só porque você se casou jovem.

— Eu me casei com 29 anos, Kara.

— Irrelevante! Não sou tão boa com essas coisas.

— Parece que você fez um bom trabalho ontem à noite.

— Claro, e ele saiu fugido daqui de manhã que nem um morcego saído do inferno. — Tento conter o tom de amargura, mas não consigo disfarçar muito bem.

— Ah, ele ficou assustadinho, grande coisa. Sabe o que você deveria fazer? Sair com outra pessoa. Ciúme. Escolho o passo do ciúme. Ryan precisa de um pouco de concorrência.

— Não quero mais nenhum joguinho, Jen.

— Você não está fazendo joguinho. Se tem alguém fazendo joguinho aqui, é ele. Você é uma escritora de sucesso fazendo o que precisa pela sua carreira e, além disso, é uma mulher solteira. Não tem nada de errado com o que está acontecendo aqui.

Cruzo os braços atrás da cabeça e ergo os olhos para o teto.

— Talvez.

— Tente fazer algo acontecer hoje à noite e não conte para Ryan aonde vai nem a que horas volta. Quanto menos detalhes der, melhor.

— Hoje pode ser forçar um pouco a barra — digo, vasculhando o cérebro em busca de uma perspectiva de encontro.

— Você não tem ninguém com quem queira sair?

Bom, tem, *sim*, alguém.

Pego o celular da mesa de cabeceira e o destravo. Jen cruza os braços com um sorriso perverso enquanto desligo a Céline e navego pelas ligações recentes até encontrar quem estou buscando. Encosto o celular na orelha e começo a falar assim que escuto o bipe:

— Oi, Maggie, é a Kara. Só estou curiosa para saber se você já se encontrou com o Kyle. Tenho uma dúvida sobre o amigo dele, Adam.

12

Dou uma voltinha na frente do espelho de chão no canto do quarto, observando o vestido azul de mangas curtas subir e descer enquanto rodopio. Alguns segundos depois, saio para a sala, me sentindo confiante de sandália anabela confortável e elegante. Fiz escova no cabelo, depilei a perna inteira e passei rímel. Sou basicamente uma supermodelo.

Ryan está sentado com o notebook à mesa da cozinha e abro um sorriso rápido para ele antes de procurar a bolsa boho que quero levar comigo hoje.

— Vai sair, Sullivan? — pergunta, observando meu visual.

Finjo não ouvir na hora.

— O que você disse?

— Perguntei se vai sair.

— Ah, sim, mas não devo voltar muito tarde.

— Aonde você vai?

— Vou encontrar uns amigos para beber.

Encontro a bolsa que estou procurando no cabideiro perto da porta.

— Legal. Onde?

Interessado, hein?

— Um bar.

Indo para a entrada, pego a bolsa e faço um inventário do que tem dentro dela, tentando decidir se devo levar toda a carteira comigo ou só minha identidade e um cartão de crédito.

— Disso eu sei — diz Ryan —, mas qual bar?

— Por que quer saber?

— Só estou curioso. — Ele faz uma pausa. — Espera, você vai cometer algum crime, Sullivan?

Dou meia-volta para olhar para ele.

— E por que você perguntaria isso?

— Porque, se estiver se preparando para participar de um assalto a banco complexo, então ser vaga agora faria sentido. Na verdade, eu até agradeceria por me deixar de fora, já que não estou a fim de ser esfaqueado na prisão por ser seu cúmplice. Mas, como você disse que não está prestes a cometer um crime, não sei bem por que está se recusando a me dizer aonde vai.

Bom, ser misteriosa foi divertido enquanto durou. Foi um breve momento de glória, assim como Camelot.

— Vamos ao McFadden's. É virando a esquina.

Fecho o zíper da bolsa com pressa. Estou prestes a sair, com a mão na maçaneta, quando Ryan fala de novo:

— Eu perguntaria que amigos você vai encontrar, mas odiaria desfazer ainda mais seu ar de mulher fatal.

O comentário petulante me irrita e dou meia-volta.

— Para acabar logo com seu sofrimento, vou encontrar dois caras e minha amiga Maggie.

Isso provoca um olhar surpreso, o que adoro.

— Ah, é? É um encontro de casais?

O que você acha, espertinho?

— Não sei se chamaria de encontro, mas Adam pareceu bem interessante e bonito, então eu não me importaria se fosse.

Ryan cerra o maxilar.

— Bom, divirta-se.

— Obrigada — digo alegremente.

Saio do apartamento sem dizer mais uma palavra.

Aprendi muito sobre Adam na última hora. Ele é contador, cresceu em Long Island, praticou luta livre no ensino médio e, nos dias de folga, gosta de assistir a reprises de *Seinfeld* e fazer palavras-cruzadas. Resumindo, ele é um amor.

Também aprendi várias outras coisas enquanto falava com Adam. Há sete botões na sua camisa. Ninguém marcou pontos no jogo do Mets que está passando na tela plana em cima do bar. Um casal a poucos metros de distância está discutindo os planos para o fim de semana. Também aprendi, depois de olhares clandestinos para o celular, que estou aqui há apenas uma hora e dez minutos e é cedo demais para ir para casa.

Não que esteja sendo desagradável; só não estou concentrada. Eu deveria estar dedicando toda a atenção a Adam. Ele é bonito, simpático, tem um emprego e não passa nenhuma energia aparente de "vamos ver se você cabe no porta-malas do meu carro". Pelos padrões modernos, ele é o Santo Graal. Outras solteiras na casa dos 30 dariam uma pancada na minha cabeça de bom grado e passariam por cima do meu corpo inconsciente para chegar até ele. Por isso mesmo é uma pena que, olhando mais de perto, eu não sinta nenhuma atração por ele.

Ele e Kyle acabaram de ir ao jukebox que cobra um dólar por música quando Maggie se aproxima de mim em volta da mesa alta em que estamos.

— E aí, o que achou? — pergunta.
— Está indo bem.
— Você odiou ele.
— Não odiei — esclareço. — Ele é muito bonzinho.
— Chamar um homem de bonzinho no primeiro encontro é o fim. Ele ofereceu dinheiro para pegar nos seus pés? Ele treina dezessete periquitos sem jaulas no fim de semana?

Rio baixinho.

— Acho que não.
— Que sorte. Kyle, sim.
— Sério?
— Não, mas me contou que tem um colchão de água, e isso é o fim da picada para mim.
— Jura? Aposto que você se acostumaria em uma semana ou duas.
— É possível, mas é um risco que não estou disposta a correr.
— Que pena.
— Uma catástrofe — concorda Maggie, pegando a taça de vinho. — Pelo menos você tem seu homem dos sonhos de verdade no seu apartamento. As únicas coisas que me esperam lá em casa são amargura e velhice.
— Não é verdade. Você vê seu homem dos sonhos várias vezes por ano.
— O Fantasma da Ópera não conta. Deveria contar, já que estamos obviamente apaixonados, mas me sinto meio suja por precisar comprar um ingresso para vê-lo de tantos em tantos meses.

— Bom, Ryan também não conta. Então, mais uma vez, somos só você e eu.

— Por mim tudo bem.

— Por mim também.

Levanto meu *bay breeze* e fazemos um brinde, sorrindo e tomando um gole. Eu me viro para o jukebox onde os rapazes ainda estão olhando as músicas quando noto um vulto solitário entrando no bar pelo canto do olho. Perco a respiração e tenho que conter um sorriso de orelha a orelha.

Ryan para perto da porta por alguns segundos até me avistar. Encontra o meu olhar e me abre aquele sorriso sexy que me faz me sentir uma mulher das cavernas. Ele está de calça jeans desbotada, camiseta branca lisa e boné do Carolina Hurricanes, um time de hóquei. Não é por nada, não, mas eu iria.

— Merda — murmuro baixo.

— Que foi? — pergunta Maggie, seguindo meu olhar para a porta. Ela olha para Ryan por um bom tempo até voltar os olhos para mim. — Para. Aquele é o Ryan? É ele?

— É ele.

Maggie suspira e volta a olhar.

— Para ser sincera, não sei o que estava esperando, mas ele parece uma versão americana moderna do príncipe de *A Bela e a Fera*.

— Não parece, não.

— Parece, sim.

Consigo conter a vertigem crescente enquanto ele se aproxima de nós através do pequeno aglomerado. Maggie, por outro lado, não se contém.

— Deus do céu, ele está vindo. O que eu faço? Acha que devo cantar?

— Por favor, não cante.

— Quando duas pessoas estão prestes a admitir o amor uma pela outra em um musical, elas cantam. Eu deveria criar um clima para vocês.

— Não se atreva.

Ryan surge ao meu lado, apoiando as mãos na mesa.

— Olá — Maggie cantarola.

Nós dois olhamos para ela e ela começa a rir de nervoso. Situações constrangedoras nunca foram seu forte.

— Olá — diz de novo, de um jeito normal dessa vez.

— Maggie, prazer. Desculpa pelo olá estranho. Eu trabalho com música.

— Dá para notar. Você tem uma voz bonita. Sou Ryan, prazer.

Maggie volta a rir de nervoso.

— Eu sei quem você é.

— Ah, é? Essa daqui andou falando mal de mim? — pergunta ele, apontando a cabeça na minha direção.

Um garçom aparece e Ryan pede um chope.

— Quê? Não, de jeito nenhum. — Maggie está tentando se recuperar. Coitadinha. — Quer dizer, sim, Kara mencionou você de passagem, mas nada fora do comum. Vocês se conheceram numa colônia de férias, né?

— Na faculdade.

— Sério? Erro meu, devo estar pensando no namorado dela da colônia de férias, de quem falamos longamente. De você? Nem tanto.

Ryan sorri de um jeito meio confuso e olha para mim em busca de explicação. Tudo que faço é dar de ombros.

— Oi, Sullivan — diz ele calmamente.

— Oi.

Mantemos contato visual por mais tempo do que deveríamos e Maggie começa a cantarolar as primeiras notas de "A Bela e a Fera". Lanço um olhar de alerta e ela para na hora, parecendo culpada mas satisfeita ao voltar os olhos na direção do jukebox.

— Então — diz ela —, talvez não seja o melhor momento para eu mencionar isso, mas nossos pretendentes atuais estão voltando. Devo evacuar a área?

— Não, não faça nada — digo.

Kyle e Adam voltam à mesa e Maggie pega a bolsa na mesma hora.

— Oi, Kyle! — diz ela, com a voz mil vezes mais alta e animada do que é necessário. — Quer saber? Estou morrendo de fome e adoro jantar. Quer jantar?

— Claro — diz, lançando um olhar rápido para Adam. — Vamos todos?

— Não, só nós dois. Mas é melhor irmos agora, porque quero saber mais dos seus periquitos.

— Periquitos? — pergunta ele, confuso, enquanto Maggie pega seu braço e o puxa em direção à porta.

Sou deixada inconvenientemente a sós com Ryan e Adam. Estou tentando pensar no que dizer quando sinto a mão de Adam na minha lombar. Ryan nota e endireita os ombros.

Que vergonha.

— Quer que eu pegue outra bebida para você? — pergunta Adam, inclinando-se perto do meu ouvido, embora o bar não esteja tão barulhento nem tão cheio.

Estou prestes a falar que não precisa quando Ryan pigarreia.

— Certo. Desculpa, preciso apresentar vocês. Adam, esse é Ryan.

Adam estende o braço atrás de mim.

— Prazer.

Ryan aperta a mão dele.

— Igualmente.

Depois de um silêncio constrangedor, percebo que talvez seja melhor eu começar a falar. Olho para Adam e tento explicar.

— Ryan é meu amigo da faculdade. Ele está hospedado lá em casa esta semana por causa do casamento de um amigo em comum.

— Que legal — diz Adam. — Queria manter mais contato com meus amigos da faculdade.

— Ela também é minha ex-namorada — lança Ryan.

Adam se empertiga. Forço um sorriso.

— É, mas a gente namorou, assim, há muito, muito tempo.

Adam não responde, e eu tomo um gole do drinque.

— Não faz tanto tempo assim, faz? — pergunta Ryan.

— Faz. Foi há dez anos, um tempão.

— Jura? Para mim parece que foi ontem.

Ajeito a postura para me afastar de Ryan e me aproximar de Adam, pensando se consigo salvar o que resta do miniencontro. Ao que parece, não. Um minuto depois, ele resmunga que tem que acordar cedo no dia seguinte. Ele me dá um beijo rápido na bochecha e se despede de Ryan com um toquinho de mão hesitante. Vejo ele sair do bar antes de voltar um olhar acusador para meu agora único companheiro.

— Que foi? — pergunta Ryan, agindo como se tivéssemos acabado de ter a interação mais normal do mundo.

— Fala sério! O que foi isso?

— O que foi o quê?

— Você falando para o Adam que sou sua ex-namorada.

— Só falei a verdade, Sullivan. Você *é* minha ex-namorada.

— Há um milhão de anos — resmungo. O garçom reaparece, deixando o chope de Ryan e seguindo para o próximo freguês. — E a outra coisa que você disse?

— Que parece que foi ontem?

— É. Que mentira foi essa?

— Como você sabe que foi mentira? Talvez, para mim, pareça mesmo que foi ontem. Ontem, especialmente, pareceu mesmo ontem.

Ele dá uma piscadinha e considero dar um peteleco na testa dele.

— Você é um pé no saco. Adam poderia ter sido minha alma gêmea e agora ele foi embora. Não sei como você vai viver com essa culpa.

Ryan dá de ombros e se apoia na mesa.

— Nada que um pouco de terapia não resolva.

— Você deveria mesmo buscar terapia.

— Somos dois. Acho que vejo você lá.

Ele ergue o copo e balanço a cabeça com um sorriso enquanto fazemos um brinde.

Duas horas depois, saio do McFadden's me sentindo muito feliz, muito enérgica e muito, mas muito bêbada. Ryan parece mais relaxado do que o normal, mas é difícil dizer se está bêbado ou não. Sua personalidade é tão fora da caixinha que não consigo distinguir a diferença entre o Ryan esquisitão bêbado e o Ryan esquisitão sóbrio.

Estamos voltando para o apartamento depois de mutuamente — acho bom destacar, mutuamente — decidirmos pegar pizza.

— Você em algum momento pensou que acabaríamos assim depois que nos conhecemos? — pergunta ele quando viramos na rua 41. — Aqui estamos nós, 32 anos e...

— Hm, com licença, velhote, você é o único aqui com 32. Eu ainda estou desfrutando da idade dourada dos 30.

— Esquece a idade. Já pensou que estaríamos descendo a rua com pizza dez anos depois que nos conhecemos?

— A resposta seria não — respondo. — A primeira vez que conversamos, você achou que eu era uma nerd lendo um livro de safadeza.

— Não é verdade. Você achou que eu era um ladrão grosseiro. Devo admitir que roubar seu livro não foi meu melhor momento, mas queria que você conversasse comigo.

— Por quê? — me pego perguntando.

Ryan sorri.

— Porque, quando entrei na sala de aula, achei você a coisa mais fofa que já tinha visto na vida.

Faço uma cara cética, mas ele continua:

— Eu queria descobrir quem você era, então me sentei ao seu lado e enchi seu saco até você conversar comigo. E, quando você conversou, deixei você tão nervosa e irritada pegando seu livro e... sei lá, eu não conseguia parar de olhar para você.

— Desculpa, mas não faz sentido nenhum.

— Você era linda, Sullivan. Ainda é.

Não lido bem com elogios, então o ignoro completamente.

— Fui muito malcriada com você naquele dia.

— Eu mereci. Fui muito escroto.

— Verdade — concordo. — Quando você se sentou comigo na aula seguinte, fiquei em choque.

Ryan me olha nos olhos e não desvia.

— Acho que eu já estava apaixonado por você naquela altura. Só tive que esperar você me alcançar.

As palavras me reconfortam e me desolam. Nós dois olhamos para a frente.

— Você não teve que esperar muito — digo.

Ryan baixa os olhos para a calçada, uma nuvem parecendo tomar conta dele.

— Quando terminamos, quando você cortou relações comigo daquele jeito... fiquei destruído por um bom tempo. — Segundos se passam até ele voltar a falar: — Você quebrou meu coração de verdade, sabia?

Paramos de andar quando chegamos à frente do prédio e digo a primeira coisa que me vem à mente:

— Você quebrou o meu primeiro.

Ryan assimila minhas palavras. Parte de mim se arrepende de tê-las dito, mas é verdade. Talvez ele precisasse ouvi-las tanto quanto eu precisava dizê-las.

— É surpreendente ainda conseguirmos ser amigos agora — diz Ryan —, considerando o que fizemos um com o outro.

— Tenho certeza de que um bom número de ex-casais consegue continuar amigos.

— E você acha que eles são iguais a você e eu? Que tinham o que a gente teve?

Reviro a pergunta na cabeça, torcendo para encontrar uma resposta que seja sincera, mas vaga.

— Não sei — decido dizer. — Você já sentiu o que tínhamos com outra pessoa?

Vejo o peito dele subir e descer. Devo ter passado dos limites, mas já é tarde para voltar atrás.

— Não. — Seu tom é seguro e definitivo, nada como a voz baixa que teria saído de mim. — Nunca quis me sentir assim de novo. É por isso que...

Antes que ele termine, um carro freia de repente na esquina. Levo um susto com o barulho dissonante enquanto Ryan pega meu braço e me puxa para trás. Dois carros estão parados, buzinando agressivamente, quando Ryan se volta para mim, soltando meu braço.

Pigarreio e forço um sorriso.

— Acho que é um sinal para entrarmos. Nós dois bebemos muito, então vamos subir e comer esta pizza.

Sem esperar por uma resposta, entro pela portaria, Ryan atrás de mim. Essa pizza vai tornar tudo melhor. Tomara.

Depois que entramos, descalço os sapatos e me jogo no sofá. Duque está dormindo embaixo da escrivaninha. Estou bastante bêbada, então o apartamento gelado não me dá pneumonia imediatamente. Ryan coloca a caixa de pizza no balcão da cozinha e se senta na poltrona de leitura à minha frente. Ele descalça os tênis enquanto fecho os olhos e me afundo nas almofadas incrivelmente confortáveis.

— Posso te perguntar uma coisa?

Abro os olhos para olhar para ele.

— Claro.

Ele hesita antes de continuar.

— Na última vez que liguei para você, quando você finalmente atendeu... você falou aquilo a sério ou foi mentira?

Relembro a ligação, e um grande fardo começa a pesar dentro de mim. Eu disse que ria dele — que na verdade era mais feliz sem ele —, que ele era uma perda de tempo. Eu me pergunto agora se minhas palavras daquele dia ficaram com ele tanto quanto as suas fincaram raízes em mim.

— É claro que era mentira — admito. — Depois que terminamos, tudo que eu pensava era em voltar com você.

— Queria que você tivesse voltado. Ou eu deveria ter ido atrás de você.

Sua declaração quase tira meu ar, mas não demonstro.

— Não teria feito diferença — digo. — Muita coisa aconteceu. Não teria como dar certo. — Ryan não diz nada e tomo seu silêncio como uma oportunidade. — Você também estava mentindo na época? Ou estava mesmo me traindo?

Ryan olha para mim por um bom tempo.

— O que você acha? — pergunta.

— Não acho que você faria isso comigo.

— Eu não faria mesmo — afirma.

Absorvo as palavras dele, que me deixam aliviada, mas também enfurecida. Ele nunca me traiu. Inventou tudo. Mas a mentira tocou todos os relacionamentos que tive desde então. Pensava que todos os caras com quem eu saía tinham planos secretos, que eu não era suficiente para ninguém. Por que alguém *não* me trairia? Eu me torturei por anos imaginando Ryan com outra pessoa enquanto eu sofria por ele. E foi tudo a troco de nada.

— Quando voltei para a Carolina do Norte depois de me formar, eu falava muito de você para o meu pai. Falava de como você era inteligente e engraçada e como sentia saudade. Ele tirava sarro de mim e me dizia que eu estava caidinho, mas, depois de um tempo, quanto mais eu falava de você, menos ele dizia.

Eu me assusto um pouco com suas palavras. Os pais normalmente me amam. Sou tímida e doce e quase nunca dou motivo para preocupação. Repasso todas as interações que tive com o pai do Ryan na minha cabeça, mas não consigo encontrar nenhum sinal de alerta.

— Eu conseguia sentir que tinha algo rolando com ele, mas não sabia o que era. Ele começou a me falar para não acabar ficando com a primeira menina por quem me apaixonasse. Disse que éramos jovens demais e que não era justo com você, já que você ainda tinha dois anos de faculdade pela frente.

Respondo com a cabeça, sem saber aonde ele quer chegar com isso.

— Não dei importância no começo. Achei que ele estava errado e que ficaríamos bem. Mas ele continuou insistindo, falando isso toda vez que eu comentava de você. E então, quando as coisas ficaram difíceis entre a gente, comecei a pensar que talvez ele tivesse razão. Que eu não estava sendo justo e estava estragando tudo para você.

— Mas você não estava...

— Estava, sim. Você sabe que sim.

Quero discutir, mas meu argumento é fraco. Lembro que eu o tornava o centro de tudo. Se era um dia em que ele ligava, eu ficava nas nuvens. Se era um dia em que ele não ligava, eu ficava um caco. Bom dia ou mau dia, era definido por ele. Não por mim.

Talvez esse seja o preço de encontrar o amor jovem. Tudo é novo e intenso, e correr atrás dessa sensação é a prioridade número um. Eu me lembro da menina que eu era na época e sinto pena dela. Ainda tenho muitos defeitos, mas sei quem sou. Gosto de quem sou. Eu me sinto realizada pelo meu trabalho, minha família e meus amigos e, se o amor me encontrasse agora, seria para somar, não para consumir.

— E, durante todo esse tempo em que meu pai estava me dando conselhos de relacionamento, ele estava traindo minha mãe. Ele me convenceu a me afastar de você e depois foi lá e ferrou com todos nós. — Ryan olha para a parede atrás de mim por um tempo antes de recuperar o foco. — Eu não falo com ele desde que ele me contou a verdade. Faz dez anos.

Eu me empertigo nesse momento, sentindo a cor se esvair do meu rosto.

— Como assim? Sério?

— Fiquei sem nada, e foi culpa dele. Não consegui deixar isso para lá.

Fico enjoada e minha visão embaça. Tenho um milhão de coisas para dizer e as palavras saem da minha boca em uma torrente trêmula.

— Para. Você pode ficar bravo pelo que aconteceu entre seu pai e sua mãe e por ele mentir para você, mas não o culpe pelo que aconteceu entre nós. Isso foi entre você e eu. Só você e eu. Seu pai estava obviamente passando por problemas, mas tenho certeza de que ele achou que estava fazendo a coisa certa quando o assunto era você. Não o tire da sua vida. Você nunca vai se arrepender das vezes que fala com seus pais, só das vezes que não fala.

Ryan balança a cabeça com um sorriso preguiçoso.

— Você é boazinha demais para o seu próprio bem.

— Você não está me ouvindo! — Estou gritando, e Ryan arregala os olhos. Preciso fazer com que ele entenda. Tento parecer controlada, mas é muito difícil. — Acredite em mim quando digo que há poucas coisas nesta terra que eu não faria se pudesse ter mais uma conversa com meu pai. Eu me arrependo de todos os segundos em que o vi sem dizer o quanto ele era importante para mim e me odeio por todos os momentos que eu poderia ter passado com ele, mas não passei.

Pego o travesseiro ao meu lado, sem saber se devo dar um soco nele, amassá-lo ou jogá-lo do outro lado da sala na cabeça do Ryan. Acabo colocando-o no colo e passando as mãos na superfície até chegar às pontas.

Ergo os olhos e Ryan está me observando como uma criatura exótica que encontrou no mato, selvagem e hipnotizante e capaz de trucidá-lo a qualquer segundo. Ele não diz nada.

— Eu mataria para ter o que você tem. Não estou dizendo que você precisa perdoar seu pai. Só promete que vai conversar com ele. Promete que vai tentar.

Demora alguns segundos e o ar fica denso entre nós, mas Ryan faz que sim devagar.

— Vou tentar. Vou tentar tentar, se é que isso faz sentido.

Também faço que sim enquanto me recosto um pouco, tirando o travesseiro do colo e o abraçando junto ao peito. Meu batimento cardíaco volta ao normal enquanto o termostato sopra o ar em um nível ainda mais forte. A brisa fria e constante refresca minha pele corada.

— Desculpa ter gritado com você — digo depois de um tempo. — Por que todas as nossas conversas ficam sombrias e emotivas quando bebemos juntos?

— É toda a nossa história, acho. Mas até que gosto disso. Por mais estranho que pareça.

Solto uma risadinha desanimada enquanto Ryan me observa do outro lado da sala.

— Você ficou chateada comigo por ter estragado seu encontro hoje? — pergunta.

— Não muito.

Volto a colocar o travesseiro em cima das almofadas ao meu lado, aconchegando-o embaixo do braço.

— Adam parecia ser um cara legal.

— Ele era, mas não é o que estou buscando.

— O *que* você está buscando?

Levo alguns segundos para pensar numa resposta.

— Queria saber a resposta para essa pergunta.

— Alguém que nem os homens dos seus romances?

— É, alguém assim — digo com um sorriso melancólico. — Um romance intenso e dramático que vire o mundo de cabeça para baixo.

Ryan não está sorrindo. Ele me observa por um bom tempo, quieto e em silêncio.

— Acho que não acredito nisso. Mesmo que você consiga viver o que escreve, você seria certinha demais para fazer aquele tipo de coisa, que dirá aproveitar.

Assimilo a acusação e, mais uma vez, me empertigo.

— Não é verdade. O que acontece nos meus livros simplesmente não acontece na vida real. Se eu conseguisse viver algo como aquilo, não seria certinha demais para aproveitar.

— Tem certeza?

— Tenho, sim.

— Certo. Prova.

Repenso as palavras de Ryan.

— O que você quer dizer? — pergunto.

— Escolhe um livro e vamos ver se você consegue ler e imitar o que os personagens estão fazendo sem ficar com medo demais para parar.

— Você quer que eu leia o que tem num livro de romance e depois imite?

— Isso.

— E com quem vou imitar?

— Comigo, óbvio.

A proposta de Ryan cai sobre mim como uma onda fria e inesperada.

— Você está brincando.

— Estou falando sério. Assim a gente pode ver quem está certo sobre seus romances de uma vez por todas, ou você pode simplesmente admitir que nunca faria nenhuma daquelas coisas sobre as quais escreve.

Continuo a olhar fixamente para ele em silêncio absoluto.

— Eu sabia — diz ele, depois de alguns momentos.

E então minha natureza teimosa, reforçada pelo álcool, assume o comando.

— Beleza — digo, insolente.

— Beleza? — pergunta. — Tem certeza?

Eu me levanto do sofá sem hesitar.

— Escolhe um livro.

Ryan sorri.

— Que tal aquele que você está escrevendo agora? — Ele vai até minha escrivaninha e pega o novo capítulo picante que imprimi de manhã. Ele folheia as páginas com o polegar até diminuir a velocidade quando passa os olhos por um trecho em particular. — Última chance para admitir que estou certo, Sullivan.

Nego com a cabeça, me sentindo mais determinada do que nunca a testar os limites.

— Vamos lá, então. — Ele entra no meu quarto, ainda segurando as páginas. Eu o sigo devagar e o encontro ao lado da cama. Paro quando estamos a meio metro de distância. Ele me passa o manuscrito, apontando para o topo da página. — Começa a ler.

Olho para ele por alguns segundos antes de meu olhar recair sobre o papel. As palavras parecem embaralhadas até, gradualmente, começarem a tomar forma.

— "Robert virou a chave e trancou a porta..."

Perco o ar quando vejo Ryan me observando com os olhos turvos. Ele avança um passo e dá a volta por mim, caminhando até a porta e a fechando. O espaço ao nosso redor parece significativamente menor quando ele retorna ao lugar à minha frente. Menos ar. Mais calor. Eu me sinto encurralada, mas de um jeito bom. Baixo os olhos para a página e continuo.

— "Charlotte se esticou e arqueou o corpo esguio na cama dele, agarrando os lençóis de cetim com ansiedade desenfreada."

Ryan se aproxima um passo, cortando a distância entre nós pela metade.

— Parece que só um de nós deveria estar em pé.

Ele olha dos papéis na minha mão para a cama.

Sem fazer ideia do que acabei de dizer, baixo os olhos e releio a última frase. *Charlotte se esticou e arqueou o corpo esguio na cama dele, agarrando os lençóis de cetim com uma ansiedade desenfreada.*

Eu tinha *mesmo* que escrever "ansiedade desenfreada"?

Certo. O jogo começou.

Dou os dois passos necessários para alcançar a cama e me sento no colchão. Não posso deixar que ele ganhe. Não vou deixar. Recuo e me deito, segurando as páginas no alto enquanto retomo de onde parei.

— "Robert avançou na direção dela..."
Ryan pigarreia.
— O que foi? — pergunto, baixando as páginas.
— Você não deveria estar se arqueando e agarrando os lençóis?
— Como posso fazer isso enquanto seguro um monte de papel?
Ryan realmente para e pensa.
— Você pode se arquear um pouco e ainda segurar as páginas. Ou pelo menos agarrar o lençol com a outra mão.
— Qual é a diferença? — pergunto.
— A diferença é que falamos que veríamos se você consegue colocar em prática o que tem no livro. Nossas constatações só serão válidas se você se empenhar de verdade.
Lanço um olhar desafiador para ele.
— Ah, e você vai se empenhar de verdade?
— É claro que vou — diz.
Reviro os olhos e agarro o lençol com a mão esquerda. Volto a atenção para o manuscrito e encontro onde estava.
— "Robert avançou na direção dela em lentidão insuportável, usando todo seu autocontrole para não a tomar naquele segundo. Charlotte estava igualmente sôfrega, e um gemido frustrado deixou seus lábios inchados pelos beijos."
Ergo os olhos do manuscrito. Ryan dá um passo à frente e ergue uma sobrancelha. Ele está me desafiando.
Prepare-se, caubói.
Fecho os olhos e solto o melhor gemido sedutor que já tentei soltar. Sem querer me gabar, mas vejo os músculos do ombro de Ryan se tensionarem depois.

Fico encorajada o bastante para continuar:

— "Foi a perdição dele. Robert não conseguia mais esperar. Seu coração batia forte no peito com o desejo que jorrava pelas veias como labaredas líquidas. Ele puxou a camisa, rasgando-a na pressa de arrancar a vestimenta indesejada."

Nem terminei a última frase quando Ryan puxa a camiseta pela cabeça e a joga no chão. Meus olhos encontram os dele, como sempre fazem, e, nesse momento, sou tomada por uma sensação súbita de clareza. Não é uma fantasia nem minha imaginação criativa. Ryan está aqui. Ele está aqui e está sorrindo, e por que não deveríamos fazer isso se queremos? Minha coragem começa a se desfazer enquanto fecho os olhos por um breve segundo.

— Eu sem camisa sou tão medonho assim? — pergunta Ryan. — Ou sou excitante demais para você? Isso, estou disposto a aceitar.

Abro os olhos e olho feio para seu vulto sorridente e seminu. Com medo de o encarar, trago as páginas para perto do rosto... tão perto que o papel de cima se dobra e bate no meu nariz.

Eu o ajeito e continuo lendo:

— "Ele precisava da pele dela junto à dele, sem nada entre seus corpos. Precisava mais do que tudo em sua vida. Sem hesitar, Robert deitou-se na cama para se inclinar sobre a beleza perfeita que se contorcia sob ele."

Afasto as páginas do rosto, e Ryan hesita, olhando para mim.

— Quer que eu pare? — pergunta.

A pergunta paira no ar pelo que parece uma eternidade até eu fazer que não com a cabeça. Então me concentro em controlar a respiração enquanto ele se deita com cuidado na cama. Ele apoia as mãos no colchão, uma de cada lado do meu rosto, e se ergue para pairar diante de mim. Com o manuscrito ainda na mão direita, estendo o braço para o lado e volto a ler.

— "As respirações excitadas de Charlotte afagaram a bochecha de Robert enquanto ele beijava o pescoço dela..." — Minha voz falha enquanto a boca quente de Ryan se move ao longo do meu pescoço. — "Ele venerou todo o corpo dela, cada centímetro. Não parou até..."

Minhas palavras são sufocadas quando Ryan leva os lábios aos meus, delicados no começo e os abrindo com urgência depois. Meu corpo parece perto de arder quando nossas línguas se encostam e deslizam. Não acredito que já nos demos ao trabalho de usá-las para falar quando poderíamos estar fazendo isso. Ele suspira dentro de mim e inspira de volta. Um gemido meu. Um grunhido seu.

Sinto que é nosso primeiro beijo de novo — um desconhecido que já beijei outras cem vezes. Não demora até nós dois precisarmos de mais. Ainda segurando as páginas, eu o abraço pelo pescoço, tentando desesperadamente puxá-lo para baixo para pressionar seu corpo onde mais o quero. Ele não cede. Continua posicionado sobre mim, o peso apoiado pelos braços enquanto inclina a boca sobre a minha, beijando-me sem parar. Mais intensa e longamente.

Ele recua, mas nossos narizes continuam se tocando. Respira com dificuldade, mas baixinho, e encaixa o joelho devagar no espaço entre as minhas coxas.

— Continue lendo — diz.

Desesperada para não perder a fricção, seguro as páginas com uma mão trêmula, encontrando onde parei. Pisco para tentar decodificar as palavras ilegíveis.

— "'Não pare', gemeu Charlotte, praticamente se afogando no prazer de tudo. 'Não pare...'"

Não sei mais ao certo quem está falando, eu ou Charlotte. Para ser sincera, não me importo. A boca de Ryan volta à minha pele, mordiscando a base do pescoço enquanto desço para encostar em seu joelho, tentando aliviar a ânsia que cresce sem parar. Enrosco a mão livre no cabelo dele e puxo. Ele ataca meu pescoço com um desejo renovado. Estou mais do que inebriada, e não tem nada a ver com a bebida.

— "Robert gemeu no pescoço de Charlotte quando passou a ponta dos dedos nas coxas dela. Com seus beijos e mãos, ele incentivou Charlotte a passar as pernas trêmulas em volta da sua... cintura!"

O ponto de exclamação é todo meu quando Ryan passa a mão por baixo do meu vestido e ao longo da minha perna, erguendo-a para envolver a cintura dele. Ele está tão ofegante quanto eu, passando a mão da minha perna ao meu rosto. Ele ergue meu queixo para beijar a parte de baixo e segue o caminho delicioso descendo do pescoço até os ombros até a parte de cima do meu peito. A boca desce e ele puxa a gola do meu vestido para baixo até ficar esticada, quase a ponto de rasgar. Estou zonza e ardente, mas me obrigo a continuar lendo.

— "'Eu a amei desde o primeiro momento em que a vi rolando no chão daquela biblioteca', ele sussurrou no ouvido de Charlotte. 'Não me peça para ir. Fique comigo. Diga-me que me quer, para sempre.'"

— Chega — diz Ryan, a voz entrecortada.

O manuscrito é tirado das minhas mãos e jogado para o outro lado do quarto. Ele pega a barra do meu vestido e a amontoa na minha cintura, puxando-o para cima até o tirar completamente.

A boca dele está por toda parte, assim como as mãos, possessivas mas leves como uma pena. Não sou nem de perto tão graciosa, arranhando suas costas e me mexendo de um lado para o outro como se estivesse delirando, o que estou. Meu sutiã desapareceu e Ryan está lá no lugar dele, beijando e lambendo. Seguro a parte de trás do seu cabelo sem intenção de soltar. Jamais.

Ele pergunta se tenho camisinha e me lembro da caixa que guardo na gaveta da mesa de cabeceira. Tento abrir a gaveta, mas acabo apontando, e Ryan a abre sozinho. Ele se agacha e tira uma embalagem de papel-alumínio, quase rasgando a caixa ao meio. Ele está com o rosto vermelho, os olhos febris. Eu o deixei assim. É uma sensação inebriante.

Ele logo puxa minha calcinha branca simples para baixo e a atira do outro lado do quarto com minhas outras roupas. Ele me beija intensamente e me puxa mais para baixo no colchão. Sua calça e cueca se juntam à pilha no chão. A sensação de seu peso, o calor de sua pele — nunca vou sair desta cama.

Ele vai entrando, centímetro por centímetro extasiante, até não faltar mais nada. Fecho os olhos e inclino a cabeça para trás. Estou saboreando cada segundo. Ele se mexe dentro de mim em ritmo desapressado, seu corpo lembrando o meu de que ele esteve ali primeiro, que ninguém se encaixa em mim como ele. Faço sinal para ele continuar e ele me dá o que quero, mexendo-se mais rápido e me falando para olhar para ele, para continuar olhando, senão ele vai parar. Uma tensão em fogo baixo se enche e se estende dentro de mim, acumulando-se e se intensificando até eu explodir. Um gemido agudo que não parece meu sai da minha garganta. Ryan vem em seguida, empurrando o quadril e exclamando meu nome enquanto arqueia as costas e seus músculos tremem.

    Ele relaxa alguns segundos depois e encosta a bochecha na minha. Nossos olhares se encontram, e nós dois vemos a mesma coisa sem precisar falar nada.

    Tudo mudou.

13

O quarto está silencioso e calmo quando abro os olhos. Observo o peito de Ryan subir e descer ao meu lado, sentindo o rastro suave da ponta de seus dedos enquanto ele desliza a mão pelo meu braço. Um turbilhão de perguntas arranha as paredes do meu estado de contentamento, mas as ignoro. Nada pode me tocar neste momento além de Ryan.

Apesar de me sentir aconchegada e saciada, decido ir ao banheiro para lavar o rosto. Eu me viro e aperto a mão que agora está pousada em minha cintura antes de sair de debaixo do lençol para me sentar. Meus pés tocam o chão e, quando isso acontece, me dou conta de uma coisa.

Estou pelada!

Estou sentada na beira da cama, completamente nua, a meio metro de Ryan, que agora tem uma vista clara como o dia do meu bumbum.

Eu me levanto no mesmo instante e vou andando com calma, mas rapidamente, até o banheiro, enquanto cubro a bunda com um travesseiro.

Longe da vista dele, fecho a porta e abro a torneira no máximo. Enxaguo o rosto com a água fresca e lembro que as heroínas nos meus romances nunca se sentem constrangidas depois de terem cedido a seus desejos luxuriosos. Elas se deleitam com sua glória recém-descoberta, seu poder feminino. Celebram a liberdade sem qualquer impedimento.

Eu? Nem tanto.

Saio do banheiro cinco minutos depois com uma toalha em volta do corpo, fazendo o possível para evitar os olhos de Ryan enquanto volto para a cama na ponta dos pés.

Eu me deito e puxo o lençol para cima, quase até o queixo. Completamente coberta, desenrolo a toalha e a jogo no chão.

Ryan se vira de lado, apoiando-se no cotovelo para me olhar.

— Está com frio?
— Não — respondo.
— Sullivan?
— Quê?
— Você sabe que já vi você pelada muitas vezes, certo?

Fecho os olhos e franzo a testa.

— Infelizmente, sim.
— Infelizmente? — Ryan se mexe de novo para se deitar em cima de mim. — Confia em mim, é tudo, *menos* infeliz.

Cubro o rosto com as mãos.

— Argh, não posso ter esta conversa com você.
— Por que não?
— Porque dá muita vergonha.

Ryan tira minhas mãos da frente do rosto, acariciando meus punhos com o polegar enquanto os mantém fixados no colchão.

— Você deve ter uma visão muito distorcida de si mesma.

Livro uma das mãos do aperto de Ryan e passo o indicador ao longo de uma cicatriz perto da orelha dele. Nunca a notei antes. Tem forma de Z e a pele parece tensa em volta dela.

— De onde veio isso?

— Isso — diz ele — ganhei quando estava voltando do bar para casa uns anos atrás. Um cara estava sendo assaltado, então intervim e ajudei a afugentar o bandido. Ele fugiu com um celular e um pouco de dinheiro e eu fiquei com isso.

— Sério?

— Não — responde, abrindo um sorriso. — Tirei um carcinoma basocelular no ano passado. A cicatriz era para ser mínima, mas o dermatologista acabou deixando a marca do Zorro no meu rosto. Acho que ele não foi muito com a minha cara. E era muito fã do Zorro.

— Não sei por que levo alguma coisa que sai da sua boca a sério.

Ryan se inclina para o lado, agora apoiando a maior parte do peso no ombro direito.

— Posso ser sério às vezes. Lá na minha cidade sou considerado um cara bem sério.

— Duvido — digo com um sorriso, tirando uma mecha de seu cabelo da testa... porque posso fazer isso agora.

— Que tal este assunto sério: desde que terminamos, não deve ter se passado uma semana em que não me lembrei da última vez que vi você.

Sinto um aperto no peito. Penso em me levantar de novo.

— A gente não precisa conversar sobre isso.

— Eu quero conversar — diz Ryan. — Esperei muito tempo.

Queria poder desviar os olhos ou sair do quarto, mas continuo imóvel e mantenho o olhar fixo no dele.

— Certo. Vamos lá, então.

Ryan respira fundo.

— Um dos meus maiores arrependimentos foi como tratei você perto do fim da nossa relação. Eu sabia que estava magoando você. Você tentou me falar o que eu poderia fazer para melhorar a situação, e só me afastei mais e mais. Eu faria de tudo para voltar e estar do seu lado quando você perdeu seu pai.

Tento segurar as emoções em segundo plano como costumo fazer quando as pessoas falam sobre meu pai. Sorrio e aceno. Desassocio e sigo em frente.

— Você nem sabia do meu pai e, além disso, éramos praticamente adolescentes na época. Está tudo bem.

— Mas não está tudo bem. E sei que já pedi desculpas pela forma como agi quando você terminou comigo, mas quero pedir desculpas de novo agora, como homem.

— Não precisa mesmo. Somos pessoas diferentes agora.

— Talvez algum dia possamos visitá-lo juntos. Gostaria de conversar com ele, pedir desculpas por não estar do seu lado quando deveria.

Lágrimas indesejadas enchem meus olhos enquanto me imagino visitando o túmulo do meu pai com Ryan. Eu as contenho. Elas ardem, mas são controláveis. Tento falar, mas sinto um nó na garganta.

Visito meu pai algumas vezes por ano e toda manhã de Natal. Minha mãe não sabe dessa última parte, mas sou sempre atraída para lá nessa época. Talvez seja por lembrar que ele sempre ligava aquela câmera de vídeo enorme, apoiada no ombro, enquanto eu e Jen abríamos os presentes, até virarmos adolescentes. Não quero que ele se sinta abandonado no Natal. Sempre visitei meu pai sozinha, mas talvez não precise mais ser assim.

Parte de mim teme que levar Ryan para vê-lo seja errado. Que meu pai não gostaria. Que ficaria decepcionado comigo de novo. Não sei ao certo como me sentir, mas Ryan está me observando, esperando que eu responda a sua oferta terrivelmente atenciosa.

— Seria bom — consigo dizer. Eu me entrego e deixo que algumas lágrimas escorram ao mesmo tempo que solto um riso baixo. — Pensei mesmo que a parte emocional tinha acabado por hoje. Não era agora há pouco que a gente estava brincando sobre eu estar pelada?

Ryan seca uma lágrima do canto do meu olho.

— Não queria deixar você triste. É só que eu tinha muita coisa a dizer por muito tempo.

— Sei como é — digo, ainda tentando absorver tudo. — Significa muito para mim.

Ryan me beija, doce e delicadamente.

— *Você* significa muito para mim. Sempre significou.

Minhas bochechas se contraem em um sorriso largo quando me viro de lado. Ryan me puxa de volta para me aconchegar nele, encaixando minha cabeça embaixo do queixo.

— Então — digo no silêncio pacífico do quarto —, esse é o momento errado para dizer que quero sair com outras pessoas?

Ouço o riso baixo de Ryan no meu ouvido.

— Desculpa, Sullivan, mas não é possível. Agora você é minha.

Sorrio comigo mesma, pensando que provavelmente sempre fui dele. Ainda estou sorrindo alguns minutos depois, ao mergulhar no sono mais tranquilo que já tive em anos.

Acordo em uma cama vazia com uma dor de cabeça terrível. Virando de costas na cama, massageio as têmporas latejantes. Até encostar na cabeça é doloroso. Pensei que sentiria a repugnância habitual depois de beber demais ontem à noite, mas agora sinto que perdi uma briga de rua.

Por que estou tão dolorida?

E, então, um desfile de imagens atravessa minha mente. McFadden's com Adam, Ryan entrando, pizza, a volta para casa, a conversa na sala, Ryan com meu manuscrito, eu, minha cama, eu na minha cama, Ryan em mim na minha cama.

Mais imagens vêm — variando desde *bum-tchaka-bum-bum* a conversas sobre meu pai com Ryan sussurrando em meu ouvido que eu era dele.

Seria fácil entrar em pânico, mas me atenho desesperadamente às sensações de ontem à noite. Como não me arrependi de nada. Como pareceu a coisa certa. E, embora não seja nada novo acordar em um apartamento vazio, não consigo deixar de sentir que Ryan deveria estar aqui. Que eu não deveria estar sozinha. E então percebo que não estou sozinha.

Olho para a direita e encontro Duque sentado ao meu lado na cama, me encarando feito um stalker, como sempre. Um pedaço de papel está enfiado em sua coleira e me sento, segurando o lençol para cobrir o tronco enquanto estendo a mão para pegar o bilhete.

Diz assim:

Bom dia, já fui passear e papai Ryan saiu para buscar café. Ele disse que volta logo.

Um sorriso enorme se abre em meu rosto.

P.S. Ele também falou para eu desviar os olhos quando você saísse da cama porque você é areia demais para o meu caminhãozinho.

Qualquer resquício de ressaca e constrangimento desaparece enquanto solto uma gargalhada e volto a me deitar. Estendo os braços e seguro o bilhete no alto para reler. Fico satisfeita quando o decoro. Depois deixo o papelzinho pousado no peito em cima do lençol, olhando fixamente para o teto com o sorriso estampado no rosto.

Está acontecendo de novo. Sinto que estou me apaixonando por aquele idiota maravilhoso mais uma vez e não consigo me conter. Pior ainda: nem quero me conter.

Vinte minutos depois, estou de calça de malha e camiseta quando ouço Ryan enfiar a chave na fechadura do apartamento. Entro correndo no quarto, querendo sair de maneira casual depois que ele já estivesse dentro, como se eu nem o tivesse ouvido entrar.

A porta se abre e fecha, e saio pouco depois, sentindo-me estranhamente insegura e deslocada em meu próprio apartamento. Ryan está parado na frente da cozinha com dois cafés e uma sacola com o que tenho certeza que são dois bolinhos.

— Oi — digo, olhando para ele em busca de algum sinal de como eu deveria estar reagindo.

São muitas as opções. Posso fingir que nada aconteceu. Posso fazer uma piada sobre o que aconteceu. Ou pular em cima dele a toda para que ele me gire no ar, como em *Dirty dancing: Ritmo quente*.

— E aí — responde, deixando tudo na mesa da cozinha. — Como você está?

— Estou bem — digo. — Me sentindo perfeitamente normal e nem um pouco constrangida.

Ryan sorri.

— Pois é, eu também.

— Então... quer conversar sobre ontem à noite?

Ele encosta a mão na mesa, passando-a de um lado para o outro na superfície de madeira. É um gesto de nervosismo e me deixa um pouco mais tranquila.

— Acho que seria bom. *Você* quer conversar? — pergunta ele.

Paro para pensar.

— Não muito, não.

— Só não quero que você pense que planejei o que aconteceu ontem à noite. Quando vim ficar aqui, não tinha nenhuma intenção de...

Espero até ele encontrar as palavras para completar seu raciocínio, mas ele não consegue. Não é difícil ver o que está rolando aqui. Ele está se arrependendo. Eu deveria estar me sentindo da mesma forma. Ontem à noite foi mais do que eu buscava quando comecei esse experimento, mas, mesmo assim, não consigo me arrepender.

— Olha, não vamos conversar sobre isso, está bem? Acho melhor assim.

Ryan ainda parece querer dizer alguma coisa, mas concorda, relutante. Em seguida, coloca a mão dentro da sacola em cima da mesa e tira os bolinhos com que eu estava sonhando. Se eu já o achava bonito antes, não é nada comparado a como ele fica enquanto segura dois docinhos de café da manhã pós-sexo.

Um minuto depois, estamos sentados à mesa, comendo bolinho e tomando café.

— Aliás, depois do café, tenho que buscar uma coisa para a Cristina para levar ao jantar de ensaio amanhã.

Ryan dá uma mordida no bolinho e o coloca de volta no prato.

— Quer companhia?

— Claro — respondo, um pouco surpresa. — Você quer mesmo bater perna?

— Não muito, mas tenho medo de, se eu deixar você sozinha com seus pensamentos por tempo demais, você ficar doida pensando no que aconteceu entre nós e desaparecer noite adentro.

— Acho que você tem mais chances de fazer isso do que eu. Além disso, seria difícil desaparecer noite adentro considerando que é de manhã.

— Você é uma mulher esperta, Sullivan. Quem sabe de que tipo de bruxaria de viagem no tempo é capaz?

Tentando esconder meu sorriso, adiciono um toque de leite desnatado ao café e mexo um pouco.

— Só para constar, para onde você acha que vou desaparecer?

— É uma boa pergunta. Meu palpite seria que você pegaria um Uber para o Novo México ou um ônibus para Indiana.

— O que eu faria em Indiana?

— Se eu tivesse dinheiro para apostar, diria que você se reinventaria, trabalharia duro, seria aceita na faculdade Notre Dame, batalharia para entrar no time de futebol americano e mostraria para o mundo que tudo é possível se acreditar nos seus sonhos.

— Então eu teria que mudar meu nome para Rudy?

— Isso estava implícito.

Rio e dou um gole no café.

— Você já passou algum período significativo sem assistir ou fazer algum tipo de referência a esse filme?

— Hm, não, nem gostaria de passar.

— Entendo. Acho que seria terrível ficar sem sua choradinha semanal.

— Lacrimejar de felicidade masculina depois de assistir ao filme esportivo mais comovente de todos os tempos não é o mesmo que chorar. E, se um dia você encontrar alguém que não chora no fim de *Rudy*, sugiro que fuja o mais rápido possível porque com certeza essa pessoa tem um monte de cadáveres empilhados no porão.

— É assim que você conversa com todo mundo ou só comigo?

— Só com você, Sullivan. Você é uma mulher de sorte.

14

— Então, quando você falou em resolver uma coisa para a Cristina, pensei que fosse comprar caneta ou buscar tinta para a impressora.

— Você achou que a gente ia comprar material de escritório? Antes de sair eu falei que viria buscar o véu da Cristina.

— Verdade, mas não pensei que seria uma coisa tão de... noiva.

Olhando com nervosismo pela seção de véus da loja chique de roupa de noiva em que estamos esperando, Ryan está com uma cara de quem foi abandonado em um planeta alienígena feito exclusivamente de carpete bege. Quilômetros de chiffon, tule e organza nos cercam. Alguns véus têm brilho, outros têm pérolas e, por algum motivo inexplicável, quero pegar em todos.

Não era nem para estarmos aqui agora, mas, por algum motivo, o véu de Cristina não foi embalado com o vestido de noiva quando ela o buscou ontem. Depois de ter um pequeno ataque cardíaco, ela ligou para a loja e confirmaram que ele ainda estava lá e disseram que ela poderia buscar quando estivesse livre. O problema era: Cristina só ficaria livre duas semanas depois de dizer "Sim". Ela está com o florista neste exato momento, depois vai direto para o local do evento para uma última reunião geral e ainda vai passar o dia de amanhã inteiro se preparando para o jantar de ensaio.

Por isso, aqui estamos nós. E, por mais impressionante que seja essa situação toda, é impossível para mim não vagar até a parede mais próxima e passar os dedos ao longo do tecido delicado de um dos véus. Consigo sentir a tentação de chegar mais perto da nuvem nupcial hipnótica que está prestes a me devorar, mas, por mais estranho que pareça, estou tranquila com isso.

— Quando eu era pequena — digo, sem me virar para encarar Ryan —, queria um véu tão comprido quanto o da princesa Diana.

— Era muito comprido?

— Cento e trinta e nove metros. É estranho saber isso?

— Não, normal.

Sorrio e passo para um véu com borda de renda retrô enquanto Ryan continua imóvel.

— Em um dos reality shows de noivas que vejo, uma menina mandou bordar o nome da falecida mãe na borda do véu. Pensei que era uma boa ideia que eu poderia usar com meu pai algum dia. Assim ele ainda poderia me levar até o altar.

— Você deveria fazer isso então.

— Talvez eu faça. Acho que vou ter que me casar agora.

Eu me viro e vejo Ryan me observando com um olhar curioso. Estou prestes a chegar perto dele quando uma vendedora baixinha de cabelo curto e loiro entra no salão de repente.

— Gostaria de experimentar? — pergunta, levando a mão ao véu de borda rendada que eu estava admirando.

— Quê? Ah, não — digo, me afastando. — Não sou noiva, só estou aqui para pegar uma coisa. A gerente foi buscar para mim.

— Vem, experimenta. É tão bom. Às vezes, passo o horário de almoço todo de véu.

— Sério? — pergunto, voltando um passo na direção dela e do véu, sem nem perceber.

— A menos que minha gerente esteja aqui, como hoje. Daí não posso. E juro que, quando não consigo, sempre me sinto muito menos viva. Certo, vamos lá.

Antes que eu possa impedi-la — não que eu realmente fosse tentar —, minha fada-madrinha do véu encaixa o pente no meu cabelo e puxa o tule para a frente para cobrir meu rosto.

— Pronto — diz, dando um passo para trás para admirar o trabalho. — Eu sabia que a renda retrô combinaria com você. Você tem um ar de glamour vintage.

— Tenho?

Estou decidida a acreditar nela independentemente de ela estar mentindo ou não. Para falar a verdade, há uma grande chance de eu sair daqui com um véu para usar de pijama em casa. Essa mulher é uma boa vendedora.

Estou desconfiada de que ela está prestes a me vender uma tiara festiva quando o telefone da loja toca.

— Um segundo, já volto — diz.

Eu me viro para meu reflexo enquanto ela entra atrás do balcão.

— Certo — digo para o meu reflexo —, preciso encontrar uma desculpa válida para comprar este véu. Estou pensando em usar para pesquisa de personagem ou me tornar uma apicultora elegante.

Ryan ri e surge no campo de visão atrás de mim no espelho.

— O que acha? — pergunto, logo percebendo como a resposta dele vai ser importante.

— Eu acho — diz, chegando mais perto — que você está incrível.

— Obrigada. — Um sorriso perpassa meu rosto e mordo o lábio para tentar contê-lo. — Sinceramente, os estilistas precisam encontrar um jeito de as pessoas usarem essas coisas no dia a dia. Sinto que todo meu porte mudou. Algo na maneira como este pente entra no cabelo ativa a coluna para corrigir a postura e deixar a gente naturalmente elegante.

— Olhe só você, mudando o futuro da moda e fazendo grandes descobertas médicas. E eu aqui pensando que nosso momento sexy seria a parte mais memorável da sua semana.

— Eu tenho um enorme talento para pensar em muitas coisas ao mesmo tempo.

— É o que parece.

Afofo um pouco o véu na frente enquanto continuo a observar o reflexo de Ryan atrás de mim no espelho.

— Então, como um homem que disse que está tentando se casar e ter filhos num futuro muito próximo, qual é a sensação de estar na presença de uma dama de véu? Suas mãos estão suadas? Está à beira de comprar uma passagem só de ida para Indiana?

— Estou bem — diz Ryan com calma. — De boa na quinoa.

— Você quis dizer lagoa.

— Não, lagoas são sem graça. Quinoa é uma delícia e faz muito bem para a saúde.

Dou risada e me viro enquanto Ryan se aproxima. Apesar de dizer que está de boa na quinoa, noto um brilho nervoso em seus olhos quando ele estende a mão e pega a parte de baixo do véu. Tenho que me lembrar de respirar enquanto ele o ergue lentamente para descobrir meu rosto, puxando-o para trás da cabeça para cair sobre meus ombros.

— Sei que isso é repentino — diz —, mas tenho que perguntar uma coisa para você. Kara Sullivan... você quer levar o Duque para passear comigo quando voltarmos para o apartamento?

Deixo meu sorriso se abrir livremente enquanto pego suas mãos.

— Sim. Quero levar Duque para passear quando voltarmos para o apartamento, sim. Você quer?

— Sim — responde Ryan com um sorriso.

Um segundo depois, nos afastamos com um sobressalto quando a gerente da loja volta a entrar, carregando o véu de Cristina em um saco de roupa branco.

— Aqui está — diz, entregando-o para mim enquanto tira uma anotação que está colada no cabide. — Por favor, peça desculpas para Cristina por nós e deseje um feliz casamento a ela.

— Pode deixar, muito obrigada.

Missão completa. Afastando-me mais de Ryan e de nossa estranha imitação de casamento, ergo a sacola para que ela não se arraste no chão enquanto me dirijo à saída da loja. Estou no meio do salão quando ele finge uma tosse.

— Ei, Sullivan. Você sente que sua postura está estranhamente ereta agora?

Congelo e dou meia-volta.

— Para falar a verdade, sim.

— Foi o que pensei.

— Juro que não estava tentando roubar o véu.

Ryan se aproxima, parecendo não acreditar inteiramente em mim.

— Se é essa a história que quer contar, eu vou na sua. Mas fique sabendo que cedo sob pressão, então se o promotor começar a dar marretadas em mim, não fique decepcionada quando eu nos entregar.

— Só me ajuda a tirar o véu e vamos conversar sobre como você é dedo-duro em um momento mais conveniente.

— Parece uma boa. — Ryan ergue as mãos e para. — Tem algum botão para soltar que tenho que procurar por aqui ou é uma cordinha?

— Quê? Nenhum dos dois.

Minha cabeça é puxada violentamente para trás e me crispo enquanto ele tenta tirar o véu e não consegue.

— Ai! Só tira a garra do meu cabelo com cuidado.

— A garra? Que violência.

— Violento é você, que vai me deixar careca.

— Espera, acho que consegui. Bum. — Ryan tira o véu e o entrega para a gerente. — Certo, problema resolvido. Aposto que as pessoas vivem saindo daqui com os véus na cabeça, não é?

— Na verdade, não — responde ela, completamente imune ao charme alegre dele. — Sua noiva seria a primeira.

— Minha noiva — repete Ryan sem jeito, lançando-me um olhar preocupado antes de se voltar para a gerente. — Sim, entendo por que você pensaria isso. — Ela continua a olhar para ele com uma cara séria e ele começa a andar para trás devagar. — Dito isso, tenham todas um ótimo dia. Esta é, de longe, a melhor loja de noivas que já visitei. Estou falando sério, vocês estão mandando muito bem. *Mazel tov.*

As costas dele batem na porta, fazendo os sinos tocarem, e Ryan fica ainda mais corado. Ele sai da loja com um aceno e tenho que correr para alcançá-lo.

Eu o encontro esperando por mim no meio da calçada e pego sua mão enquanto ele começa a descer a rua movimentada.

— Então, sem querer fazer você se sentir mal, mas você acabou de surtar lá dentro?

— Acho que sim. Um pouco, sim.

— Foi porque a moça me chamou de sua noiva? Não é nada de mais, sabe. Ela parecia meio doida, na minha opinião.

Ele para de andar, e nossas mãos entrelaçadas me fazem parar também. Dá para ver que ele ficou transtornado pela interação.

— Não é isso… — Ele perde a voz. — Os últimos dias foram um choque bem grande para mim. Estão sendo incríveis, muito incríveis, mas vieram do nada, e não sei mais como devo agir.

Sinto minhas defesas internas em guarda. A gerente me chamando de noiva dele claramente fez Ryan questionar ainda mais as coisas entre nós. As coisas estão avançando rápido demais, cedo demais. Ele não quer tudo isso de mim.

Engulo meu nervosismo e pigarreio, tentando não enlouquecer.

— Eu entendo — digo.

— Entende?

Seu olhar mergulha no meu, à procura de algo, mas não sei bem o quê.

— Estou tão surpresa com tudo isso quanto você — digo. — E sei que é sempre difícil encontrar um meio-termo. Entre nós, é oito ou oitenta. Ódio ou...

Deixo minhas palavras se dispersarem porque tenho a clara sensação de que só estou piorando as coisas. Aqui está ele tentando me dizer que precisamos ir mais devagar e eu quase soltei a bomba A.

Ele aperta minha mão de leve, para me tranquilizar, me fazendo olhar de volta para ele.

— Só tenho a impressão de que, para isto funcionar, precisamos deixar tudo às claras. — Lá vem. Ele cansou de mim. De novo. — Eu deveria ter falado alguma coisa antes. Deveria ter falado para você...

— Para! Você não precisa me contar nada — intervenho, interrompendo-o. — Aquela moça estava doida, então não deixa o que ela disse mexer com você. Estamos tranquilos. A noite de ontem foi... perfeita. Não vamos destruir isso pensando demais.

Ryan olha para mim, sem dizer nada além de apertar minha mão com mais força.

— Não acho que não falar vá ajudar.

— Talvez não — digo. — Mas só confia em mim nisso, tá? Por favor?

Ainda estamos parados no meio da calçada. Buzinas e sirenes ressoam na rua ao nosso lado enquanto pedestres determinados passam por nós. Mal notamos.

— Certo — concorda depois de um tempo. Assinto e tento sair andando, mas ele me puxa de volta. — E, só para você saber, a noite de ontem também foi perfeita para mim.

Eu não sabia o quanto precisava que ele dissesse isso até suas palavras me entrelaçarem por dentro e por fora como um bordado intricado. Puxo sua mão e ele me abraça pela cintura quando finalmente voltamos a andar para casa. E, quando o puxo um pouco mais para perto, tento não prestar atenção demais ao fato de que estou começando a pensar no apartamento como *nossa* casa, e não apenas minha.

São 19h15 e eu estaria mentindo se dissesse que não estou perdendo um pouco a cabeça. Depois de uma tarde relaxante de passeios com o cachorro e escrita, Ryan saiu há meia hora, dizendo que precisava comprar ingredientes para o jantar.

Já está escuro lá fora e, por algum motivo, nossa situação parece completamente diferente fora da proteção da luz do dia. Dias são para amigos, noites são para amigos metidos em safadezas.

Não faço ideia de como agir quando ele chegar em casa. As coisas vão ser diferentes? Ele vai agir de maneira diferente?

Duvido que Ryan esteja pensando demais nas coisas. Provavelmente faz isso o tempo todo. Não transar com namoradas da faculdade que deflorou no passado, óbvio, mas ele sempre teve uma cara de pau melhor do que a minha. Vou lidar bem com a situação de um jeito ou de outro. Se foi um erro, que seja. Se acontecer de novo, maravilha.

Respiro fundo e quase engasgo quando escuto a porta do apartamento destrancar momentos depois. Antes que eu me dê conta, Ryan surge no meu campo de visão e arregalo os olhos ao vê-lo. Ele fecha a porta com a parte de trás do pé e mal consigo ver seu rosto por trás da torre de "ingredientes" que está carregando.

Na mão direita está um lindo buquê do que parecem ser flores silvestres envoltas por uma faixa de juta. A mão esquerda está segurando três sacolas plásticas de compras. Então noto o que ele está vestindo. Solto uma gargalhada, observando o avental novo amarrado por cima da bermuda e da camiseta, exibindo o corpo musculoso de um gladiador romano, de peito nu e usando apenas uma tanga e uma espada. Ryan continua onde está, parado do outro lado da sala com um sorriso tímido.

— Grandes planos para hoje? — pergunto.

— O que fez você pensar isso?

— É só que tem muita coisa rolando aí.

— Verdade seja dita, estava planejando seduzir uma menina do passado.

Minhas entranhas se agitam do melhor jeito possível.

— Parece divertido.

— Talvez seja. Mas ela me deu um pé na bunda na última vez que namoramos, então vamos ver o que acontece desta vez.

— Será que você não foi meio babaca da última vez que vocês namoraram?

— Sabe, não me lembro muito bem, mas acho que talvez eu tenha sido.

— E agora? — pergunto.

— Ainda devo ser um babaca, mas me esforço para ser um pouco mais suportável.

Querendo mostrar para ele o quanto o acho tolerável, avanço para parar bem no seu caminho, a poucos centímetros de distância. Não resisto nem um pouco ao impulso de colocar as mãos em seu peito, subir na ponta dos pés e dar um beijo nele. Ryan responde imediatamente, devagar a princípio, mas depois jogando tudo no chão. Suas mãos descem para minha lombar, puxando-me para perto, mas ainda não perto o suficiente. Não mesmo. É todo o incentivo de que preciso. Eu o abraço pelo pescoço e o beijo de novo e de novo.

Depois de um tempo nos separamos, esbaforidos e sorridentes enquanto baixamos os olhos para a bagunça que fizemos. Flores e comida estão por toda parte. Não tenho tempo para avaliar direito o estrago antes de Ryan me empurrar para a frente, chamando meus olhos para os seus.

— Está nervosa? — pergunta.

Paro e penso.

— Acho que não — respondo. — Você está?

— Para falar a verdade, estou. Ainda não parece verdade.

Concordo com a cabeça, sabendo exatamente o que ele quer dizer, mal acreditando que posso olhar para ele e tocar nele e falar com ele como estou falando agora. Que é como sempre foi. Como se nunca tivéssemos parado.

— Quando terminamos — começa Ryan —, usei você como motivação para ser bem-sucedido. Pensei que, se um dia nos víssemos de novo, eu mostraria como estava bem e você se arrependeria de não querer ficar comigo. Fiz de tudo para tirar você da minha vida, mas, na verdade, eu estava mantendo você no centro dela... Eu era um ex-namorado amargurado orbitando em torno de você o tempo inteiro.

Não contenho um sorriso antes de voltar a ficar séria.

— Quando vi você na festa da Cristina, pensei que o odiasse. Dez anos tinham se passado, mas tudo ainda parecia em carne viva porque, no fundo, eu ainda pensava em você o tempo todo. Sempre que escrevia sobre amor ou desejo ou dor em algum dos meus livros, pegava esses sentimentos do que a gente viveu. Partes de você e eu estão escondidas dentro de cada uma das minhas histórias.

Ryan para um momento.

— Então quer dizer que você não está só me usando pelo meu corpo.

— Ah, não, com certeza estou. É só que, por coincidência, também gosto de você como pessoa.

Sorrimos e Ryan se abaixa para me beijar com uma suavidade que faz minha cabeça girar.

Ele logo passa as mãos pela minha cintura e por baixo da camisa, acariciando a pele da lombar com delicadeza. Faço o mesmo, deslizando as mãos por baixo da sua camisa e subindo-as pela coluna. Sinto os arrepios ali quando volto a descer as mãos.

— Talvez seja melhor entrar no quarto — digo, já seguindo naquela direção.

— Ou podemos ficar aqui.

Ryan me puxa de volta e leva a boca à curva do meu pescoço, ardente e insistente. Viro a cabeça para o lado para oferecer mais. Sentir mais.

Através da névoa que está se tornando mais intensa a cada segundo, olho ao redor em busca de Duque. Não o vejo em lugar nenhum, então ele deve estar dormindo no banheiro. Como Ryan conseguiu encontrar o braço direito canino mais discreto do mundo, nunca vou saber.

Eu me sinto mais audaciosa sabendo que estamos sozinhos e começo a me mover em direção ao sofá. Ryan me detém de novo.

— Lá não. Aqui.

Ele baixa os olhos para a poltrona de leitura e um arrepio travesso perpassa meu corpo com a perspectiva.

— Nunca transei na poltrona de leitura.

As pontas de suas orelhas ficam vermelhas e ele olha para mim com um sorriso meio voraz.

— Gosto de ser sua primeira vez.

Meu corpo todo parece enrubescer. Ele se aproxima de mim devagar, roçando meu peito no seu em uma proporção letal de desespero e devoção. Nossas bocas se fundem e envolvo o cabelo dele com os dedos. Os beijos começam suaves, mas logo se tornam frenéticos. Ele empurra um joelho entre minhas pernas, roçando-se contra mim, e tirando um lamento ansioso do fundo da minha garganta.

Ryan se afasta com o som e começa a andar para trás, puxando-me consigo até as pernas chegarem ao pufe. Ele o empurra para o lado com o pé e então não há nada entre ele e a poltrona. Puxo seu avental e sua camisa e ele é rápido para tirar minha blusa e meu sutiã. Puxando-o para mais um beijo ardente, atraio a língua dele na minha boca e me inebrio nele até me saciar.

Como a vida foi se tornar isso?

Ele desce as mãos para abrir os botões da minha calça e me afasto um pouco, tirando-a junto com a calcinha. Ryan tira uma camisinha do bolso de trás e logo está puxando o cinto, tirando-o, depois baixando a bermuda e a cueca no chão. Sou puxada contra ele de novo um segundo depois e suas mãos apertam minha bunda enquanto arfo e arqueio as costas. Ryan se senta na poltrona, segurando minha mão e erguendo os olhos cheios de luxúria para mim.

Quando estamos em pé, ele é muito mais alto do que eu — eternamente mais de quinze centímetros acima de mim. Sempre gostei da nossa diferença de altura, e sempre gostei em segredo da ideia de que ele poderia me jogar na parede e fazer o que quisesse comigo se um dia sentíssemos vontade. Mas agora, olhando para ele embaixo de mim, me pergunto se assim não é melhor. Ele olha para mim como se eu pudesse falar para ele fazer o que eu quisesse neste momento. É uma constatação poderosa.

No auge desse poder recém-descoberto, subo no colo dele e monto nele na poltrona, ajeitando-me até estarmos perfeitamente alinhados. Vou descendo pouco a pouco até ele estar completamente dentro e jogar a cabeça para trás com um gemido. Nunca mais vou conseguir ler tranquilamente nessa poltrona.

— Caramba, Sullivan — Ryan suspira, sem fôlego e inebriado enquanto continuo a deslizar para cima e para baixo. — Como pode ser tão bom? Como você pode ser sempre tão boa?

Suas palavras acendem uma chama dentro de mim, que cresce a um nível quase insuportável. Minhas mãos apertam o dorso da poltrona para me apoiar enquanto subo e desço com um pouco mais de força e rapidez. Ficamos úmidos de suor e ele desce as mãos do meu peito para o centro do meu corpo, que já está começando a palpitar. Mantenho o ritmo enquanto seus dedos vão exatamente aonde preciso deles, friccionando e apertando, e o sangue ruge em meus ouvidos quando grito. A mão livre de Ryan sobe para meu pescoço e me puxa para baixo, beijando-me intensamente e engolindo todos os gemidos. Ele mete mais uma, duas, três vezes até ser ele quem está gemendo na *minha* boca, fechando os olhos enquanto me aperta e me mantém ali.

Ficamos flutuando em silêncio depois disso, enquanto tentamos nos recuperar. Ele se recosta para olhar para mim, o cabelo desgrenhado e a respiração ainda ofegante. Tenho o impulso primitivo de o manter assim por um tempo indeterminado.

— Nunca vou parar de querer isso — diz. Sinto seu coração palpitando entre nós enquanto continuamos encaixados. — Não é assim com mais ninguém.

Solto o dorso da poltrona para abraçá-lo pelo pescoço.

— Não — concordo. — Para mim também não.

— O que você acha que isso quer dizer?

Vasculhamos os olhos um do outro em busca da resposta até eu me abaixar, escondendo o rosto na curva do ombro dele.

— Queria saber — respondo com sinceridade. — Bem que eu queria saber.

15

Na manhã seguinte, estamos no quarto depois de nos empanturrarmos de torrada integral, ovos mexidos e bacon não incinerado. Ryan comprou um bolinho para mim, mas guardei para depois. Ele está sentado na cama, recostado na cabeceira, de samba-canção e nada mais, e eu uso uma de suas camisetas largas com um moletom por cima. Estou preparando a foto de um livro para o Instagram, um romance contemporâneo de capa delicada e chamativa. Arrumei o livro no batente da janela, cercado por pisca-piscas. Minhas cortinas emolduram a foto e páginas de livros antigos que encomendei na internet estão espalhadas por baixo. Olho pela câmera do celular para verificar a iluminação, mas ainda tem espaço vazio demais.

— Está animado para o jantar de ensaio hoje à noite? — pergunto, olhando ao redor em busca de algo para acrescentar à foto.

— Acho que sim — diz Ryan, ligando a televisão. — Nunca entendi o objetivo dos jantares de ensaio. Queria saber quem foi a primeira pessoa que disse: "Sabe, estou ansiosa com essa história de casamento. É melhor fazer um ensaio geral na véspera".

Pego o notebook aberto de cima da cama e o acrescento ao canto da imagem.

— É óbvio que a parte da comida não vai ser só ensaio. Se eles fossem se casar numa igreja, ensaiaríamos indo até o altar em fila e coisas assim, mas, como vão se casar no lugar da festa, podemos pular o trabalho e só jantar.

— Bom, eu acho um exagero.

— Como assim? — pergunto com ar dramático. — Você tem uma opinião forte sobre algo? Nunca imaginaria isso de você.

— E, se eu não soubesse que você adora discutir comigo, provavelmente me controlaria até saber que você estava na minha. Mas, como esse não é o caso, vou deixar meu esquisitão interior correr livre, com os cabelos ao vento.

— Seu esquisitão interior tem um cabelo comprido e ondulante?

— O seu não?

Balanço a cabeça e me volto para o romance. Sinto Ryan se ajeitando na cama para ver como anda.

— Nunca imaginei que essas fotos davam tanto trabalho — diz.

— Quase ninguém imagina. *Bookstagram* consome bastante tempo, mas vale muito a pena. E o espírito de comunidade é mágico.

— Parece legal. Então, o que você acha, devo aparecer seminu no fundo da foto? Seria uma surpresinha divertida para as suas seguidoras.

— Acho melhor não — respondo, olhando para trás. — Mas aceito, *sim*, seu relógio.

— Careta.

Ryan tira o relógio e o entrega para mim. Dou mais uma olhada na imagem pela tela e decido colocar o relógio logo acima e à direita do livro. Então me levanto na cama para me posicionar acima da cena e começo a tirar fotos. Tiro umas vinte, alterando a posição de tantos em tantos cliques para ter uma variedade na hora de escolher quais quero editar.

Quando estou satisfeita, me sento ao lado de Ryan para começar a avaliar as opções quando meu celular começa a tocar. A foto de Jen aparece na tela e eu atendo.

— Alô?

— Kara? Por que está acordada tão cedo?

Baixo o celular e olho para a tela para ver a hora. São oito e quinze. Sexo regular realmente anda afetando minha rotina matinal.

— Não sei — digo, trazendo o celular de volta à orelha. — Tive terrores noturnos.

Eu e Ryan nos entreolhamos e rapidamente lembro que Jen sabe dele. Não precisava de nenhuma desculpa inventada.

— Você o quê? Não, isso não importa. Então, não me odeie, não fazia ideia de que ela estava fazendo isso.

— Do que você está falando?

— A mamãe!

— A mamãe? — repito.

— A mamãe está a caminho do seu apartamento!

— Quê? — Pulo imediatamente para o chão. — Por quê? — O medo ecoa em minha voz enquanto passo os dedos no cabelo desgrenhado.

— Ontem ela disse que andou ligando para você e você não atendia nem ligava de volta. Falei que você estava ocupada escrevendo e achei que ela tinha ficado satisfeita, mas, quando liguei há alguns minutos, ela estava no trem.

— Quando ela saiu? — pergunto, segurando a respiração e entrando em pânico total.

— Ela entrou na Penn Station há alguns minutos. Dependendo se está pegando um táxi direto até sua casa ou pegando o metrô para a Grand Central, ela pode chegar aí a qualquer minuto.

— Tenho que ir. Obrigada por avisar.

— Espera, espera, Kara!

— Quê? — pergunto.

— Ryan ainda está aí? Vocês estão juntos?

— Sim, e acho que sim.

— Ai, meu Deus! Vocês transaram?

Ela parece desesperadamente curiosa e estou frenética demais para mentir.

— Sim. Várias vezes.

— Adorei! Me liga assim que der. Quero saber tudo, inclusive as posições!

— Que nojo, não!

— Por favor?

— Tá, tchau.

Desligo o celular enquanto o pavor continua a percorrer meu sistema. Minha mãe pode bater na porta a qualquer segundo.

Ryan sorri para mim sem se preocupar com nada.

— Algum problema?

— Sim, você tem que sair.

— Quê?

— Vai, você tem que sair. Agora!

Corro para o lado dele da cama e pego seu braço, tentando puxá-lo para se levantar à força.

— Você tem que se levantar! Minha mãe está a caminho daqui!

O canto da boca de Ryan se ergue, prestes a começar a rir, e sua calma só estimula meu nervosismo. Dou uma puxada forte em seu braço e, graças à adrenalina que bombeia pelas minhas veias, consigo puxar seu corpo seminu para fora da cama com menos esforço do que eu imaginava.

— Está tentando me dizer que não acha que eu esteja pronto para rever sua mãe? É por causa da minha roupa?

Lanço um olhar frustrado para ele enquanto pego algumas das roupas do chão e as atiro nele. Sem entender a falta de urgência, levo as mãos à cintura e o encaro, ainda usando seu moletom favorito da universidade e sua camiseta. O sorriso de Ryan desaparece.

— Sullivan, você nunca esteve mais sexy do que agora.

Ele dá um passo determinado na minha direção e dou um pulo para trás.

— Sem chance! — grito, estendendo o braço. — Nem pense nisso!

Ele continua a avançar, me comendo com os olhos.

— Juro, mais um passo e vou desfigurar você. Eu mordia todo mundo quando criança, não vou hesitar em jogar sujo.

Ele para de andar.

— Certo, desculpa, não consigo me controlar. Você fica bem demais nesse moletom. É melhor tirar. Vou ser gentil e ajudar.

Consigo soltar uma risadinha enquanto jogo a calça jeans nele.

— Só leva Duque para passear, tá? Um passeio longo e demorado.

— Até onde?

— Miami.

— Eu sabia que deveria ter colocado uma barraca de praia na mala.

Lanço um olhar suplicante para Ryan e ele finalmente começa a vestir a calça.

— Está bem, nós vamos — diz, obediente. — Quanto tempo você acha que sua mãe vai ficar?

— Não faço ideia. Ligo na hora em que você puder voltar.

Começo a correr pelo quarto feito um tornado, procurando tudo que preciso esconder. A mala de Ryan, as roupas, o relógio no batente da janela: tudo precisa sumir.

— Você tem meu número salvo? — o ouço perguntar.

Pego o celular na cama, desbloqueando a tela e jogando para ele.

— Coloca aí para mim.

Ele pega o celular e desaparece na sala enquanto verifico o banheiro. A barra está limpa. Entro correndo na sala depois e Ryan está sentado na poltrona de leitura, amarrando os cadarços dos tênis.

— Sem querer estressar você ainda mais, mas tem algum motivo para estar tão agitada por isso?

— Não sei — respondo, mal olhando para ele enquanto começo a ajeitar o espaço o mais rápido que é humanamente possível. — Só preciso que tudo esteja perfeito. Meu apartamento é uma das poucas coisas que minha mãe realmente gosta em mim.

Estou em tal estado que não noto Ryan se levantar. Praticamente esqueci que estava lá até ele colocar a mão nos meus ombros e me virar para encará-lo.

— Certo, preciso que você respire por um segundo.

— Não tenho tempo...

— Ah, ah, ah — diz ele, me interrompendo. — Só uma respiração profunda, olhando para mim. Preparar, apontar, respira fundo... — Ele faz uma inspiração profunda e me pego fazendo o mesmo involuntariamente, sentindo o coração bater um pouquinho mais devagar. — Agora fala para mim. Por que você está surtando?

Suas mãos ainda estão nos meus ombros, começando uma massagem reconfortante. É gostoso. Muito gostoso.

Eu me obrigo a ficar imóvel por mais um segundo, embora ainda esteja me perguntando se não deveria apenas o empurrar e seguir em frente.

— É difícil explicar as coisas para a minha mãe. Ela é ótima e deu tudo de si para cuidar de mim e Jen, mas também é muito crítica, especialmente comigo. E, por mais que eu goste de fingir que não me importo, quero impressioná-la. Vivo querendo impressioná-la, mas, não importa o que eu faça, ela sempre encontra defeitos em mim.

— Que defeitos ela poderia encontrar em você? Tirando o fato de que você rouba o lençol e não sabe julgar as habilidades de dança dos homens, você é quase perfeita.

Rio baixo enquanto meu pânico crescente começa a se dissipar, substituído pela sensação típica de mediocridade que me invade logo antes ou depois que vejo minha mãe.

— Ela quer que eu seja a melhor versão de mim mesma, mas segundo o ponto de vista dela. Superconfiante, um pouco menos nerd, a noiva feliz do herdeiro de um magnata grego da navegação.

— Tão específico assim?

— Mais ou menos.

— Bom — diz Ryan, ainda apertando e soltando meus ombros de maneira metódica —, uma mulher sábia me disse certa vez que nunca vamos nos arrepender das vezes que falamos com nossos pais, apenas das vezes que não falamos. E sei que sou a última pessoa que deveria estar dando conselhos, mas você é incrível, Kara. E, se sua mãe não vê isso, ela só não está olhando do jeito certo.

Uma sensação muito distante de ser verdadeiramente feliz com quem sou começa a brotar dentro de mim, e coloco as mãos em cima das de Ryan.

— Obrigada por falar isso.

— É a verdade. Não se esqueça disso.

Não consigo me conter. Eu o abraço e o puxo para um beijo delicado e doce, mas ainda assim cheio da promessa do que virá depois. Ryan está um pouco atordoado e quase tímido quando me afasto.

— Certo — diz ele —, eu e Duque vamos sair daqui antes que eu diga alguma babaquice e estrague esse momento.

— O que você poderia fazer para conseguir isso?

— Não sei direito. Alguma coisa esquisita. E, considerando que você ainda está com meu moletom, são grandes as chances de que seria impróprio.

— Acho que gosto quando você é impróprio.

Meus braços ainda estão em volta do pescoço dele quando o puxo mais para perto, ficando cara a cara com ele.

Ryan expira devagar.

— Você ainda vai acabar comigo, Sullivan.

Eu o empurro com um sorrisinho.

— Bom passeio.

— Surpresa!

Minha mãe, de calça social cáqui e blusinha rosa-clara, me beija na bochecha e atravessa o batente para dentro do apartamento.

— Uau — digo, fingindo espanto. — Não acredito que você está aqui.

Fecho a porta e a sigo para dentro da sala.

Meu Deus, tomara que eu consiga convencer alguém.

— Que bom ver você — continuo. — Desculpa ter dado uma sumida essa semana. Andei um pouco ocupada com a escrita.

Minha mãe se senta no sofá, colocando a bolsa e uma sacola de compras ao lado dela.

— Entendo que está ocupada e tem um prazo, mas mesmo assim me sentiria melhor se você mandasse um oi. Você sabe que me preocupo.

— Sim, eu sei. — Eu me sento na poltrona de leitura e tento ignorar o turbilhão de lembranças obscenas que me vem à mente. — De novo, desculpa. Vou lembrar de mandar um oi daqui em diante.

— Que bom. Então aqui virou uma toca de produtividade nesta semana? É por isso que você anda ocupada demais para fazer uma ligação de cinco minutos para sua mãe?

Minha mãe fala duas línguas: inglês e culpa. Se ao menos usasse os poderes para o bem, em vez do mal.

— Basicamente — concordo. — Produtividade por todos os lados.

— Ah, que bom. Sei que está em cima da hora. Já tem alguma coisa que eu possa ler?

— Ainda não, mas em breve. Acho que você vai gostar. É mais um de época.

— Gosto de tudo que você escreve, e gosto de contribuir também. Aliás, comprei essas para você.

Ela pega a sacola de compras ao seu lado e a estende para mim. Eu me levanto da cadeira e a pego com um sorriso desconfiado.

— Obrigada. — Coloco a mão dentro da sacola e, uma a uma, tiro três regatas, todas feitas de um material fino. Eu me forço a manter o sorriso. — São lindas. Muito atencioso da sua parte.

— Você não gostou. — Sua voz é passiva, mas coberta de frustração.

— Acho que são a *sua* cara.

— Você nem experimentou ainda. As cores vão combinar muito com você. Por que não gostou?

— Porque não, mãe. Gosto de camisetas, suéteres e blusinhas que não são transparentes.

— Então, troca — diz ela, cruzando as pernas e olhando ao redor da sala. — O recibo está na sacola.

Uma velha pontada de decepção se acomoda dentro de mim.

— Não quero parecer mal-agradecida, mas você sempre me compra roupas que sabe que não vou usar.

— Lição aprendida. Não vou mais comprar roupas para você.

— Poxa, mãe — digo, esperando até ela finalmente olhar para mim. — Por que sempre tem que ser assim? Adoro ver você e passar tempo com você, mas toda vez que nos encontramos nossas conversas ficam ácidas.

— É você que fica ácida. Só estou tentando estimular você.

— Me estimular a quê?

— A se aprimorar. A se aventurar fora da sua zona de conforto.

— Mas por que tenho que me aprimorar? — suspiro, sentindo como se estivéssemos andando em círculos. — Você age como se eu fosse uma velha triste chafurdando no pântano só porque não vivo seu estilo de vida nem me visto como você gostaria que eu me vestisse.

— Só estou tentando ajudar. Quando você morava em casa, sempre se sentia insegura vestindo qualquer coisa que não fosse três números maior que você. Até hoje você praticamente veste a mesma legging e o mesmo suéter quando me visita. Devo ver você sofrendo e não fazer nada?

— Mas não estou sofrendo. Sou feliz comigo mesma. Sei que fazer uma dieta extremamente saudável e se exercitar muito ajudou você a lidar com muitas coisas dolorosas, mas isso não é para mim. Só porque gosto de usar roupas confortáveis não quer dizer que eu odeie meu corpo.

Minha mãe fica em silêncio e torço para que a honestidade não a faça se sentir mal. Sempre usei humor como um escudo para esconder como as palavras dela podem magoar. Nunca fui tão vulnerável assim com ela. O silêncio faz eu me sentir exposta e nervosa, e me questiono se deveria mesmo ter dito algo.

— Só quero o que é melhor para você, Kara — diz ela depois de um tempo. — Quero que encontre o amor verdadeiro, se case e tenha uma família, e vai ser muito mais difícil para você chegar lá se não estiver confiante consigo mesma. Perder seu pai me fez ver como a vida passa rápido, e não quero que você perca mais tempo.

Paro um segundo e assimilo suas palavras, pesadas e francas.

— Sei que você me ama e que tem boas intenções, mas sua opinião é muito importante para mim. Nunca vou ser plenamente confiante ou achar que sou boa o suficiente até você também achar.

Minha mãe olha para mim e tenho o forte instinto de dizer que estou brincando, que não passei a vida toda buscando a aprovação dela e que ela pode esquecer tudo que acabei de falar.

Mas não digo nada. Em vez disso, segundos se passam em silêncio até minha mãe pousar as mãos no colo.

— Nunca tive a intenção de magoar você — diz. — Você e Jen me dão muito orgulho todos os dias e, se não deixei isso claro, a culpa é minha. Vou tentar melhorar.

Não é sempre que minha mãe pede desculpas e, para ser franca, chega a me assustar um pouco.

— Tudo bem — respondo rápido. — Também vou melhorar. Se usar essas regatas com sobreposição, aposto que vão ficar ótimas... com um suéter.

Ela abre um sorriso e expira, aliviada. Sempre morri de medo de confronto. Se realmente tivéssemos uma discussão, eu provavelmente sairia correndo e gritando da sala.

— E como você está? — pergunto.

— Eu? Estou bem. — Fico olhando para ela e, pela primeira vez em muito tempo, vejo uma rachadura em sua postura ferrenha. — Sabe como é — continua —, tenho dias bons e dias ruins.

— Eu também.

Em um piscar de olhos, sou tomada por lembranças dos meus pais juntos. Meu pai era brincalhão e minha mãe era forte. Ele brincava e ela ria. Ele dançava com ela quando ela ligava o rádio na cozinha. Ela não liga mais o rádio.

— Como você consegue? — me pego perguntando. — Como se recuperar de perder alguém que ama tanto?

— Não dá para se recuperar — responde ela. — Eu não me recuperei. Só me resta crer que vou voltar a ver seu pai algum dia, e que toda essa espera vai ter valido a pena.

Perco o fôlego com suas palavras.

— É uma ideia muito bonita.

— Use no seu próximo livro — diz com um sorriso.

Cai um silêncio depois disso, mas não é desagradável. Estou prestes a oferecer uma xícara de chá quando o som de "Crazy in Love", da Beyoncé, começa a tocar pela sala, nos fazendo trocar expressões idênticas de confusão.

— É seu celular? — pergunto, incrédula, ao mesmo tempo que fico incrivelmente impressionada.

— Quê? Não, não é meu celular.

Eu me levanto e sigo o som da música até encontrar meu celular iluminado no balcão da cozinha. A palavra *Gostosão* aparece na tela.

Ah, o filho da mãe.

Estou sentindo um misto de raiva e vontade de rir quando atendo o telefone.

— Alô — digo com a voz doce.

— E aí, gostou do meu toque? — A voz de Ryan é leve e tranquila. Ele vai levar uma cotovelada na cara quando voltar.

— Desculpa, mas estou ocupada agora. — Sorrio para minha mãe, que me olha com desconfiança.

— Duque manda oi. Ele também disse que está cansado de andar.

— Bom, fala que faz bem para a saúde. Preciso ir agora. Tenha um ótimo dia.

— Espera, espera, tenho mais uma pergunta para fazer. É muito importante.

— Quê?

— Você ainda está usando meu moletom?

— Tá bom, tchau!

Desligo e volto a me concentrar na minha mãe, sem conseguir conter o sorriso enquanto coloco o celular no balcão. Tento agir de maneira neutra enquanto volto à poltrona de leitura.

— Quem era? — pergunta.

— Era o censo.

Dá para ver que ela não acredita em mim, mas se recosta e dá de ombros.

— Então, já começou a fazer as malas?

— Malas?

— Kara Marie Sullivan — diz ela com clara reprovação —, quer me dizer que vai viajar para a Itália em poucos dias e ainda nem começou a fazer as malas?

Malas. Itália. Caceta. É horrível que eu tenha esquecido?

— Tá, ainda não fiz as malas, mas não vai demorar muito.

— Fazer as malas para um bate e volta no fim de semana não demoraria muito. Você vai viajar por seis meses. Seis meses, Kara. Como assim ainda não começou?

— Não sei — murmuro. — Acho que me distraí.

— Se distraiu com o quê?

Nada em particular. Só com todo o sexo secreto sacana, apaixonado e incrível que ando fazendo com meu ex-namorado.

— Coisas de trabalho — digo, a voz saindo desafinada.
— Por falar em Itália, queria dar isso para você na semana passada. — Pulo da poltrona e vou até a escrivaninha, abrindo uma gaveta e tirando um envelope. — Fiz algumas pesquisas para o chá de bebê da Jen, já que não vou estar aqui na época do planejamento. Jen adora Beatrix Potter, então imaginei que pudesse ser o tema. Recebi algumas amostras de convite para você escolher e imprimi fotos das decorações que vou comprar. Estava pensando em pedir as coisas pouco a pouco enquanto estiver em Roma e mandar entregar na sua casa.

Entrego o envelope para minha mãe. Ela o abre e dá uma olhada em cada convite e foto.

— É tudo lindo. Estou surpresa por você já ter deixado tudo pronto.

— É, bom, quando você descobre que na verdade é uma escritora medíocre que não consegue terminar o trabalho a tempo, chega a surpreender como é terapêutico comprar decorações de festa de bebê na internet.

Minha mãe ri e guarda o envelope na bolsa.

Uma hora depois, estou a salvo. Os deuses de filhas dissimuladas sorriram para mim, e minha mãe não desconfia de nada, além de achar que estou perdendo a cabeça, mas essa não é nenhuma novidade. Eu deveria me sentir culpada por mentir para ela, mas não vai demorar para ela descobrir sobre mim e Ryan.

— Agora, sei que amanhã vai ser uma loucura, mas você poderia, por favor, mandar fotos de todas vocês arrumadas para mim e para Jen? E é bom me ligar no dia seguinte para me contar tudo do casamento.

— Está bem, prometo.

Minha mãe sorri antes de me beijar no rosto e sair para o elevador. Fecho a porta atrás dela, e minha mente vai voltando devagar para a Itália. Como posso ter me esquecido? Estou ansiosa para isso há meses, anos até. Todo o trabalho duro me trouxe até essa viagem. Como é possível que esse assunto tenha escapado da minha mente ainda que por uma hora sequer?

Ryan.

Foi assim que escapou da minha mente. Entre ele e meu prazo, não consegui pensar em outras coisas. Ryan é uma força surpreendente e impressionante que está de volta na minha vida, e está começando a ficar difícil me lembrar de como era viver sem ele.

Mas e a Itália? Será que realmente quero fazer as malas e partir por seis meses agora? Vamos voltar exatamente a como estávamos na faculdade. Estou disposta a colocar o que temos em risco de novo?

Tenho que decidir o que fazer. Tenho que contar para Ryan.

Logo.

16

As três mesas compridas no jantar de ensaio de Cristina e Jason estão quase cheias de convidados quando eu e Ryan entramos na adega particular do restaurante Del Frisco. As lâmpadas Edison penduradas no teto lançam uma luz laranja sobre o espaço, complementando as centenas de garrafas de vinho guardadas de maneira impecável atrás das paredes de vidro sólido que nos cercam. Parece que estamos em uma caverna luxuosa cheia de bebida e, devo admitir, eu curti.

Eu e Ryan nos entreolhamos, erguendo as sobrancelhas, como quem diz um para o outro: *chique*.

Ele me dá uma piscadinha rápida antes de avançarmos pelo salão, que está cheio, mas não lotado, com cerca de trinta pessoas. Ouço um gritinho de alegria e de repente Cristina está me segurando pelos ombros e me dando um abraço apertado.

— Vou me casar amanhã! — ela quase cantarola.

— Vai, sim — digo, dando um passo para trás e entregando o saco de roupa com o véu. — E vai precisar disso.

Juro que só usei dentro do meu apartamento por algumas horas e depois uma vez no ginecologista, super-rápido.

— Totalmente compreensível. Jason, vem cá — grita ela para o outro lado do salão antes de se voltar para nós.

— Sério, muito obrigada por buscar isso. Quase perdi a cabeça.

Jason aparece ao lado de Cristina. Abro um sorriso radiante para ele e fico confusa quando ele se volta para mim e para Ryan com o olhar agitado e constrangido.

— Oi — diz, parecendo estar falando com um profissional médico em vez dos seus dois maiores fãs.

— Bom — Cristina intervém —, vocês dois ficam ótimos lado a lado. Eu tinha certeza de que um de vocês enterraria o outro antes do casamento, mas que bom que me enganei. Eles não ficam ótimos juntos, Jason?

— Ficam, sim, superótimos — concorda. Então se volta para Ryan, ainda parecendo nervoso. — Ei, cara, posso trocar uma ideia com você?

Ryan mal diz "Claro" antes que Jason o empurre para o lado e siga atrás dele.

Cristina desvia os olhos deles e se volta para mim.

— Não sei o que está rolando com ele. Faz dias que ele anda estressado por causa do Ryan.

— Sério? — pergunto, olhando para trás.

— É, mas esquece o Jason — diz, pegando minha mão e me fazendo me concentrar nela. — Andei muito ocupada com as coisas do casamento, mas quero ouvir todos os detalhes do que está rolando entre você e Ryan. Sem brincadeira, quando vocês entraram, pareciam apaixonados.

— Não parecíamos, não — nego.

— Pareciam, sim, e duvido que você consiga me convencer do contrário. Vi vocês descerem a escada e estavam com sorrisos bem safados e tentando não olhar um para o outro. Se eu não estivesse apaixonada também, teria atirado comida em vocês de tanto nojo.

Penso em negar, mas mudo de ideia.

— Que tipo de comida? — pergunto.

— O tipo de comida que uma multidão furiosa atiraria. Talvez repolho.

— Até que é criativo. Gosto da história por trás da sua escolha.

— Obrigada. Certo, vai, me conta tudo.

Ela cruza os braços e se aproxima de mim, tentando criar um clima de intimidade.

— Não tem muito o que contar. Acho que estamos juntos.

Os olhos de Cristina se iluminam. Ela com certeza está planejando saídas de casal pelo resto da vida e arranjando casamentos para todos nossos filhos hipotéticos.

— Não se esqueça de que isso é tudo muito novo — eu a lembro. — Não faço ideia de como as coisas vão se desenrolar, então não se empolgue.

Cristina esfrega uma mão na outra. O navio de empolgação já partiu faz tempo e zarpou rumo ao mar Báltico.

— Não vou me empolgar, de jeito nenhum — promete. — Mas é tudo tão incrível. Nem em sonhos eu pensaria que minha melhor amiga sairia com o melhor amigo do meu futuro esposo. Consegue imaginar as viagens de família a que podemos ir juntos?

Começo a sorrir, apesar da hesitação. As viagens juntas em família seriam legais…

Não! Para com isso!

— Certo, não vamos nos precipitar. Ninguém aqui vai se casar além de você. Quem sabe por quanto tempo Ryan vai ficar interessado em mim, afinal?

— Por que você tem que se depreciar desse jeito? — questiona Cristina. — Você é uma mulher bem-sucedida, engraçada e bonita. Qualquer homem teria sorte em estar com você.

— É muito gentil da sua parte dizer isso, mas também muito desnecessário.

— Pelo visto, é necessário, sim. Lembra quando nos conhecemos?

— Você quer dizer o melhor dia de nossas vidas? — brinco.

Eu e Cristina estávamos trabalhando de garçonete em um pub em Chelsea na época da pós-graduação. A comida era mediana, mas a clientela estava quase sempre bêbada, então ninguém reclamava.

— Eu estava chorando porque era Dia dos Namorados e Warren me trocou pela sueca que dividia apartamento comigo e dizia ser bailarina mesmo não sendo nem um pouco boa.

— Lembro bem — digo. — Esse cara era tosco, e Astrid nunca nem sequer reagiu a nenhuma das minhas referências a *Sob a luz da fama*. Era muito suspeito.

— Pois é, mas eu estava arrasada e insegura, e você me falou que Warren se arrependeria de me largar porque eu tinha uma elegância autêntica e era mil vezes melhor do que aquela ogra que dividia apartamento comigo.

— Sem querer desviar do assunto, mas ainda tenho certeza de que sua colega de apartamento era uma ogra de verdade. Fiz um trabalho sobre folclore escandinavo no ensino médio e ela se encaixava em vários itens.

— Pode se concentrar, por favor? — Cristina coloca as mãos nos meus ombros. — O que estou tentando dizer é: agora é a minha vez de animar você e dizer que *você* tem uma elegância autêntica... Além disso, você não divide apartamento com uma ogra, então Ryan nunca vai deixar de te amar.

Tento disfarçar minha confusão, mas não consigo muito bem.

Cristina balança a cabeça e coloca as mãos na cintura.

— Esse discurso motivacional fazia muito mais sentido na minha cabeça. Só não se deprecia, está bem?

Suspiro e abraço minha amiga.

— Por que você não falou isso logo de uma vez?

— Eu tentei, mas sou uma pessoa de números. É você quem tece as palavras.

— Eu sei — digo quando nos separamos. — Eu te amo, minha pessoa de números.

— Eu te amo, tecedora de palavras.

Nós olhamos para o lado e vemos Ryan e Jason ainda envolvidos em uma conversa animada.

— Sobre o que você acha que eles estão conversando?

— Não faço ideia. — Observo o rosto estoico de Ryan enquanto ele continua a ouvir Jason antes de voltar minha atenção para Cristina. — Então, tem mais alguma coisa que eu possa fazer para amanhã? Algo em que eu possa ajudar?

— Não muito. Só chegue lá em casa antes das nove. O pessoal do cabelo e da maquiagem estará lá, e vamos nos revezar. Vou encomendar bagels, frutas e mimosas, então não precisa se preocupar com o café da manhã. No geral, prevejo zero estresse.

— Zero estresse, é isso que gosto de ouvir. Está falando sério?

— De jeito nenhum. Certeza absoluta que vou estar maníaca.

Do nada, Jason e Ryan ressurgem ao nosso lado.

— Ei, oi, todo mundo. — Jason está fingindo um sorriso enquanto pega a mão de Cristina. — Amor, acho que está na hora de nos sentar. A comida vai esfriar.

— Do que você está falando? A comida nem saiu ainda.

Ela olha para as mesas sem comida ao nosso redor e sem nenhum garçom à vista, exceto por aqueles que estão servindo champanhe.

— Sei que ainda não saiu, mas está para sair.

— Qual é o problema com você? — pergunta Cristina.

— Só preciso me sentar, amor. Meus pés estão doendo e tenho que guardar as forças para amanhã. Além disso, estou com gases.

Todos damos um passo para trás.

— Certo, não precisava compartilhar essa parte, benzinho. Não vamos nos esquecer de que este é nosso jantar de ensaio.

— Sei que é nosso jantar de ensaio, mas definitivamente estou sentindo um movimento no meu corpo, então sugiro nos sentarmos antes que eu defume o salão inteiro sem querer.

— Tá bom, tá bom — murmura Cristina —, que alegria me casar com esse exemplo de elegância amanhã. — Ela lança um olhar de desculpas para mim e Ryan. — Acho que vamos nos sentar. Depois a gente coloca o papo em dia.

Cristina e Jason seguem para a mesa principal e logo todos estão dando a volta, procurando seus marcadores de lugar. Surpresa do século: Cristina me colocou sentada ao lado de Ryan.

— Sobre o que você e Jason estavam conversando? — pergunto enquanto nos sentamos.

Ryan passa de pensativo a inexpressivo. Ele ajeita a gravata antes de puxar a cadeira para perto da mesa.

— Sobre como não presto para nada, basicamente.

— Quê? Por que ele diria isso?

— Não é culpa dele. Eu disse que faria uma coisa e não fiz.

Ele não para de mexer na gravata, o que me dá vontade de pegar a mão dele e a manter quieta.

— Era coisa de padrinho? Caso você não tenha notado, sou extraordinária como planejadora de casamentos voluntária. O que quer que seja, tenho certeza de que podemos dar um jeito.

— Não é coisa de padrinho. — Estou prestes a insistir mais quando ele coloca a mão atrás da minha cadeira e a puxa até nossos assentos baterem um no outro. — Que tal nos divertirmos agora e explico tudo quando chegarmos em casa?

Sua proximidade me deixa um pouco zonza, mas não o bastante para eu ignorar a leve tensão que cresce dentro de mim.

— É...

Não tenho a chance de terminar quando um homem aprumado e alto se senta sem cerimônia na cadeira vazia ao lado de Ryan. Seu cabelo castanho é bagunçado de maneira intencional e o terno que ele está usando parece de alfaiataria. O relógio em seu pulso parece mais caro do que meus dois primeiros carros.

— Me lembre de nunca mais ser padrinho — diz com um tom irritado. — Quase me esqueci desse negócio.

— Imaginei — diz Ryan.

— O que tem para ensaiar, afinal?

— Falei a mesma coisa.

Vendo ele e Ryan conversarem, reconheço o homem como o outro amigo da festa pré-casamento. Acho que o nome dele era...

— *Bonjour, mademoiselle*, meu nome é Beau.

Ele estende o braço e aperta minha mão com firmeza. Dá para ver que ele passa hidratante.

— *Bonjour* — digo com um sorriso hesitante —, meu nome é Kara.

— Você está muito bonita hoje, Kara. Esse tom de azul que está usando combina especialmente com seus olhos castanho-escuros.

— Não dê em cima dela — diz Ryan. — A Kara é autossuficiente e não tem nenhum problema incapacitante de autoestima, então você não gostaria dela.

— É uma pena. Seu tom de pele e minha altura teriam dado filhos excepcionais.

— Eu falei para não dar em cima dela.

— Não estou dando em cima dela, estou apenas mencionando fatos genéticos. Esse cara sempre é tão mal-educado.

— Eu notei — digo em tom de brincadeira.

— Como consegui continuar sendo o melhor amigo dele por tanto tempo, eu já não sei. Acho que tenho um coração grande demais.

— Eu é que me comporto mal? — pergunta Ryan. — Foi você quem nos fez ser expulsos do quarto de hotel.

— Você não pode ainda estar choramingando por causa disso. Que o teto caia sobre a minha cabeça por ter me esquecido de fazer uma serenata para seu cachorro com os maiores sucessos de Céline Dion ao mesmo tempo que fazia carinho nele até ele dormir na segunda noite de lua cheia.

— Era só tocar a playlist.

— Se eu ouvir mais uma vez "tocar a playlist", vou comprar os direitos de todas aquelas músicas e destruir as gravações originais em uma fogueira.

— Isso não faria absolutamente nenhuma diferença. Tem bilhões de cópias delas ao redor do mundo.

— E o objetivo da minha vida vai passar a ser deletar todas.

— Vocês são divertidos — digo com um sorriso.

A relação de Beau e Ryan é um pouco surpreendente. Beau passa um ar muito metrossexual — bem-arrumado, bem-vestido, pronto para socializar e provavelmente com um carro esportivo elegante. Ryan fica mais feliz de calça jeans, gosta de ficar em casa com o cachorro e só dirige picape desde que tirou a habilitação.

— Há quanto tempo vocês são amigos? — pergunto.

— Desde o jardim de infância — responde Beau. — Ryan apareceu no primeiro dia de aula de bermuda camuflada e botas de caubói e chutou a canela de todo mundo, inclusive da professora.

— Eu não chutei a professora — explica Ryan —, eu chiei para ela. Tem uma grande diferença, e não tenho culpa que minha timidez foi confundida com agressão.

— Como você pode imaginar, fui um mentor para ele ao longo dos anos. Ele sempre me apoiou, então nossa amizade é uma das minhas maiores prioridades... E acho que a colega de trabalho de moral duvidosa da Cristina acabou de entrar, então foi bom conversar com vocês. Adeus.

Beau sai da cadeira e atravessa o salão antes que eu consiga me despedir.

— Bom — digo para Ryan. — Ele é uma figura.

— Pois é, ele é basicamente doido. Não consegue se concentrar em uma coisa por mais de cinco minutos, mas é boa pessoa.

— Gostei dele. É bom ver você irritar outra pessoa além de mim, para variar.

— Tudo que ele tinha que fazer era tocar a playlist.

Contenho um resmungo e reviro os olhos.

— Ei, esqueci de perguntar, o que você vai fazer amanhã com Duque enquanto cuidamos do casamento?

— Está tudo resolvido. Programei um passeador de cães para ele há quatro meses. O cara é muito requisitado, então precisei entrar em contato com antecedência. Já nos falamos por FaceTime várias vezes para que Duque pudesse se acostumar com o som da voz dele.

— Um passeador de cães muito requisitado?

— Eu o encontrei através de uma empresa de passeadores de cães muito seleta. Ele vai visitar Duque, passear duas vezes com ele, brincar com ele, dar comida para ele... Basicamente vai oferecer apoio físico e emocional completo.

— Que fofo, e isso tudo vai acontecer dentro do meu apartamento?

— Exato. — Ele faz uma pausa quando lanço um olhar incisivo para ele. — Então, estou pensando só agora que talvez eu devesse ter compartilhado isso com você.

— Talvez — digo.

— Faz sentido. Quer saber, se alguma coisa for quebrada ou roubada, vou pedir mil desculpas e pagar metade do valor.

— Até parece.

— É difícil negociar com você. Quem sabe você não dá uma amolecida quando eu e Duque nos mudarmos para Nova York.

Fico paralisada, sentindo como se minha cadeira de repente tivesse saído de debaixo de mim. Ryan parece tão chocado quanto eu, se não mais. Não acho que ele pretendesse dizer essas palavras em voz alta, mas agora já foi.

— Como é que é? — pergunto o mais calmamente possível.

Ele não mexe um músculo. Parece estar muito assustado, mas tenta não demonstrar. Segundos se passam até ele se virar para mim, parecendo ter tomado uma decisão mental.

— Eu disse que, quando eu me mudar para Nova York, espero que você adote um estilo de vida mais relaxado. Um ambiente estressante é prejudicial para o crescimento pessoal do Duque.

Meu coração bate mais e mais rápido. É preciso muito esforço para manter a voz baixa.

— Só para esclarecer o que está rolando agora, você está se convidando para morar comigo?

— Assim, acho que esse é o objetivo mais para a frente, mas pensei em arranjar um apartamento só com Duque antes.

Fico em silêncio. Ele continua:

— Eu poderia assinar um contrato de um ano de aluguel, ou talvez sublocar por alguns meses. Teria que arranjar um trabalho aqui antes, de todo modo. Isso levaria um tempo. Sei que eu e Duque somos muita coisa, e é óbvio que tudo isso está acontecendo muito rápido, mas não quero namorar à distância de novo. Acho que deveríamos arriscar e, se for preciso me mudar para Nova York, então é o que vou fazer, se você estiver a fim de mim.

Ele está falando sem parar. Ele sempre fala sem parar quando está nervoso, e não consigo conter um sorriso enquanto tento assimilar a situação.

Ryan engole em seco, uma expressão de ansiedade adorável perpassando seu rosto.

— Esse sorriso é de pensar que talvez você possa querer a mesma coisa, ou foi mais um sorriso de quem pensa: "Bom, agora preciso mudar de nome e número e começar uma vida nova em uma terra estrangeira"?

Meu corpo todo se enche de uma euforia atônita que acho que poderia escapar pelos meus ouvidos.

— Era o tipo de quem quer a mesma coisa.

— É bom ouvir isso. — Ryan pega a minha mão por baixo da mesa. Seus olhos se iluminam, e de repente entendo a propensão de Maggie por cantorias espontâneas. — É como diz o ditado, a segunda vez é a da sorte.

— Isso não é um ditado.

— Agora é. — Ele ergue uma taça de champanhe da mesa e faz sinal para eu fazer o mesmo. — Saúde, Sullivan.

Bato a taça na dele com um sorriso insensato, delirante de tanta felicidade e sem pensar em nada além deste momento.

— Lá vamos nós de novo.

Meia hora depois de voltar do jantar para casa, a brisa de Ryan-quer-se-mudar-para-Nova-York passou há tempo suficiente para eu me dar conta de que devo contar para ele sobre a Itália. Tipo, agora. Estou uma pilha de nervos e não faço ideia de como ele vai reagir.

Eu me levanto do sofá quando ele entra no apartamento seguido por Duque, que não está nada feliz, arfando e ofegando depois do passeio antes de dormir.

— Ei — cumprimento, segurando as mãos atrás das costas enquanto Ryan solta a coleira.

— Ei. Você parece confortável.

Olho para minha calça de pijama cinza-clara e minha camiseta verde-esmeralda.

— É, sempre que tenho que me arrumar muito para alguma coisa, eu me transformo no meu verdadeiro eu em questão de segundos quando volto para casa. É meu superpoder.

— Gostei — diz ele, parecendo distraído.

Ele está respirando rápido e com dificuldade enquanto atravessa a sala até mim, tanto que pego sua mão.

— Você está bem? — pergunto.

— Estou, sim.

Sei que ele não está. Eu me recosto no sofá e o puxo para se sentar comigo, observando enquanto ele esfrega as palmas das mãos suadas na frente das pernas da calça.

— Você parece nervoso — digo.

— Eu sei, desculpa.

Tento sorrir e torço as mãos no colo. Ryan nota.

— Você também parece nervosa.

Eu o puxo para perto. Meu aperto é firme e meu olhar é preocupado.

— Para ser sincera, meio que estou.

— Eu também — admite. — Sei que no jantar de ensaio falei que conversaríamos quando chegássemos em casa, então agora pode ser um bom momento. Vou começar dizendo que...

— Posso falar primeiro? — pergunto, interrompendo.

— Quer dizer, não é nenhuma loucura, mas uma coisa importante fugiu da minha cabeça e acho que deveríamos falar sobre ela. Pensando agora, eu deveria ter comentado antes, mas não comentei e agora... enfim.

— Beleza — diz Ryan, hesitante, parecendo confuso.

— Certo. Então, alguns meses atrás, eu estava passando por um período difícil com a escrita. Eu tinha acabado de passar pelo meu término e estava buscando uma mudança de ares, então decidi fazer uma viagem.

— Ah, é? Para onde você foi?

— Não, não fui a lugar nenhum na época. Programei uma viagem que vou fazer em breve. Dois dias depois do casamento da Cristina. Para a Itália.

Ryan se adianta para a frente no sofá, virando-se para mim. Consigo ver a preocupação encoberta em seus olhos.

— Quanto tempo você vai ficar lá?

Faço uma pausa.

— Seis meses.

O semblante de Ryan se fecha. Meu coração está acelerado em um segundo e lento no segundo seguinte. Parando e voltando ao mesmo tempo.

— Seis meses? — pergunta.

— Sempre quis fazer uma grande viagem para a Europa e, quando programei, pensei que era o momento perfeito para ir. Pensei que eu relaxaria, escreveria, viajaria. Todas essas coisas boas.

Ryan se recosta no sofá.

— Desculpa, ainda estou assimilando isso tudo. Você vai viajar para a Itália daqui a dois dias e só volta em seis meses?

— Isso.

Não paro de retorcer os dedos.

— Então eu e você fomos só uma aventura de despedida divertida? — Seu tom é leve, mas sei que há mais medo em suas palavras do que ele quer demonstrar.

— Não, de jeito nenhum — digo, chegando mais perto. — Eu sinceramente não sabia o que era isso até você dizer o que disse no jantar hoje. Pensar em você se mudando para cá me deixou muito feliz, e aí me senti péssima porque não tinha contado da viagem.

Ryan engole em seco e assente.

— Mas isso não quer dizer que eu não queira estar com você. Há outras opções para considerar.

— Que tipo de opções?

— Bom, a opção um é que vou para a Itália, como planejado. Podemos nos falar pelo FaceTime todos os dias e talvez você possa fazer uma viagem para me visitar, se conseguir tirar férias do trabalho. — Eu me inclino para a frente e pego o papel que escondi embaixo de um livro na mesa de centro. — Imprimi um folheto do prédio em que vou ficar.

Tenho certeza de que você adoraria. Pode ser sua primeira viagem para o exterior.

Entrego o papel dobrado para ele, dando meu melhor sorriso de agente de viagem. Ryan olha para ele, mas não abre.

— E a opção dois? — pergunta.

A sala fica em silêncio. Consigo ouvir a respiração pesada de Duque no meu quarto.

— A opção dois... eu não vou. — Perscruto os olhos de Ryan para saber o que ele está sentindo, mas não encontro nada de definitivo. Suas emoções estão turvas, silhuetas nadando sob uma camada grossa de gelo. — O que você está pensando?

— Sinceramente, não sei.

— Você está bravo?

— Não, não estou bravo. Só estou processando tudo.

Alguns segundos se passam até ele se levantar e andar até a cozinha. Seus passos são duros até ele se virar para olhar para mim, as mãos pousadas no encosto de uma cadeira de jantar.

— Como você se sentiria se eu decidisse ir? — pergunto.

— Eu sentiria saudade. Ficaria com medo de que o que aconteceu entre nós antes acontecesse de novo.

— E se eu não fosse?

— Se você não fosse, eu me sentiria culpado e me preocuparia pensando que você estava largando algo que queria por minha causa.

Suas palavras confirmam que não há vencedores em nenhuma opção. Nenhuma escolha óbvia.

— Eu deveria ter mencionado isso antes, mas faz relativamente pouco tempo que descobri que você estava a fim de mim.

— Está falando sério? — Ryan chega perto do sofá, mas não se senta. — Desde o primeiro segundo em que coloquei os olhos em você de novo, tudo que faço é tentar não me jogar em cima de você a cada momento do dia.

Meu coração bate ainda mais rápido.

— Por que se conteve?

É difícil engolir. Sinto a boca seca. Estou prestes a falar de novo quando o celular de Ryan vibra no bolso. Ele o tira e olha para a tela antes de silenciá-lo. Em seguida, ele o guarda de volta no bolso e se senta no sofá ao meu lado.

— Você precisa ir nessa viagem — diz ele.

— Não preciso. — A ideia de ele querer que eu vá embora de repente me faz querer ficar. — E se o que temos for embora de novo?

— Não vai. Seis meses é muito tempo, mas a gente vai dar um jeito. — Ele pega minha mão e passa o polegar nos meus dedos. — Já conseguimos ficar dez anos um sem o outro. Seis meses vão ser como um fim de semana prolongado para nós.

— É isso que você pensa de verdade? — pergunto.

— É. Não vai ser fácil, mas podemos dar um jeito. Vamos ficar bem.

Assinto, avançando para abraçar a cintura dele.

Vamos ficar bem.

Ele acha que vamos ficar bem.

Queria acreditar nele.

Na manhã seguinte, acordo de novo na cama vazia. Faz silêncio. Nenhum barulho de água do chuveiro nem murmúrios da TV no outro cômodo. Eu me sento e Ryan não parece estar em nenhum lugar. Meu apartamento, que antes estaria perfeitamente normal neste estado, agora parece deserto.

Saio da cama e entro na sala. Duque está descansando no chão ao lado do pufe enquanto Ryan está sentado na minha poltrona de leitura. Ele olha para mim com um pequeno sorriso que não se reflete nos olhos. Respondo com um sorriso enquanto atravesso a sala, sentando-me ao lado dele e acariciando sua nuca com a mão.

— Bom dia.

— Bom dia — responde.

— Logo mais preciso ir à casa da Cristina para começar a me arrumar. Você vai encontrar Jason e os outros caras no hotel, certo?

Ryan faz que sim. Ele parece cansado.

— Você está se sentindo bem?

Ele tira minha mão do seu pescoço e a aperta na sua.

— Estou ótimo.

Dou a volta na cadeira e me sento no colo dele, passando a mão em seu cabelo loiro que sempre parece mais escuro em ambientes fechados. Ele me aninha junto ao corpo e inspira encostado à parte de cima do meu peito através da camiseta.

— Você não parece ótimo. Está chateado porque hoje vai ser a prova oficial que Jason ama Cristina mais do que ama você?

Um sorriso puxa os cantos de sua boca enquanto ele cutuca meu queixo com a ponta do nariz.

— Quem te contou?

— Eu chutei — respondo.

Nós nos afundamos mais na poltrona, e ele tira os fios de cabelo da frente do meu rosto enquanto me beija. Apesar de sua delicadeza, ele ainda parece um pouco ausente.

— Tem certeza de que você está...

Ele me interrompe com um beijo abrasador e sou colocada em um estado em que esqueço as minhas preocupações. Agora, na minha cabeça e no meu coração, não existe nada além de nós.

17

O casamento de Cristina e Jason é mais bonito do que eu poderia ter imaginado. O local do evento, a Manhattan Penthouse na Quinta Avenida, parece situado acima do mundo, com janelas arqueadas que exibem vistas impressionantes da Freedom Tower, ao sul, e do Empire State Building, ao norte. Há flores e velas por toda parte, misturando-se de maneira fluida com a decoração elegante e moderna.

A cerimônia se desenrola suave como um sonho enquanto Cristina caminha até o altar ao som de "Cânone em ré maior" tocado ao vivo em um solo de violão. Dá para ver as lágrimas nos olhos de Jason quando ele a vê, e só me resta agradecer ao Senhor por ter enrolado lenços descartáveis em volta da base do meu buquê, porque precisei de todos e mais uns vinte e cinco.

Eles declamam os votos tradicionais e tento não me derreter quando Ryan lança olhares furtivos para mim enquanto eles falam. Não consigo parar de pensar que, talvez, um dia, possa ser nós dois — que podemos ter isto.

Depois da cerimônia, tiramos fotos na rua, enquanto rola o coquetel. Posamos em todos os cenários humanamente possíveis e mais alguns. Eu e Ryan nunca somos colocados juntos porque tinham escolhido o padrinho principal, o irmão mais velho e calvo muito simpático de Jason, para ser meu par. Em certo momento, paro perto de Ryan para uma foto em grupo e ele segura minha mão atrás das costas, fazendo-me sentir uma euforia enjoativa que nem na primeira vez que um menino segurou minha mão no cinema quando eu tinha 13 anos.

Cristina e Jason estão abrindo a pista de dança com a primeira valsa e os duzentos e oitenta convidados circulam ao redor, sorrindo e trocando olhares com seus pares — gostando de ver como eles são apaixonados.

Estou prestes a caçar mais lenços quando sinto uma mão conhecida na minha lombar.

— Qual é o veredito, Sullivan? Você acha que eles vão vingar?

A respiração de Ryan é quente em minha orelha quando ele se inclina. Ele tem cheiro de creme de barbear, uísque e casa.

Continuo a observar Jason e Cristina e respiro fundo.

— É claro que vão.

— Por que tem tanta certeza?

A música romântica deles atinge as notas finais e a banda de quinze membros começa outra canção romântica lenta logo em seguida. Um dos cantores convida todos os casais para a pista, e Ryan entrelaça os dedos nos meus em silêncio, guiando-nos na direção de todos. Enlaço seus ombros largos enquanto ele segura minha mão e minha cintura. Não sobra nenhum espaço entre nós quando damos um passo por instinto, balançando e girando ao som da melodia suave.

— Porque sim — digo. — Jason e Cristina sabem o que querem e sabem quem são.

— Deve ser bom.

— O que faz você dizer isso? Você não sabe quem é?

— Eu sabia. Eu tinha certeza de que era exatamente quem deveria ser.

— E então o quê? — pergunto.

— E então você. — Ryan me gira, e tento não incorporar minha Ginger Rogers interior quando ele me puxa de volta. É provável que eu pareça algo mais próximo do Pé-Grande. — Quando saí com os outros caras no dia de buscar os ternos, Jason e Beau me disseram que eu estava diferente. Disseram que tinham esquecido como eu era engraçado.

— Ai.

— Para ser sincero, nem fiquei ofendido, porque eles estavam certos. Depois que terminamos, acho que meio que entrei em modo de sobrevivência. Eu conseguia fazer tudo, mas nada era tão bom quanto deveria ser. E agora não sei se vou voltar a ser quem eu era ou se estou me transformando em alguém diferente.

— Talvez você só esteja agindo como quem você realmente é.

— E talvez isso só aconteça quando estou com você.

A música fica mais baixa, a canção chegando ao fim. Vejo que Ryan quer me beijar tanto quanto eu quero beijá-lo, mas nos contemos. Há olhares demais ao nosso redor, e isso resultaria em perguntas demais. Em vez disso, ficamos parados ali, no meio da pista cheia, sorrindo e olhando um para o outro com uma intimidade que apenas nós podemos ver.

A banda começa uma salsa animada na sequência, e Ryan pega minha mão, me guiando de volta na direção das mesas.

— Vou dar um pulo no bar. Quer champanhe ou prefere ficar doidona de *bay breeze*?

— Vamos pegar pesado e começar logo com um *bay breeze*. Só se vive uma vez.

— Gosto da maneira como você pensa, Sullivan. Já volto.

Eu me sento à mesa em que nos colocaram e tomo um gole merecido de água. Olhando para a caligrafia delicada na plaquinha de lugar na minha frente, rio baixo ao ver que Cristina mais uma vez me colocou sentada perto de Ryan. Que bom que estamos no ponto em que estamos no nosso relacionamento. Senão, provavelmente estaríamos furiosos por minha melhor amiga estar tentando nos juntar à força.

Estou começando a examinar o cardápio sob o guardanapo quando uma mulher que não reconheço se aproxima da mesa, estreitando um pouco os olhos para verificar os nomes nas plaquinhas. Ela parece uma sulista linda de vestido floral radiante e cabelo loiro-avermelhado volumoso penteado de maneira impecável sobre o ombro esquerdo. A maquiagem está no nível dos melhores tutoriais de YouTube, mas no sentido de quem faz os tutoriais, não de quem assiste. Algo nela me parece conhecido, mas não consigo identificar o quê. Ela ainda não encontrou seu nome quando chega a meu lado.

Ergo a cabeça com um sorriso quando fazemos contato visual.

— Oi. Sou Kara, prazer.

— Oi — responde, parecendo aliviada. — É um prazer conhecer você. Desculpa a minha cara de perdida, mas estou tentando encontrar uma pessoa. Nem era para eu estar aqui hoje, mas consegui dar um jeito de última hora.

— Bom, você está com sorte, porque acho que posso ajudar você. Sou a madrinha, então essas marcações de lugares assombram meus sonhos há semanas.

— Ah, que boa amiga você é. Madison, prazer.

Ela estende a mão e me levanto para cumprimentá-la. Quando faço isso, o mundo parece ficar mais lento ao meu redor. Minha barriga se revira e dá um nó de dor excruciante.

O nome ressoa na minha cabeça, baixo a princípio, depois mais e mais alto até ficar ensurdecedor. Madison. Madison. A Madison de Ryan.

Madison ainda está apertando minha mão trêmula quando olha para trás de mim e abre um sorriso radiante.

— Lá está ele! Me dá licença por um segundo.

Não se vire. Se você não olhar, não vai ser verdade.

Queria poder ouvir meu próprio alerta, mas não consigo. Dou a volta e vejo Madison abraçar alegremente os ombros de Ryan enquanto ele me encara com um olhar que só vi no dia em que terminei com ele.

Meu estômago se revira.

Ryan se solta dos braços de Madison e volta os olhos para ela.

— O que você está fazendo aqui? — pergunta.

— Encurtei minha viagem de negócios para tentar fazer uma surpresa para você. Consegui?

— Conseguiu, sim. — Ryan vem na minha direção e Madison vem atrás. Meu peito parece ter se esmigalhado. Um milhão de perguntas correm dentro de mim ao mesmo tempo. — Kara, essa é Madison.

Madison. Madison. Madison. Estou sentindo uma dor de cabeça latejante. Madison estende a mão de novo, desta vez a esquerda, e quase caio para trás.

— Uau — consigo dizer, com a voz trêmula. — Que lindo anel de diamante.

Ela ergue a mão para admirar o próprio anel antes de pousá-la na barriga de Ryan. Sinto o mundo rachar sob meus pés e quero cair pelo buraco.

— Muito obrigada — diz com doçura. — Ficamos noivos faz umas duas semanas. Nem contamos para ninguém ainda. Só para a família.

Acho que ela ainda está falando, mas não consigo decifrar o que diz. Estou zonza, escuto um zumbido e sinto vontade de chorar. Acho que eu deveria me afastar, sair da sala ou do estado.

— Certo, é um prazer conhecer você, mas tenho que dar uma olhada numa coisa.

Eu me viro e saio dali sem dizer uma palavra. Ryan está dizendo algo, mas é difícil escutar com o zumbido nos meus ouvidos.

Calma. Foco. Vá até a suíte nupcial. Você vai ficar bem se chegar à suíte nupcial.

Atravesso todo o salão de recepção enquanto as pessoas passam por mim em uma velocidade alarmante. Estão todos girando, está tudo turvo. A música é alta, e estou suando.

Chego ao corredor e sei que estou quase lá. A suíte nupcial. Silêncio. Passo pela chapelaria que não está sendo usada e abro a porta que apenas a elite nupcial pode abrir. Ela se fecha atrás de mim com um baque.

Olho para os sofás decorados e taças vazias de champanhe ao redor e me lembro de todos nós sentados aqui há uma hora. Brindamos a Cristina e Jason, e Ryan roçou o joelho no meu. Ninguém sabia além da gente.

Ah, sim, éramos um segredo. Eu não fazia ideia do tamanho do segredo que éramos.

Chego ao centro do piso de mármore branco e me viro quando a porta se abre. Ryan. Ele fecha a porta e a sensação é que um visitante do zoológico curioso demais entrou na minha jaula de tigre. Ninguém me censuraria se eu o dilacerasse.

— Kara.

Ele está tentando manter a calma, mas escuto o medo em sua voz.

Saio do meu torpor e me concentro. Em busca de sangue.

— Há quanto tempo você está com ela? — pergunto de cara. — Se disser que estavam juntos quando terminamos, acho que posso matar você de verdade.

— Não. Não, claro que não. Ela arranjou um trabalho em outro estado logo depois que eu e você terminamos e não nos falamos depois disso. Nós só nos reencontramos um ano atrás.

É estranho. Escrevo histórias de dor de cotovelo há muito tempo. Uso palavras para rodear o assunto, para atiçar o fogo da mágoa em meus leitores e fazê-los sentir uma conexão com a história, mas o que estou sentindo agora... minhas palavras nem arranhariam a superfície.

— Você esteve falando com ela enquanto estava aqui? Quando você liga para ela? Quando leva Duque para passear?

Há uma longa pausa. Sinto a cor se esvaindo do meu rosto.

Ryan faz que sim.

Balanço a cabeça e começo a andar de um lado para o outro da sala, mal conseguindo respirar.

— Não acredito que fiz isso. Não acredito que deixei isso acontecer de novo.

— Kara, desculpa. Sinto muito, mesmo. Juro que ia terminar com ela assim que voltasse para casa. Eu teria terminado pelo telefone, mas parecia errado, já que estamos...
— Ele perde a voz.

— Vocês estão o quê? — questiono, já sabendo o que ele quer dizer. — Vá em frente e diga. Diga em voz alta para você ouvir como é canalha.

Ryan engole em seco.

— Já que estamos noivos.

Cara, como dói. Minha vontade é de vomitar. Preciso sair daqui. Tento sair, mas ele já está na minha frente, pegando meus punhos. O toque de suas mãos em mim me faz querer arrancar a pele. Eu me solto e dou um passo para trás.

— Sabia que não deveria ter feito isso. Sabia que estar com você era errado, mas não me importava. É isso que acontece. É isso que precisa acontecer com pessoas como eu.

Ryan não diz nada. Ele fica ali parado. Parece muito perdido.

— Por que você disse toda aquela baboseira sobre querer se mudar e ficar comigo? Estava tentando se vingar?

— Quê? Não, eu nunca faria isso.

— Faria, sim! Você me disse na primeira noite depois do jantar que queria fazer isso. Você sonhava com isso, lembra? Se vingar da menina que deu um fora em você na faculdade. Foi tão bom quanto imaginava?

— Não! Por favor, me escuta: desculpa por não contar a verdade, mas você precisa entender como foram as coisas entre mim e Madison. Não estávamos loucamente apaixonados. Não tivemos um noivado elaborado. Estávamos juntos fazia menos de um ano, mas ela vivia falando que todas as amigas dela estavam casadas e tendo filhos e que precisávamos dar o próximo passo. Ela me pediu em casamento, sabendo o que eu sentia, e eu disse que tudo bem. Não tinha por que não aceitar. Ela mesma escolheu aquele anel.

— Mas você o comprou para ela! Você aceitou ficar noivo.

— O que eu deveria fazer? Comecei a sair com uma pessoa. Ela era legal e gostava de mim, e queria se casar, então entrei na onda. Eu não fazia ideia de que veria você de novo ou que você ainda iria querer.

— O que você deveria fazer? — repito, incrédula. — Que tal não se fazer de solteiro e não fingir que quer ficar comigo quando tem uma noiva secreta?

— Cometi um erro terrível, Kara. Deveria ter terminado as coisas por telefone. Deveria ter pegado o carro e ido até o retiro da empresa dela e falado para ela cara a cara. Queria muito ter feito isso. Faz só duas semanas que estamos noivos. Nem mesmo moramos juntos.

Seus olhos são suplicantes, mas não dou a mínima. Ele não tem como justificar isso.

Cruzo os braços diante do peito enquanto ele continua:

— Eu soube desde aquela primeira noite em que quase nos beijamos que não poderia me casar com ela. Todas as nossas conversas ao longo da semana pareciam forçadas e esquisitas, e eu sabia que ela tinha percebido. Deve ser por isso que ela veio. Eu não conseguia dizer que a amava. Disse que precisávamos conversar quando eu voltasse. Juro que estava tudo terminado na minha cabeça, só faltava falar para ela pessoalmente.

— Danem-se seus juramentos! E o quê? Agora você está pronto para dar um fora na Madison linda e perfeita que gosta tanto de você e que mal pode esperar para se casar? Ela importa tão pouco assim?

— Não, é só que ela... — Ele tenta encontrar as palavras até dizer: — Tentei superar você. Tentei, mas, por mais que me esforçasse, sempre estava procurando você, aquilo que a gente tinha, em todas as pessoas que namorei desde que você foi embora. Mas não é assim que funciona. Não *tem* como dar certo porque elas não são você. Ninguém nunca vai ser você, e você é a única pessoa certa para mim.

Ele tenta se aproximar, mas dou um passo para trás.

— É para tudo se resolver assim? Você faz um discurso romântico e finjo que nada disso aconteceu?

— Não. Não sei. — Ryan se agita e passa as mãos no cabelo, puxando os fios até voltar a me encarar. — Eu queria contar para você. Prometi para Jason que contaria. Tentei contar várias vezes, mas sempre alguma coisa dava errado ou você me falava para não dizer nada e eu entrava em pânico. Custasse o que custasse, eu contaria para você hoje depois do casamento, mas nunca deveria ter deixado chegar a esse ponto. Sou um covarde. Eu sabia que, se contasse a verdade, você iria querer que eu fosse embora, e eu não queria deixar você. Não podia. Sei que tecnicamente estou noivo...

— Você não está noivo só *tecnicamente*, Ryan. Você ESTÁ noivo! Você se desligou da realidade, foi?

— E você, Sullivan? — pergunta, aproximando-se de repente. — Foi você que se esqueceu de mencionar que deixaria o país por meio ano.

— Não ouse comparar minha viagem com estar noivo.

Considero bater nele de verdade.

— Não estou comparando. Só estou dizendo que... sim, fiz uma besteira colossal. Deveria ter contado a verdade para você. Não deveria ter deixado que nada acontecesse entre nós antes de terminar com Madison. Em quase todos os aspectos da minha vida, sou uma pessoa lógica, mas, quando o assunto é você, perco a cabeça. — Ryan faz que vai se aproximar de mim de novo, mas muda de ideia. — Falei que deveríamos manter distância. Achei que, se ficasse longe de você até depois do casamento, poderia arrumar a cabeça e resolver a situação, mas daí de repente você apareceu na casa do Jason e eu estava sendo colocado no seu apartamento, quisesse ou não.

— Isso é tudo muito comovente, mas não explica por que você é um sociopata covarde!

— O que eu deveria ter feito, Sullivan? Deveria ter soltado a verdade logo de cara? Já sei, deveria ter falado para você naquele dia na festa: "Ei, lembra aquela menina que era minha amiga e deixava você completamente angustiada? Aquela que você tinha certeza de que era minha amante? Pois é, estou noivo dela agora. Ainda está a fim de tomar uns drinques, bater um papo?". — Balanço a cabeça e não falo nada. — Eu não poderia ter contado naquela hora. Você teria me odiado imediatamente e, desde o momento em que vi você, tudo que eu queria era conversar e ficar o tempo todo com você. No intervalo de uma noite, voltei a ser o menino desesperado de 20 anos que era obcecado por você na faculdade e que faria de tudo para manter você por perto sem se importar com as consequências. Eu sabia que estava mentindo e sabia que o que estava fazendo era errado, mas não conseguia parar, porque parar significava desistir de você, e sou incapaz de fazer isso. Sempre fui.

— Juro que, se você não parar de falar que tudo isso aconteceu porque gosta *tanto* de mim, vou arrancar minhas orelhas fora e enfiar na sua goela.

— Pensei que conseguiria falar a verdade para você sem que nada físico acontecesse entre nós. Pensei que passaríamos um tempo juntos e depois eu explicaria minha situação e lidaria com o que quer que acontecesse depois. Eu terminaria com Madison assim que voltasse para casa e, se tudo desse certo, você estaria disposta a falar comigo de novo quando visse que levo você a sério. Talvez ficássemos amigos por um tempo antes de nos tornarmos algo maior. Poderíamos começar do zero.

— Então por que não fez isso? — grito. — Você parece saber exatamente o que deveria ter feito, então o que te fez decidir que a melhor opção era me arrastar para dentro de um triângulo amoroso do qual eu nunca teria escolhido fazer parte por livre e espontânea vontade? Você nos condenou ao fracasso!

Ryan dá um passo para trás depois das minhas palavras. Ele engole em seco e se senta num dos sofás, apoiando os cotovelos nos joelhos e cobrindo o rosto com as mãos. Sinto o instinto terrível de consolá-lo, mas mantenho os pés firmes no chão.

Depois de um tempo, ele levanta a cabeça, olhando para a frente e parecendo arrasado.

— Achei que eu conseguiria — diz em voz baixa. — Achei que poderia ficar perto de você e controlar minhas emoções, mas não consegui. Ficar perto de você dessa forma, no seu apartamento, vendo você todos os dias, era como se eu estivesse vivendo uma fantasia que tinha alimentado por dez anos, e eu não queria que acabasse. Tinha medo de que falar a verdade estragasse tudo que começamos a construir, mas, ao não falar para você, não apenas estraguei. Demoli tudo.

Sinto a boca começar a tremer e desvio os olhos enquanto seco uma lágrima rebelde.

— Você sabe mesmo vender. Até parece que acredita no que está dizendo.

— É porque é verdade! Uma década atrás jurei que faria as coisas diferente dos meus pais. Eu não queria um relacionamento com altos e baixos malucos. Eu me casaria com uma pessoa calma e segura e que não esperaria uma história de amor ardente e exagerada. Sei que não é o que vende nos seus livros, mas essa é a base de famílias sólidas e estáveis.

— Se essa é a vida que você quer, então vá em frente! Não aja como se eu tivesse estragado seus planos.

— Mas estragou! — grita ele, levantando-se de novo. — Eu tinha tudo de que pensava precisar. Estava com alguém que queria as mesmas coisas que eu, mas bastou ver você uma vez para eu ficar disposto a jogar tudo pela janela. E, durante todo esse tempo, você não teve nem a decência de me falar que ficaria longe por seis meses.

— Chega de desculpas! O que está querendo ouvir de mim, Ryan? Sim, você está certo. Não falar para você sobre a Itália depois que voltamos a estar extraoficialmente juntos por menos de uma semana compensa o fato de que você tinha uma noiva. Sem problemas, estamos quites agora.

— Não estou dizendo que estamos quites. Estou tentando explicar que o que estávamos tendo não era só uma aventurazinha antes de eu me casar. Desde o segundo em que entrei no seu apartamento, só haveria você para mim. Eu nunca mais voltaria para Madison. Nunca mais amaria ou quereria ninguém além de você. Você significa tudo para mim, e eu largaria mão de tudo em um piscar de olhos se pudéssemos voltar a ficar juntos.

— Certo. Você largaria mão de tudo, mas não contaria a verdade. — Ryan fica em silêncio enquanto continuo: — Bom, não precisa mais se preocupar em mentir, porque acabou. Tive uma vida boa sem você por dez anos, e vou ter uma vida boa depois que você for embora.

Sinto minha garganta se fechar. Meus olhos se enchem de lágrimas e deixo que elas caiam.

Ryan solta um grunhido de frustração e ergue as mãos para envolver meu rosto.

— O que devo fazer para convencer você de que quero ficar com você?

— Nada — digo, tirando suas mãos de mim. — É como você disse, nossa relação é o que escrevo nos meus livros. Altos e baixos, se apaixonar e desapaixonar. Tudo que aconteceu entre nós foi ficção. Nada disso era verdade.

— Para! É verdade, *sim*!

— Não, não é — digo. — E quer saber? Está tudo bem, porque estava fingindo todo o resto também. Eu só precisava de você para ter um impulso extra para terminar meu livro. Por que outro motivo eu convidaria você para ficar no meu apartamento?

— Não acredito nisso. — O tremor em sua voz me diz o quanto ele *realmente* acredita. — E, mesmo se fosse verdade, não me importo.

— É verdade. Eu usei você, e você me usou. Nós dois podemos sair dessa com a consciência limpa.

— Não! — grita Ryan. — Tenho certeza de o que temos é verdade. Você precisa me escutar. — Ele me segura pelos ombros, quase me chacoalhando. Ele soa destruído. Tudo nele está implorando para que eu aceite que isso tudo é de alguma forma razoável. — Eu te amo.

Ele me ama. Dez minutos atrás, essas palavras teriam me feito transbordar de alegria. Tudo que elas fazem agora é enfatizar como ele é egoísta por me falar isso neste momento. Ele está me dando tudo com que sempre sonhei agora que é impossível ficar com ele.

— Como você pode me dizer que me ama quando me coloca nesta posição? Se perdoar você, sou fraca e destruidora de lares, se não, sou teimosa e rancorosa. Saio perdendo de qualquer forma, e você conseguiu dar um jeito de ser culpa minha.

Dou mais um passo para trás, mas Ryan me segue, acompanhando cada movimento meu.

— Kara, sei que lidei com a situação do jeito errado, mas, por favor, não me castigue por ter um passado. Quero estar com você, não com ela. Você não deve construir uma vida com alguém só porque pode. Agora entendo o que meu pai estava falando.

— É — digo com amargura —, e agora você não passa de um infiel ridículo, exatamente como ele.

Quero retirar as palavras assim que elas saem da minha boca. Estou me rebaixando a um nível que eu nem sabia que conseguiria alcançar. Agora me odeio *e* odeio Ryan.

Ryan fica imóvel. Ele parece destroçado.

— Acho que você tem razão — diz baixinho.

Cubro o rosto com as mãos, contendo um soluço e secando os olhos.

— Desculpa. Não deveria ter dito isso, mas tenho quase certeza de que estou num estado alterado agora.

Ryan me olha com pena e avança, tentando me abraçar. Não sei o que dá em mim, mas me entrego em seus braços, entrelaçando as mãos na parte de trás do seu smoking. O calor se irradia dele e entra em meu corpo, e sinto o coração dele batendo forte contra o meu. Ergo o rosto para recuperar o fôlego e, antes que consiga inspirar, Ryan se abaixa e me beija. Seus lábios são insistentes e relaxantes e me convencem a esquecer como respirar.

Por um segundo, é certo e bom, uma bolha protetora dentro de um momento que é completamente errado e repugnante. Então ele me aperta firme, tão firme que a pressão faz os últimos dez minutos voltarem a disparar pelo meu corpo como um choque elétrico.

— Não! — suplico, empurrando-o. Meu rosto fica vermelho de raiva, dor e da decepção mais cortante que sinto desde a morte do meu pai. — Você precisa ir. Precisa me soltar.

Ele não se mexe, apenas me olha. Vejo que quer acordar deste pesadelo tanto quanto eu. Um minuto se passa até ele parecer notar ou aceitar o que está acontecendo.

— Escuta — digo —, não vamos estragar a noite de Cristina. Vamos voltar lá e fingir que nada disto está acontecendo e depois nunca mais vamos nos ver. Entendido?

Ele não responde.

— Vou passar a noite na casa da Maggie, então, depois da festa, vá ao meu apartamento e busque... — Minha voz começa a tremer só de falar o nome dele na minha cabeça. Respiro fundo. — Busque Duque e suas coisas e vá embora.

Ryan faz que sim, ficando em silêncio por quase um minuto.

— Vou sentir muita saudade, Kara. — Sua voz é tensa. É difícil escutar, e desejo não ter escutado. — Você era tudo que eu queria.

— Não aguento isso — digo com a voz entrecortada. — Por favor, vai. Vou sair daqui a alguns minutos.

Sem olhar para trás, entro no banheiro adjacente à suíte e fecho a porta. Eu me afundo no chão e enfio a cabeça entre os joelhos.

Minutos se passam e finalmente escuto a porta da suíte nupcial se abrir, depois se fechar.

Dou uma espiada, e Ryan saiu. Demoro uns bons vinte minutos até me recompor o bastante para voltar à festa.

Quando entro no salão à luz de velas, tento me desligar. É uma habilidade útil que tenho. Eu fazia isso bem.

Estou andando sem rumo, sem saber direito aonde vou, quando Maggie aparece na minha frente usando um vestido de festa preto acima do tornozelo.

— Desculpa o atraso — diz. — Eu estava no telefone com Hannah. Parece que ela não está curtindo tanto a vida nova em Connecticut quanto eu gostaria. Não perdi o jantar, perdi?

Maggie mal consegue terminar a pergunta quando a envolvo em um abraço esmagador. A tentação de desmoronar é tão forte que chega a ser impossível, mas sei que preciso me segurar. Dou um passo para trás e seco os olhos com a ponta dos dedos por precaução.

— Qual é o problema? — pergunta ela com nervosismo.

— É grave — respondo, a voz tremendo contra a minha vontade —, mas não posso falar disso agora. Preciso que você me ajude.

— Eu ajudo. Está tudo bem, eu ajudo. — Maggie está usando a voz de terapeuta, relaxante e melódica mesmo sem os instrumentos. — Quer se sentar? Quer beber alguma coisa?

Faço que não, sem saber ao certo o que quero ou do que preciso quando me viro e vejo Ryan e Madison em um canto longínquo, no meio de uma conversa séria. Enquanto eles conversam, ela coloca uma mão no braço dele, afinal, por que não colocaria? Solto um lamento baixo e me volto para Maggie.

— Certo, está tudo bem — diz, esfregando meus braços e olhando para trás de mim. Seu olhar percorre o salão até parar e se encher de uma fúria gelada. Alguns segundos depois, seus olhos se voltam para mim e se suavizam de imediato. — Tenho uma ideia. Que tal dançarmos um pouco? Aposto que, se queimarmos um pouco de energia, vamos nos sentir melhor.

Ela me puxa para a pista de dança, posicionando-nos no meio da multidão onde outros casais cobrem nosso campo de visão.

— E se dançar não der certo? — pergunto.

A banda está tocando em um nível quase explosivo, e Maggie balança meus braços para cima e para baixo, movimentando-me como uma marionete ao som da batida.

— Se não funcionar, matamos Ryan na escada da cozinha e fugimos para a Suíça. Moleza.

Ela fala a solução com um ar tão doce que é impossível não rir.

Passo o resto da noite bebendo e dançando e segurando a mão de Maggie, recusando-me a notar que Ryan não está lá — desde que saiu da recepção três horas antes com outra mulher.

* * *

Na manhã seguinte, entro no meu apartamento de chinelos e vestido de madrinha. Um vestido de festa rosa-claro em estilo grego que não é mais tão lisonjeiro com minhas olheiras e minha pele pálida.

Passo pela cozinha e encontro um saco de padaria que eu não tinha notado ontem de manhã. Sabendo exatamente o que vou encontrar, coloco a mão dentro e tiro um bolinho frio e velho. Deixo o saco de papel cair no chão e jogo o bolinho na pia atrás de mim sem olhar. Nem me assusto quando o ouço bater em um copo que está esperando para ser lavado.

Olho a sala ao redor e, embora todos os vestígios dele tenham ido embora, o espaço todo parece assombrado por Ryan. É como se ele estivesse ali ao meu lado. Volto à porta e a tranco, sentindo-me completa e assustadoramente entorpecida.

18

— Vou me casar.

As palavras de Charlotte atravessam Robert como o golpe de um machado.

— Como é?

— Com Edward Brinton, o marquês de St. Clare. É um conhecido do meu pai. O casamento acontecerá assim que possível.

Robert não conseguiu disfarçar a confusão enquanto todos os músculos do seu corpo ficavam tensos. Ele observou Charlotte, as bochechas pálidas e os olhos inchados e vermelhos.

— Não entendo — ele disse.

— É muito simples, na verdade. Nossa relação chegou ao fim. Pensei que alguém como o senhor seria bem versado nessas questões.

— Se há algo errado, me diga. Posso corrigir.

— Não há o que corrigir. É verdade, desfrutei da sua companhia nas últimas semanas, mas agora está na hora de partir.

O silêncio se estendeu pelo que pareceu uma eternidade até Robert avançar a passos duros para ficar a poucos centímetros de Charlotte.

— Não me interessa se quer me deixar! Fico fora por dois dias e volto para encontrá-la noiva de um velhote? Que diabo aconteceu?

Charlotte empurrou o peito de Robert com violência, forçando-o para trás e ganhando um pouco de distância.

— George sumiu! — exclamou. — Meu pai o mandou embora e se recusa a me contar onde ele está ou se está bem a menos que eu me case com lorde Brinton.

Robert abanou a cabeça enquanto a raiva palpitava em seu corpo.

— Isso é ridículo. Vou falar com seu pai e pôr um fim nisso imediatamente.

— Não! — A voz de Charlotte era de desespero. — Se eu interferir, meu pai vai manter George onde está e nunca o verei novamente. Se aceitar o que ele deseja, ele vai deixar que George more comigo na casa de lorde Brinton depois do casamento.

— Eu me casaria amanhã se seu pai está tão determinado a se livrar de você. Por que a está forçando a se casar com Brinton? — Charlotte não respondeu, e a paciência de Robert estava por um fio. — Responda-me! — vociferou.

— Meu pai deve uma fortuna a inúmeros credores. Ele estava à beira da ruína quando lorde Brinton se ofereceu para pagar suas dívidas em troca da minha mão. Ele já quitou metade delas. O restante será pago apenas depois que nos casarmos, assim como uma generosa pensão anual.

Robert avançou mais uma vez na direção de Charlotte, para ficar a milímetros dela.

— E nós? E a outra noite? Espera que eu saia do caminho quando pode já estar carregando um filho meu?

Charlotte virou o rosto, baixando os olhos para o piso da sala de desenho.

— As chances de isso acontecer são mínimas, e duvido que isso importe para lorde Brinton. Coisas como essa já aconteceram antes.

— Não comigo!

— Robert, por favor! Isso é culpa minha! Baixei a guarda. Estava com você quando deveria estar cuidando de George, e agora ele se foi. — Charlotte quase desmoronou nesse momento. Ela queria muito se entregar a Robert. Quase se entregou, mas o rosto de George perpassou sua mente e a fez se conter. — Devo insistir que vá embora — falou, a voz firme apesar da angústia. — Não vou colocar a segurança do meu irmão em risco. Não por mim, e definitivamente não por ti...

O que mais amo em morar em outro país é o total anonimato de tudo. Não conheço ninguém. Posso andar na rua completamente desmazelada que não vou dar de cara com nenhum conhecido. Não que eu esteja andando desleixada por Roma, mas saber que posso fazer isso é extremamente libertador.

Estou aqui há uma semana, hospedada no apartamento alugado no distrito Della Vittoria e, a essa altura, estou considerando ficar indefinidamente. Eu não seria a primeira a fazer isso. Outras pessoas já fizeram as malas e desapareceram para viver uma vida fabulosa no exterior. Trocar Nova York por uma casa de campo na Itália me parece bem misterioso e sexy.

Afinal, misteriosa e sexy é exatamente como estou me sentindo hoje em dia. Acordo, como, escrevo, como, passeio, compro comida ou outras coisas (mas sobretudo comida), como, mando e-mails, assisto a um filme, escrevo, depois durmo. É uma indecência pura por aqui.

A parte de e-mails toma um bom tempo do meu dia. Recebo atualizações diárias de Cristina, Jen e Maggie. E, claro, minha mãe exige que eu escreva para ela todos os dias.

Gostaria de dizer que meus e-mails são um refúgio agradável, mas sempre tem um fantasma pairando na sala ou, melhor dizendo, pairando na minha caixa de entrada. É óbvio que contei para Maggie o que aconteceu com Ryan assim que saímos do casamento. Ela ficou furiosa e sensibilizada e se ofereceu na mesma hora para mandar os primos quebrarem as pernas dele — é isso que chamo de melhor amiga.

Quando conversei com Cristina no dia seguinte, ela prometeu provocar lesões corporais em Jason por não nos contar que Ryan estava noivo. Ao que parece, Ryan o atualizou no dia em que saíram para buscar os ternos e sapatos, o que explicava a estranheza dele no jantar de ensaio. Jason o fez jurar que me contaria a verdade e estava convencido de que ele tinha contado. Mesmo sabendo disso, Cristina estava disposta a declarar guerra, mas implorei que não responsabilizasse o marido pelas ações de outra pessoa. Ele só estava fazendo o que tinha que fazer pelo amigo, o que sei que ela teria feito por mim, mil vezes mais.

Convenci Maggie e Cristina de que o melhor jeito de me ajudar a seguir em frente era nunca mais sequer mencionar

Ryan. Elas concordaram e, por mais que eu estivesse grata por terem respeitado meu desejo, era difícil falar com elas sobre o que estava acontecendo na minha vida quando eu mesma me recusava a admitir um dos aspectos mais significativos dela. Queria conseguir ser mais aberta em relação a tudo, mas é como se algo dentro de mim estivesse deslocado. Eu me sinto uma bicicleta com a corrente torta, emperrada e enferrujada, sem ir a lugar nenhum.

Os e-mails de Maggie são os mais profundos, mas é para ela que acabo escrevendo menos. Ela me conta do trabalho e dos problemas que a irmã está tendo para cuidar da avó. Quer meus conselhos e quer saber o que estou fazendo e como estou me sentindo, como estou me sentindo *de verdade* e, quanto mais ela quer saber de mim, mais quero me afastar. Talvez seja mais fácil escrever para Jen e Cristina porque elas se atêm a assuntos mais superficiais. Maggie passa por cima dos assuntos superficiais com um caminhão de lixo. Ela se lembra de tudo e quer conversar profundamente sobre tudo, enquanto só o que quero é esquecer.

Quanto ao meu romance, a escrita está… indo. Tenho três semanas para o prazo final e gostaria de dizer que estou avançando bem, mas seria um grande exagero. Estou avançando a passos de formiga, e não consigo encontrar um fim. Tudo me parece insípido e sem brilho, e não sei como resolver o problema.

O lado bom é que meu Instagram está bombando. Minhas sacadas servem de panos de fundo arrasadores, e compro bugigangas antigas e flores frescas em uma feira nas redondezas para montar o cenário para as fotos. Até fiz uma viagem de trinta minutos de trem de Roma a Tivoli para visitar Villa d'Este, um palácio do século XVI aberto ao público. Tem jardins espetaculares e fontes dignas de contos de fadas. Fiz bem ao levar três livros comigo naquele dia. Fotografei cada um em uma locação mais idílica do que a outra, e meus posts são um estouro.

Os passeios turísticos são uma boa distração e o ponto alto do meu dia. Com meu maravilhoso cartão do metrô italiano, escolho um destino quase toda tarde e entro no metrô depois do almoço. Até agora, já fui ao Coliseu, às Escadarias da Praça da Espanha e à Fonte de Trevi duas vezes.

Não me canso daquela bendita fonte. Poderia ficar horas olhando para ela. O melhor é vê-la à noite, toda iluminada, com o cheiro da água correndo e espirrando no ar. É apaixonante — é o único termo que a define.

Estou ponderando o que visitar hoje, sentada no meu banco favorito perto dos fundos do pátio de paralelepípedos do meu prédio. Talvez eu esteja comendo uma pizza marinara — uma pizza sem queijo — de café da manhã, mas isso não vem ao caso.

A cidade está completamente desperta, com trabalhadores em seus trajetos matinais dando espaço para turistas batendo perna, prontos para mergulhar no melhor que Roma tem a oferecer. Eu me camuflo facilmente no pano de fundo à medida que o pátio vai ficando mais povoado, e devo admitir que gosto de passar despercebida — de estar sozinha. Isto é, até descobrir que não estou mais sozinha.

O vulto que está meio metro à minha frente é alto e imponente, bloqueando o sol que estava me aquecendo. Ergo a cabeça e estreito os olhos, mas levo um momento para ver algo além de uma silhueta.

Depois que meus olhos se ajustam, descubro que meu ladrão de luz do sol é um homem. O cabelo castanho avermelhado contrasta com a pele clara, e não consigo identificar a cor dos seus olhos. Ele parece estar na casa dos trinta, mas a calça jeans escura e a camisa polo azul-marinho não revelam muito da idade. Continuo a olhar para ele enquanto ele me olha de cima.

— Com licença, desculpa dizer, mas você está comendo pizza? — Ele tem sotaque britânico, o que explica a palidez. Ele olha para o relógio, e não consigo responder porque minha boca está cheia da já mencionada pizza. — Sabe que são só nove e quinze da manhã? — Sua voz soa envelhecida. Talvez ele seja mais velho do que imaginei.

Por acaso, não estou lá muito no clima de falar, muito menos com desconhecidos que ofendem minha pizza, então olho o pátio para começar a planejar minha fuga.

— *Mi dispiace* — digo então com meu melhor sotaque italiano. — *Non parlo inglese*.

Ele me olha de cima a baixo.

— Você não fala nem uma palavra de inglês? — Continuo olhando para ele com uma cara de quem não está entendendo. — Certo. *Mi scusi* — emenda.

Vasculho a cabeça em busca de uma boa resposta e encontro:

— *Va bene*.

Meu italiano deve ser convincente porque o desconhecido se despede rapidamente com a cabeça. Com sua postura rígida e as mãos atrás das costas, mais parece uma reverência quando ele se empertiga e passa por mim, me fazendo lembrar de um romance de época. Talvez meu próximo herói romântico seja um ruivo elegante, mas esnobe. Reflito sobre a ideia enquanto dou mais uma mordida no café da manhã aparentemente inadequado.

Minha refeição é interrompida mais uma vez alguns minutos depois quando sou abordada por duas mulheres mais velhas usando chapéus de palha de aba larga e pochetes. É quase como se estivessem usando bandeiras dos Estados Unidos em volta dos ombros, de tão americanas que são. Eu as amo na mesma hora.

Uma das senhoras se aproxima de mim.

— Oi, meu bem. Você fala inglês?

— Falo sim — digo com um sorriso. — Posso ajudar em alguma coisa?

— Ah, que maravilha! Ah, pode nos dizer onde fica a estação mais próxima de metrô?

Ela enfia um mapa das ruas de Roma nas minhas mãos, e consigo encontrar nossa localização com facilidade.

— Certo, estamos aqui, então se andar alguns quarteirões nessa direção e depois virar à direita, vai encontrar a estação Cipro.

Traço o indicador ao longo da rota para dar uma ideia visual.

Ela abre um sorriso radiante de gratidão.

— Maravilha! Muito obrigada.

— De nada. Divirtam-se.

As senhoras saem andando, e não consigo evitar um sorriso enquanto as observo. Lembro a euforia que senti no primeiro dia em Roma. Mas viajar com um amigo deve ser bom. A emoção de explorar um lugar novo deve ser intensificada quando você a compartilha com alguém de quem gosta.

Achando melhor não me debruçar sobre esse assunto específico, termino de comer a pizza e me levanto, batendo as mãos para limpar os farelos, e começo a andar pelo pátio.

Então congelo. O ruivo que odeia pizza está no meu caminho, a poucos metros de distância. Suas mãos ainda estão entrelaçadas atrás das costas enquanto me observa com uma expressão irônica.

Vou me adiantar e supor que ele acabou de me ouvir falar em um inglês perfeito. Ajo sem pensar e faço uma reverência rápida.

— *Scusi* — digo, passando por ele alvoroçada e entrando no prédio.

Uma vez lá dentro, entro pelas duas portinhas no elevador obsoleto e aperto o número do meu andar. O elevador ganha vida ruidosamente, e apoio a cabeça na parede forrada de vidro e madeira.

Sim, Kara. Você acabou de fazer uma reverência.

Acordo na manhã seguinte me sentindo devagar e vou imediatamente à pizzaria da esquina para tomar café. Cumprimento a mulher de meia-idade que é dona da loja e faço o de sempre, pedindo um pedaço de pizza marinara com o misto que eu mesma criei de italiano, inglês e língua de sinais. Acho que ela está acostumada comigo a essa altura, mas já me acha maçante. Pego uma garrafa d'água da geladeira enquanto ela embala minha pizza em papel branco grosso e a entrega para mim com um sorriso falso. Pago pela comida e saio da loja.

Não dormi muito bem ontem à noite. Mal escrevi. Estou inquieta e agitada, tanto que decido me castigar pulando meu passeio turístico vespertino para fazer uma sessão extra de escrita. Se conseguir completar alguma coisa, vou me presentear com um *gelato*.

Aliás, o chocolate é melhor aqui. Simplesmente é. Consegui encontrar o *gelato* autêntico, do tipo armazenado em latas de metal com tampa e, sem brincadeira, senti que havia morrido e renascido com o único propósito de tomar mais *gelato*.

Com a promessa jubilosa de sorvete conseguindo melhorar meu mau humor, volto para o pátio com um passo um pouco mais animado. A animação desaparece, porém, quando encontro meu banquinho aconchegante ocupado. Ocupado por ninguém menos do que o ruivo de ontem, sentado em silêncio, comendo uma grande fatia de pizza.

Caminho até a frente dele, bloqueando a luz exatamente como ele fez comigo no dia anterior.

— Esta cena me parece um pouco familiar — digo.

Ele ergue os olhos para mim com o ar despreocupado.

— *Mi dispiace*, eu não falar inglês.

— Essa foi boa.

Eu me sento ao lado dele e rasgo o papel que está me separando dos carboidratos de que tanto preciso.

— Ah, desculpa — diz ele, enquanto dou minha primeira mordida. — Pensei que você não falasse inglês.

Assinto e mastigo até conseguir falar.

— Eu talvez estivesse fingindo um pouco.

— Sério? Um pouco?

— Só um tiquinho.

— Acredite ou não, mas, depois de horas de reflexão e diversos diagramas, consegui resolver esse mistério sozinho.

— Que decepção. E eu aqui pensando que tinha cometido o crime perfeito.

— Era inevitável. Assisti a uma quantidade absurda de *Inspetor Bugiganga* quando era criança, então o trabalho de detetive sempre foi um forte interesse para mim.

— Você é um nerd de *Inspetor Bugiganga*? Só espero que esteja se referindo ao desenho original, e não ao filme.

— Pareço um monstro por acaso?

Sorrimos um pouco e damos mais uma mordida cada.

— Então, o que traz você à Itália? — pergunta ele um tempo depois.

— Desculpa, por favor não me entenda mal, mas por que está falando comigo? Você não pareceu gostar tanto de mim assim ontem.

Ele não parece nem um pouco incomodado pelas minhas palavras.

— Gostaria de pedir desculpas se soei um pouco ríspido. Meu tom sempre sai mais sério do que eu gostaria. É bom para os negócios, mas é problemático quando tento fazer amigos. — Não digo nada, e ele continua: — Achei que você parecia interessante. Além disso, você parece ser tão antissocial quanto eu, o que é sempre útil.

— Você é bem tagarela para alguém antissocial. Falar com desconhecidos tira o "anti" de "antissocial", tornando você social.

— É só que prefiro não comer sozinho ao ar livre. Por mais que eu particularmente não me importe, estou começando a me cansar das pessoas olhando para mim como se eu fosse um andarilho perigoso.

Sei bem do que ele está falando. Também recebi alguns olhares desconfiados nas últimas vezes que saí para jantar sozinha.

— Então está sugerindo que tomemos café da manhã juntos para podermos continuar sendo antissociais sem parecermos antissociais?

— Exatamente.

— Está bem — me pego concordando.

Por que não? Se você não pode com os romanos, junte-se aos não romanos tão reservados quanto você.

Ele me responde com um sorriso bem discreto.

— Que bom.

Durante os minutos seguintes, continuamos a dividir o banco, comendo pizza em silêncio. É só quando terminamos e nos levantamos para sair que ele volta a falar:

— Em prol da nossa próspera amizade, seria bom dizer que meu nome é Liam.

Ele estende a mão, e não hesito em apertá-la.

— O meu é Kara.

— Kara — repete.

Ele me observa por um breve momento antes de fazer seu aceno-reverência e sair andando.

Alguns minutos depois, volto para o apartamento com um pequeno sorrisinho, refletindo que, do meu jeito estranho de eremita, acabei de fazer meu primeiro amigo na Itália.

19

Desde nossa conversa há quase três semanas, eu e Liam tomamos café da manhã juntos toda manhã, e nossas refeições evoluíram para cafés da manhã seguidos por passeios matinais. A cada dia que passa, parece que vamos ocupando um tempo cada vez maior da vida um do outro. Ontem, Liam deu uma volta de bicicleta por Roma comigo. Dois dias atrás, visitei a Galleria Borghese com ele. Foi bom estarmos acompanhados. Por mais que eu exalte minhas aventuras solitárias, é provável que eu ficasse louca se não tivesse Liam por perto para conversar.

No começo, ele era quieto, mas não para de me surpreender, fazendo perguntas ao acaso sobre minha vida ou desatando a falar de uma história da infância. Conto para ele sobre Nova York e que sou romancista. Ele sabe que estou enfrentando dificuldades com meu último livro, mas não sabe como estou começando a largar mão. Ele não me pressiona, e fico grata por isso. Nossas conversas vêm e vão, fáceis e leves com gravidade zero.

Hoje, decidimos andar pela Cidade do Vaticano. Estamos a cerca de três quarteirões quando pergunto:

— E aí, já está com saudade de casa?
— Não muito — responde.
— E seus amigos? Conversa muito com eles por mensagem e tal?
— Às vezes, mas não muito. Acho que levo meu voto de silêncio muito mais a sério do que você.
— Você? Levar alguma coisa a sério? Impossível.

Logo estamos na Praça de São Pedro. Perto do obelisco bem no centro, desviamos de turistas e grupos de excursão que seguem guias bem-vestidos empunhando bandeiras para que as pessoas não se percam. Perder-se em uma multidão é fácil aqui. Talvez seja por isso que eu goste tanto do lugar.

— Se você tivesse que escolher, qual seria seu lugar favorito para visitar em Roma? — pergunto.

Liam entrelaça as mãos atrás das costas e pensa por um momento.

— As catacumbas.
— Por quê?
— Porque é mórbido.

Abro um sorriso sarcástico enquanto ele me observa de rabo de olho.

— E qual é seu lugar favorito? — pergunta.

Nem preciso parar para pensar.

— A Fonte de Trevi. Eu a visito pelo menos uma vez por semana.

— Eu deveria ter imaginado. A Fonte de Trevi é um lugar muito romântico. A arquitetura, a água, tudo nela convida sonhadores como você.

— Como você pode ter tanta certeza de que sou sonhadora? Vai que sou uma pessoa realista, prática e objetiva como você?

Liam não contém o sorriso pela primeira vez, e o resultado me deixa um pouco zonza.

— Certo — responde —, uma autora de livros românticos realista e objetiva.

— Tá — admito. — Talvez eu seja sonhadora. Você parece desaprovar.

— Sonhar acordado? Eu não diria que desaprovo completamente. Eu só acho que o tempo poderia ser gasto de maneira mais construtiva.

— Você acha? Então me diga, já foi ver a Fonte de Trevi?
— Fui — responde.
— E o que achou?
— Estava dentro do que eu esperava.
— Você jogou uma moeda?
— É importante?
— Estou curiosa. Como alguém que despreza os sonhadores, imagino que sua resposta diga muito. E aí, jogou uma moeda, sim ou não?

Liam pausa.

— Por acaso, eu estava carregando muitos trocados.
— Sabia — digo, satisfeita. — O senhor todo cético jogou uma moeda na Fonte de Trevi e fez um desejo todo sonhador. Não precisa ter vergonha, é perfeitamente natural.

— Certo. Talvez eu tenha jogado uma moeda, mas não fiquei feliz por isso, e com certeza não achei que aquilo mudaria o rumo da minha vida.

— Você tem um ponto de vista bem pessimista.
— É o que me disseram. Quando eu era jovem, minha babá chegou a se demitir porque disse que era muito deprimente trabalhar comigo.

— Sério? — pergunto, incrédula.

— Não, na verdade, minha babá Louisa tinha problemas no quadril, mas falou, sim, que eu era um menino de 8 anos muito sério.

Abano a cabeça com uma risadinha enquanto continuamos a caminhar. Liam é muito mais estranho do que revelava a princípio. Eu gosto.

Vinte minutos depois, saímos da Cidade do Vaticano e estamos tomando um *gelato* na volta rumo aos nossos apartamentos. Pedi um copinho sabor chocolate, e ele escolheu baunilha. Um par mais previsível não dá para encontrar.

— Acho que deveríamos conversar mais sobre nossas vidas amorosas — diz Liam de repente.

Paro de enfiar o *gelato* na boca por tempo suficiente para olhar para ele.

— O que faz você pensar nisso?

— Nada em particular. É só que já faz algumas semanas que somos amigos e percebi que nunca conversamos sobre essa parte de nossas vidas antes. Pareceu um pouco estranho.

— Acho que é um pouco estranho mesmo — digo, já receando aonde isso vai chegar. — Que tal começarmos com algumas perguntas de aquecimento antes?

— Faz sentido.

Tenho um trilhão de perguntas, mas não quero parecer afoita demais.

— Certo, qual é seu trabalho?

— Abri uma empresa de desenvolvimento web que foi adquirida faz pouco tempo por uma corporação maior. Estou tirando uma licença antes de voltar a trabalhar sob a nova gestão. Mas, pensando bem, não tenho certeza se vou mesmo voltar ao cargo.

— O que faz você hesitar?

— Gosto de ser meu próprio chefe. Não sei se consigo voltar a ser funcionário de outra pessoa.

— Faz sentido — digo. — Você não é um pouco jovem demais para ter aberto a própria empresa?

— Falou a mulher de 30 anos com sete romances nas costas.

— Confie em mim, se soubesse minha situação atual, você ficaria bem menos impressionado.

— Como assim? — pergunta Liam. Ele parece sinceramente preocupado.

Dou uma colherada generosa de *gelato* e me arrependo de ter entrado nesse assunto.

— Nada, é só que estou com dificuldade para terminar o livro em que estou trabalhando.

— Você tem um prazo?

— Ô se tenho — respondo, desolada.

— Para quando é?

Amanhã. Uma onda de arrepios me perpassa, mas não sinto o que deveria sentir. Eu deveria estar horrorizada. Desesperada. Mas não. Estou resignada. Desconectada.

— Logo mais — digo.

Liam me observa com uma confiança calma. Ele tem um ar de soluções — uma autoridade silenciosa. Aposto que se daria bem em um ambiente de trabalho hostil.

— O que tem de diferente nesse romance? — pergunta. — Você está sem ideias ou é alguma outra coisa?

— Acho que é uma mistura das duas coisas.

— Não sei se isto faz sentido com a escrita, mas uma coisa que sempre me ajuda quando estou me sentindo estagnado ou desconcentrado é me colocar na mesma situação em que eu estava na última vez que tive sucesso.

— Como assim?

— Bom, isso obviamente se aplica mais a quando estou programando do que quando estou em situações corporativas, mas alguns dos meus melhores trabalhos foram quando eu estava na universidade. Eu ficava no quarto, ouvindo música alta nos fones, isolado de tudo. Então agora, se preciso muito fazer alguma coisa, me tranco no escritório, coloco os fones e toco as mesmas músicas raivosas que ouvia quando estava na faculdade. Quase sempre consigo terminar o que preciso, e a qualidade do trabalho acaba melhorando.

Dou mais uma colherada e considero o conselho de Liam.

— Diz aí uma música raivosa que você adorava.

Ele sorri e responde:

— "Disarm."

— Smashing Pumpkins? — pergunto, incrédula. Ele faz que sim, e balanço a cabeça. — E eu aqui pensando que conhecia você.

— E você, em que situação está quando consegue escrever melhor?

Meu coração aperta quando Ryan surge na minha cabeça, avançando como uma névoa. Ele passa por baixo de portas e por sobre muros e, se eu deixar que ele entre, não haverá como fugir. Eu me concentro nos olhos de Liam para me distrair. São azuis como o gelo, mas ainda assim calorosos, como a água de uma praia tropical que só se vê em fotos.

— Meu processo é parecido com o seu — respondo depois de um tempo. — Fico sozinha e escuto música, só que coisas mais leves. Tenho uma playlist com as trilhas de filmes românticos.

— Parece animado.

— Bem animado. Certo, próxima pergunta. O que fez você vir à Itália?

— Estou de férias aqui.

— Sim, mas você poderia estar de férias em qualquer lugar do mundo. Por que a Itália?

Vejo que Liam está sem graça, mas não retiro a pergunta. Ele cutuca o *gelato* de baunilha, fitando um grupo que passa antes de responder.

— Razões sentimentais. — Estou prestes a mandar uma pergunta complementar, mas ele é mais rápido do que eu. — Minha vez. Por que está aqui sozinha?

Porque o homem por quem eu estava apaixonada está noivo. Porque eu era tão seletiva com 20 e poucos anos que desprezei bons partidos que mereciam uma chance. Porque preferia ficar em casa com meus livros a ver o mundo lá fora e sentir que eu não estava à altura.

— Só estou. Não parei de trabalhar desde que me formei na faculdade, e é difícil encontrar o príncipe encantado quando se passa quase o tempo todo acampada no apartamento, tentando cumprir um prazo.

Liam parece aceitar minha resposta, embora eu tenha certeza de que ele sabe que a história não acaba aí.

— E você? — pergunto. — Por que está sozinho aqui?

Liam para, baixando os olhos para o *gelato* antes de voltar a olhar para mim.

— Estou aqui sozinho porque acho que minha esposa não gostaria de me fazer companhia depois do divórcio.

Ergo as sobrancelhas.

— Você era casado?

— Por dois anos. Ridículo, na verdade.

Ele tenta rir, mas vejo como está abalado.

— Não é ridículo.

Não consigo deixar de ver Liam com outros olhos, mais suaves. Por mais fechado que ele seja, houve um tempo em que ele confiou em uma mulher o suficiente para se apaixonar, para pedi-la em noivado, para se casar com ela.

— Não precisamos conversar sobre isso se não quiser — digo depois de um tempo. — É tudo muito particular.

— Não, por estranho que pareça, não vejo mal. Essa é uma das primeiras vezes que falo sobre o divórcio por livre e espontânea vontade e está sendo… interessante.

— Interessante?

— Parece que verbalizar os sentimentos faz bem. Acho que devo um pedido de desculpas para minha mãe. — Rio baixo, contente pelo clima ter ficado um pouco mais leve.

— E, antes de terminarmos a conversa de hoje, tenho uma última coisa para perguntar.

— Manda ver — digo.

Paramos à beira do nosso pátio.

— Quer jantar comigo hoje? — pergunta.

Sou pega de surpresa pela pergunta e acabo apertando o copo de isopor um pouco mais forte. Embora eu tenha passado quase todas as manhãs com Liam nas últimas semanas, nunca nos aventuramos no território dos jantares, e fico surpreendentemente receosa em mudar a rotina normal. Mesmo assim, não vejo por que dizer não.

— Claro — respondo. — A que horas?

Seu rosto continua indecifrável, mas relaxado.

— Que tal umas oito?

— Combinado.

Feitos os planos, entramos no pátio com sorrisos sinceros, mas o ar entre nós parece diferente. Há algo menos descontraído e uma leve tensão, e não sei se gosto dela. Tento ao máximo ignorar a sensação enquanto entro no prédio e Liam atravessa o pátio para entrar no dele.

Tomo um banho demorado e leio os e-mails à mesa da sala de jantar. Estou confortável, com uma camiseta enorme e uma toalha enrolada no cabelo molhado. Chego ao e-mail de Maggie por último e o acho estranhamente curto, apenas uma linha me pedindo para ligar para ela. Olho o celular, mas não o pego. Não estou pronta para voltar à realidade. Ainda não.

Achando melhor mandar um e-mail para ela amanhã, decido que vou terminar meu romance agora — ou pelo menos escrever alguma coisa. Qualquer coisa. Acabo ficando sentada à mesa por uma hora e, de cinco em cinco minutos, me imagino jogando o notebook no chão. Falta um dia para o fim do prazo. Um dia para pôr em risco boa parte do que me define. Minha carreira. Minha reputação. Tenho que provar para a editora e para mim mesma que meu melhor trabalho não está no passado, porém, a cada segundo que passa, isso parece menos e menos provável.

Preciso escrever. Preciso terminar. Digito uma frase e a deleto. Boto um parágrafo para fora e o deleto. Esfrego as mãos no rosto e fico assim, apoiando os cotovelos na mesa. Minha cabeça está nublada, cheia de pensamentos sobre lutar para alcançar a segurança, mas tudo que faço é cavar minha própria cova. Em breve terei cavado tanto que o sol vai desaparecer, substituído por camadas de terra e ar frio e úmido.

Balanço a cabeça e tento de novo, digitando e digitando até ter enchido uma página. Tiro os dedos do teclado e os levo para o mouse alguns segundos depois para selecionar tudo que acabei de escrever.

Apago tudo.

20

Um pouco depois das oito, eu e Liam estamos sentados em um restaurante aconchegante que fica a uma distância curta da Fonte de Trevi, mas não perto o suficiente para ser uma armadilha para turistas. Estando tão perto do meu lugar favorito no mundo, estou me coçando para não percorrer o caminho e ficar olhando para ela por umas três horas pelo menos.

— Talvez depois do jantar possamos ver sua fonte — sugere Liam por sobre o cardápio.

Sorrio e faço que sim com a cabeça, sabendo que ele deve ter escolhido o restaurante por causa da localização.

Um garçom italiano bonito de cabelo penteado para trás vem nos cumprimentar e nos encontra prontos para pedir. Somos fregueses simples e frescos, e nós dois pedimos rigatone à bolonhesa. O garçom nos odeia. No entanto, ele logo se anima quando Liam pede uma garrafa de vinho branco cara. Depois que o vinho é servido, Liam manda o garçom embora com um aceno elegante e ergue a taça, fazendo sinal para eu também erguer a minha.

— A que devemos brindar? — pergunta com um leve sorriso.

Ele parece dez anos mais jovem, mais próximo dos seus 34 anos, quando sorri dessa forma, e fico um pouco zonza. Sem perceber, vou me aproximando da mesa enquanto considero se poderia vê-lo como algo mais do que um amigo, apesar da insegurança inicial.

— A nós — digo — e a nossos camaradas antissociais ao redor do mundo.

— Poesia para meus ouvidos.

Tocamos as taças e saboreamos o primeiro gole. Por mais que eu venha tentando gostar de vinho tinto desde que cheguei, vou sempre preferir o branco. Estou contente por Liam concordar.

Pousando a taça na minha frente, espero uns dez segundos razoáveis antes de atacar a cesta de pães no meio da mesa. O pão está torrado à perfeição e com um toque de azeite, e Liam logo pega um pedaço para si. Ele entende a situação. Nossas melhores conversas sempre acontecem devorando carboidratos.

— Você nos considera bons amigos? — logo me escuto perguntar.

Liam gosta de perguntas diretas e ri de boca cheia.

— Considero. Não são muitas as pessoas que conseguem me aguentar regularmente. Nosso companheirismo é um fenômeno raro. — Ele dá um gole no vinho e se recosta na cadeira. — Por quê? Você me considera um bom amigo?

Também dou um gole no vinho, respondendo à pergunta dele com a taça ainda na mão:

— Considero. Gosto que nada seja forçado entre nós. Não conversamos se não quisermos, e só nos encontramos todos os dias porque temos vontade. Seria fácil darmos um bolo um no outro. Acho que é bom que nenhum de nós quis fazer isso ainda.

— Nenhum de nós quis fazer isso *ainda*? Quer dizer que você pode me dar um bolo em breve?

Sorrio e dou de ombros enquanto dou mais um gole.

— Vai saber? Você vai ter que dar seu máximo para me manter entretida.

— Vou me empenhar — diz ele, tomando mais vinho também.

Depois de duas taças cada, a comida chega bem na hora certa. Estou começando a me sentir zonza e preciso de algum sustento. Partimos para cima dos pratos e só depois de mais ou menos um minuto paramos para tomar ar.

— Você está aqui há quase um mês, não? — pergunta Liam. Faço que sim e dou mais uma garfada. — Está com saudade de casa?

— Às vezes, mas tento não pensar nisso.

— Como você não pensa nisso?

Pouso o garfo na tigela e me ajeito um pouco na cadeira.

— Tento me manter ocupada. Cozinho ou assisto a um filme ou escrevo.

Ele parece pensar na minha resposta enquanto ergue a taça para dar um grande gole. Ergo as sobrancelhas diante da estranha falta de moderação.

— *Você* sente saudade de casa? — pergunto, tentando parecer menos curiosa do que estou.

Liam baixa os olhos para a taça de vinho que está rodando nos dedos.

— Se sinto saudade de casa? — repete. — Não, não sinto saudade de casa. Por que deveria sentir saudade de casa ou de qualquer pessoa lá quando duvido que qualquer um deles sinta saudade de mim?

Quando nossos olhares se encontram, vejo sua tristeza. Ele desvia os olhos e pega a garrafa de vinho quase vazia, servindo as últimas gotas nas taças.

— Chega de perguntas melancólicas. Agora, o que acha de ficarmos bêbados? — Ele ergue a taça para um brinde e ergo a minha para tocar na dele.

Se Liam está disposto a exagerar, eu também estou. Viro a taça em um gole nem um pouco elegante. Ele sorri e acena para o garçom trazer mais uma garrafa.

Duas horas depois, finalmente nos dirigimos à Fonte de Trevi e, nesse meio-tempo, cheguei à conclusão de que deveríamos passar o tempo todo bêbados. Liam insistiu em comprar todos os cartões-postais do Panteão que conseguiu encontrar em diversas lojas de suvenires no caminho, jurando que criaria uma réplica mural em tamanho real. Dei tanta risada que quase senti cãibras. Se eu tivesse alguma ideia de que ele ficava tão divertido depois de beber um pouco, eu teria insistido em cafés da manhã alcoólicos desde o começo.

Embriagados, chegamos bem na frente da fonte, e só sigo uma regra ao parar diante de centenas de anos de história.

Não caia.

Felizmente, há bancos de pedra para visitantes se sentarem de frente para a fonte, e nos jogamos rapidamente no banco mais próximo, ficando à vontade e nos recostando. É raro, mas a área está relativamente deserta, só uma meia dúzia de grupos aqui e ali, e acabo curtindo o silêncio tranquilo. Fico olhando para a frente, permitindo-me relaxar enquanto me perco na magia absoluta que é a Fonte de Trevi.

— Acha que existe alguma coisa no mundo mais bonita do que isso? — pergunto com a voz preguiçosa.

Liam também olha para a frente com um sorriso lânguido.

— Não. Acho que não.

Não sei o que me leva a perguntar, mas pergunto:

— Você já achou que havia?

Depois de um longo suspiro, Liam coloca o braço em volta do meu ombro e me puxa para perto.

— Em algum momento, sim.

Sinto um velho frio na barriga com suas palavras. A saudade de algo encantado que não está mais lá. Minha cabeça parece pesada, e a curva do seu braço é tão convidativa e quentinha quanto um travesseiro.

— Gostaria de voltar para aquela época?

— Não sei — diz ele depois de um tempo. — Estou bem feliz onde estou agora.

— Você vai me falar dela algum dia?

Liam sorri para mim.

— Você é muito perceptiva quando bebe.

Eu me aninho mais ao seu lado, envolvendo os braços na cintura dele.

— Sou sempre perceptiva. A diferença é que só deixo as pessoas saberem quando estou bêbada.

Nenhum de nós diz nada depois disso, apenas desfrutamos do silêncio e da vista. Ficamos assim por uns bons trinta minutos antes de voltar para casa.

Quando eu e Liam voltamos ao meu apartamento, não paro para pensar no fato de que estamos de mãos dadas. Estamos assim desde que saímos do momento relaxante na fonte e agora estamos no meio turbulento de nosso segundo fôlego. Mostro a casa para ele, dando um tour pela sala de jantar, pela cozinha e pela sala.

— Você não disse que tinha duas sacadas? — pergunta Liam.

— Disse, sim — respondo com orgulho.

— Bom, até agora só vi uma.

Tenho que parar para pensar até me dar conta de que esqueci de mostrar o quarto para Liam.

— Ah, claro. Por aqui. — Desço o corredor até chegar à ponta e abro a porta do quarto. Entro, enquanto Liam hesita no batente. — Entra — digo, sentando-me na cama.

Tiro os sapatos e suspiro com o conforto da doce libertação dos meus pés. Liam dá a volta por mim e sai para a sacada com as mãos nos bolsos.

Feliz em estar descalça, saio da cama e o sigo para fora. Ele está debruçado, os antebraços apoiados na grade de ferro fundido enquanto olha para a rua.

— Duas sacadas, mesmo. Estou muito impressionado.

Sorrio e me apoio no parapeito também.

— Se um dia se sentir carente de sacadas, pode vir aqui que eu divido com você.

O riso de Liam é tão suave que parece sair flutuando ao ar livre.

— Você é muito especial, Kara. Nunca conheci ninguém como você antes.

— Obrigada, eu acho.

Ele vira a cabeça e olha para mim, ainda inclinado para a frente.

— É uma coisa boa.

— Ah, que bom, então.

Ele vira o corpo para ficar de frente para mim e coloca uma mecha solta do meu cabelo atrás da orelha.

— Você sente saudade dela? — pergunto.

Por algum motivo, não consigo parar de pensar nela, a mulher que, para Liam, era mais bonita do que a Fonte de Trevi.

— Sinto — responde, dando um passo à frente até nossos corpos estarem se tocando. — Você sente falta dele?

Paro para respirar com a sua pergunta.

— Não.

— Deve ser mais solitário assim — diz ele baixinho.

Não consigo responder. Apenas continuo a olhar para ele, torcendo para que, se eu ficar imóvel, talvez consiga me controlar. Estou vasculhando seus olhos quando sua mão se ergue para aninhar minha nuca. Não me mexo enquanto ele abaixa a cabeça devagar, suavemente, e encosta os lábios nos meus.

Fecho os olhos e deixo que ele me beije, pensando que talvez tudo isso tenha acontecido por um motivo. Talvez eu devesse vir aqui e encontrar Liam. Talvez eu e ele possamos resolver os problemas um do outro.

Volto o rosto para trás, tentando tomar fôlego enquanto tento desesperadamente imaginar o futuro que eu poderia ter com ele. Não precisaríamos mais estar sozinhos. Poderíamos ser felizes. Procuro e procuro, mas não encontro.

Por mais que eu tente afastá-los, sentimentos reprimidos começam a se acender e se agitar dentro de mim em uma velocidade debilitante. Não paro Liam quando ele baixa a cabeça e me beija outra vez. Eu me inclino para a frente. Ergo a cabeça. Faço todo o possível para me entregar ao momento, mas simplesmente não dá. Tudo em que penso é se Liam está vendo outra pessoa quando fecha os olhos e me beija. Eu me pergunto se é *ela* que vem em sua mente agora, assim como mantenho os olhos fechados e não vejo nada além do rosto sorridente de Ryan.

Liam desce a mão para minha lombar e me puxa junto ao peito. Por algum motivo, o movimento desperta todas as partes de mim que estão feridas e sedentas pelo seu toque, fazendo-me explodir e me expondo de uma forma que estou lutando para evitar. Recuo na mesma hora e afundo o rosto na frente da sua camisa, sentindo-me um verdadeiro fracasso enquanto começo a chorar.

Desde o dia em que Ryan saiu da suíte nupcial, fiz de tudo para tirá-lo da minha cabeça — levando minhas habilidades de distanciamento emocional aos limites e além. E, agora, depois de ter um dos melhores encontros com um verdadeiro sr. Darcy moderno, estou me segurando nesse pobre homem como o desastre emocional que sou.

Liam parece não saber o que fazer, mas logo começa a afagar meu cabelo. As lágrimas não param. Talvez nunca parem. Não sei bem quanto tempo se passa quando o sinto chegar perto do meu ouvido.

— Sei que sou péssimo nessa história de romance, mas também não vale a pena chorar por mim.

— Não, Liam, você é maravilhoso. O problema sou eu. — Fungo, o nariz escorrendo, e sinceramente torço para que a camisa que ele está usando não seja cara. — Sinto que estou presa, e não consigo seguir em frente. Quer dizer, aqui estou com você, e estou pensando em outro. Quem faz isso? Quem não cai de amores pelo britânico gato?

— Se fizer você se sentir melhor, saiba que eu normalmente não caio.

Sorrio, apesar de tudo, e saio dos braços de Liam.

— Antes de vir para a Itália, eu estava com alguém. Eu o conheci na faculdade, mas fiquei anos sem vê-lo. E então, no mês passado, eu o vi de novo, e foi tudo diferente, mas também foi a mesma coisa. Eu ainda gostava muito dele. — Paro para secar o nariz com o dorso da mão como uma criança de 4 anos depois de um acesso de choro. — Mas ele estragou tudo. Ele estava noivo de outra durante todo o tempo em que estávamos juntos. O amor não é para ser assim, é o que meu pai diria se estivesse aqui. — Uma nova onda de lágrimas me toma, e Liam me abraça, esperando. — E, mesmo depois de tudo, ainda sinto *tanta* saudade dele. Tudo que quero fazer é o ver e falar com ele. — Balanço a cabeça, obrigando-me a me acalmar. — Tem alguma coisa errada comigo. Você deveria fugir antes que passe para você e eu o torne ainda mais complicado do que já é.

— Acho que essa seria uma façanha quase impossível. — Ergo os olhos e, com o polegar, ele seca uma corrente de lágrimas da minha bochecha. — Que bela dupla nós formamos — diz, apontando o queixo para a rua lá embaixo. — O que acha? Devemos jogar nossos passaportes ao vento e chafurdar aqui na tristeza para sempre? Não sou muito de chorar, mas tenho certeza de que consigo imitar bem os sons.

Dou risada e me encosto ao lado dele. O sorriso de Liam é um tanto vago quando ele volta a olhar para a frente. O que quer que esteja vendo, a rua ou uma memória, o faz suspirar antes de pegar minha mão e me levar de volta para o quarto. Caímos na cama, ambos exaustos depois da noite tumultuosa de bebedeira, reviravoltas e do meu colapso emocional.

Alguns minutos depois, me viro de lado e vejo Liam deitado com um braço atrás da cabeça enquanto olha para o teto. O luar entra pelas frestas da janela aberta e atravessa seu rosto, deixando seus olhos azuis ainda mais impressionantes na pele clara. Ele é atraente e forte, mas também é muito mais do que isso.

Suspiro de tristeza e alívio ao admitir que Liam é, em todos os aspectos, o clássico herói de livros românticos. Mas, por algum motivo estúpido, ilógico e inexplicável, simplesmente não consigo escrevê-lo como meu.

Ele cai no sono pouco depois, ao passo que eu continuo inquieta e desperta. Com cuidado para não o acordar, saio da cama de mansinho e passo pelo corredor escuro até chegar à sala de jantar. Eu me sento à mesa e abro o notebook, fazendo a única coisa que me faz me sentir em casa onde quer que eu esteja.

— *Bom dia, lady Destonbury. Senhor Thomas Flincher, ao seu dispor.*

Mal tendo dormido em mais de uma semana, Charlotte sorriu da melhor maneira possível para o homem desajeitado mas bem-vestido à sua frente na sala de estar de Greenspeak.

— É um prazer conhecê-lo, sr. Flincher. Se estiver à procura de meu pai, sinto muito, mas ele está em Londres, preparando-se para meu casamento, que acontecerá em breve.

— Ah, não, milady, estou aqui especificamente à sua procura.

— É mesmo?

Charlotte não fazia ideia do que um advogado iria querer com ela, mas pediu ao cavalheiro que se sentasse mesmo assim. O sr. Flincher tirou vários documentos da mala e os ajeitou no colo.

— Tenho aqui uma documentação legal muito específica que fui encarregado de explicar à senhorita em nome do meu empregador. A primeira questão que devemos discutir é o pedido que lhe concede a tutela total de seu irmão mais novo, o sr. George Destonbury.

Charlotte arregalou os olhos do tamanho de pires.

— Perdão?

— Pelo que sei, seu irmão estava visitando recentemente uma escola perto da fronteira escocesa, mas agora está a caminho de Greenspeak.

Charlotte levou a mão à boca enquanto lágrimas de alívio enchiam seus olhos.

— Peço desculpas — disse o sr. Flincher rapidamente. — Não tinha a intenção de chateá-la.

— Não. — Charlotte quase riu de felicidade ofuscante. Ela sabia onde George estava. Ele estava seguro, bem e voltando para casa. — Perdão, só estou... Continue.

O sr. Flincher entregou um lenço para Charlotte antes de voltar a olhar para a pilha de documentos.

— Quanto à próxima questão, tenho outros documentos que deixam o controle total desta propriedade, Greenspeak Park, para a senhorita até seu irmão atingir a maioridade, quando a casa passará diretamente para ele. Um novo capataz foi selecionado para auxiliá-la e está preparado para começar os trabalhos dependendo da sua aprovação.

— Não entendo — disse Charlotte, tentando freneticamente ouvir, apesar do choque. — Esses documentos foram redigidos pelo meu pai? O senhor o viu?

— Eu o vi, milady, e garanto que é tudo perfeitamente legal. É do meu conhecimento que seu pai está fixando residência em uma propriedade menor na Irlanda.

— Irlanda? — repetiu Charlotte, espantada.

— Lorde Destonbury gostaria que eu mandasse os cumprimentos dele à senhorita e a seu irmão. Diz também que sente muito pelo cancelamento de seu noivado e garante que o tempo sem dúvida há de curar essa triste decepção.

Charlotte não conseguia respirar. George era dela. Ela não se casaria com lorde Brinton. Seu pai havia partido. Era tudo quase demais de suportar.

— Sr. Flincher, o senhor está autorizado a me dizer como tudo isso veio a acontecer? O senhor é advogado de meu pai há muito tempo?

— Como? Ah, não, conheci seu pai no dia em que finalizei estes documentos e testemunhei sua assinatura. Passei toda a minha carreira empregado unicamente pela família Westmond.

Então tudo fez sentido de repente.
Esse homem trabalhava para Robert. Charlotte sentiu como se o mundo tivesse se aberto sob seus pés enquanto tentava recuperar a compostura.
— Entendi. E o lorde Westmond incluiu uma carta endereçada a mim? Havia alguma mensagem que gostaria que o senhor me repassasse?
— Não, milady. Ele disse que tudo ficou resolvido na última vez que ele e a senhorita se falaram.
O coração de Charlotte se apertou enquanto ela forçava um sorriso.
— Sim, obrigada, sr. Flincher.

Escrevo até as quatro da manhã. Meus olhos estão ardendo, minhas costas, curvadas, e eu, um tanto delirante, mas continuo escrevendo. Perco a energia pouco antes de chegar à linha de chegada. O último capítulo. O final feliz. Está bem ali, mas não consigo alcançar. Olho minha caixa de entrada, e Sam me enviou cinco e-mails URGENTE, S.O.S.

O tempo está se esgotando.

Escrever sem Ryan não tem sido fácil. Se ele estivesse aqui, eu poderia já ter terminado. Meu manuscrito poderia já ter sido enviado semanas atrás e, nos próximos anos, eu e ele nos lembraríamos de como ele me ajudou durante meu projeto mais espinhoso. Como nosso time venceu. Quando ele está comigo, minha escrita corre solta. Quando não está, fica tudo parado.

Sentada na escuridão da madrugada na sala de jantar, me lembro da sugestão de Liam de me preparar para o sucesso. Para fazer isso, Ryan teria que estar aqui. É impossível, claro, mas poderia haver outro jeito.

Talvez ele possa, *sim*, me ajudar mais uma vez, e consigamos terminar esse livro juntos. Sei que o que estou prestes a fazer é loucura, mas a normalidade não tem me ajudado muito nos últimos tempos.

Dane-se.

Eu me levanto da cadeira e desço para o corredor na ponta dos pés. Liam está desmaiado em um sono profundo de bêbado, esparramado na cama como uma estrela do mar, e fecho a porta em silêncio.

Voltando a atravessar o corredor na ponta dos pés, paro no meio do caminho e entro no banheiro, olhando no espelho do armário. Estou com a cara cansada e solene e totalmente comprometida com o plano de ação que decidi. Dou um passo e estendo o braço dentro do chuveiro, abrindo-o no máximo. Fecho a cortina, mas deixo a porta aberta. Voltando para a sala de jantar, paro na frente do ar-condicionado da janela. Olho para ele por um tempo antes de estender a mão e ligá-lo na configuração mais fria, em potência máxima. O ar gelado sai e arde na pele de meus braços. Deixo o frio me banhar até impregnar os ossos, e volto a me recostar na cadeira com o notebook na mesa.

A imaginação de um escritor é poderosa. Sentimos o que nossos personagens sentem. Ouvimos pessoas falando em nossas cabeças. Nós nos deixamos levar e ser transportados por lugares belos e estranhos. É entrega, e não é algo muito são, mas preciso deixar que aconteça comigo agora.

Preciso imaginar uma nova realidade — uma realidade em que Ryan está aqui. Respiro fundo e esvazio a mente.

A água do chuveiro ainda está correndo. Espirrando e formando uma névoa, quase sinto o vapor. Ryan tinha planejado tomar banho amanhã de manhã, mas, depois de termos saído para passear, bebido demais no jantar e andado mais do que imaginávamos, ele achou melhor não esperar.

Ele adora a Itália tanto quanto eu. A viagem de avião foi... difícil, mas suportável. Ele tomou alguma coisa para o enjoo, assistimos a *Rudy* duas vezes no meu iPad, e ele esmagou a minha mão por nove horas. Mesmo assim, chegamos.

Não acredito que ele conseguiu tirar uma licença de mais de um mês do trabalho. Ele não estava brincando quando disse que nunca tirava dias de folga, e fico grata por isso. Ele ainda tem uma semana antes do voo de volta, e amanhã partimos para Sorrento, uma linda cidadezinha na costa do Mediterrâneo.

Dou uma olhada no e-mail de confirmação do hotel em que vamos nos hospedar, e o check-in é à uma da tarde. Mais um e-mail de S.O.S de Sam chama minha atenção e me crispo um pouco. Ela vai me matar. Andei tão ocupada vagando por Roma com Ryan que ainda não escrevi o último capítulo do romance. Preciso terminar isso agora antes que me torne sua pior cliente e ela me odeie para sempre.

Último capítulo. Hora de dar a Charlotte e Robert o fim que eles merecem. Respiro fundo, confiante, e tento olhar para dentro, valendo-me de todos os sentimentos desse último mês incrível enquanto movo as mãos pelo teclado.

Eu me lembro de Ryan me acordando de manhã — sua mão na minha, a boca deixando beijos delicados no meu pescoço. Do curso de culinária que fizemos ontem — metade da turma estava de olho nele, mas ele só tinha olhos para mim. Dele atrás de mim na primeira vez que vimos a Fonte de Trevi — minhas costas grudadas ao seu peito quente enquanto ele me abraçava, sussurrando no meu ouvido que a vida não tinha como ser melhor.

    Pego todo o amor que sinto por ele e o espalho do coração para os braços até a ponta dos meus dedos. Começo a digitar, sabendo que o que Ryan disse era verdade. A vida não tinha como ser melhor.

21

No mês passado, terminei meu romance por um triz. Meu pequeno surto psicótico/exercício sério de imaginação em que fingi que Ryan vinha à Itália se revelou bem-sucedido e, embora eu tenha chorado por uma hora depois de terminar, meu último capítulo saiu exatamente como eu precisava.

Definitivamente virei uma página, por assim dizer. Depois de um ano de nervosismo e culpa, esqueci como era não ter um prazo me seguindo para todo lado como uma sombra ameaçadora. Basta dizer que estou mais feliz agora, mas ainda não me sinto como antes. Estou começando a questionar se um dia vou voltar a me sentir como antes.

Eu e Liam passamos ainda mais tempo juntos depois de nosso primeiro e último encontro. Estamos mantendo as coisas estritamente platônicas, concordando que, por mais conveniente que teria sido que nossa química de amizade se transformasse em uma química romântica, não foi o que aconteceu. Acredito que meu surto de choro no meio da pegação deixou isso claro para Liam e, para mim, nosso beijo dos sonhos na sacada pareceu mais um aperto de mão prolongado feito com o rosto. Triste, mas é verdade.

Pelo menos fizemos avanços pessoais. Liam não fica mais tão tenso quanto antes, e estou tentando desafogar parte dos meus sentimentos reprimidos. Ele fala mais do futuro, e revelo mais do passado. Nós dois estamos mais relaxados de modo geral.

Está chegando o fim do segundo mês da viagem, e finalmente começo a telefonar para todos em Nova York em vez de apenas mandar e-mails. Minha mãe é a primeira pessoa para quem ligo, e ela fica feliz em ouvir minha voz. As coisas estão claramente diferentes entre nós depois de nossa conversa franca no meu apartamento. Ela não entra mais na ofensiva. E não fico mais na defensiva. Estamos conversando e nos curtindo de uma forma que parece completamente nova e ao mesmo tempo familiar, e espero que continue assim para sempre.

Cristina é a segunda, e ela mal consegue conter o entusiasmo quando ligo. Ela me dá ainda mais detalhes da lua de mel nas Ilhas Turcas e Caicos e explica que está fazendo exames caseiros de ovulação já que está tentando engravidar, tipo, para ontem. Não sabia que tantos elementos entram em jogo na hora de fazer um bebê, mas, aparentemente, só há uma janela de doze a quarenta e oito horas para fazer isso acontecer, e erguer os quadris que nem uma acrobata da fertilidade depois do ato aumenta muito as chances. Vou ter que perguntar para Jen se ela praticou as mesmas técnicas de concepção do Cirque Du Soleil.

Agora é hora de Maggie. Mal posso esperar para ouvir sua voz e contar tudo que tem acontecido. Uma energia eufórica percorre meu corpo quando aperto o botão de ligar e espero até ela atender.

— Alô?

— Oi, Maggie. Sou eu! — Há um silêncio, e me pergunto se a linha caiu. — Maggie?

— Ah, oi — diz ela. — Tudo bem?

Suas palavras seriam completamente normais em outras circunstâncias, mas, agora, soam desconfortáveis. Ela não parece nada feliz em falar comigo.

— Está tudo bem? — pergunto.

— Tudo ótimo.

— Você não parece... normal.

— Sério? Como pareço?

Meu coração começa a bater mais forte, e tenho o impulso súbito de recuar para dentro do abrigo emocional antibombas.

— Você parece diferente... Está brava comigo?

— Por que eu estaria brava com você? — pergunta ela com um tom cortante.

Minhas mãos ficam suadas, e as seco na calça.

— Não sei. Não quer me contar?

— Claro. Na verdade, teria adorado contar há um tempo, mas esta é a primeira vez que você me liga em dois meses.

— Não liguei para ninguém — argumento, com a voz fraca. — E a gente se falou por e-mail.

— Eu sei, mas passamos de nos falar quase todos os dias durante anos para você não me ligar por meses. E, sim, você mandou e-mails, mas pareciam respostas automáticas. Você parecia um robô em todos eles.

— Não sei o que quer que eu diga, Maggie. Desculpa, não sabia que você estava sentindo isso.

— Você não sabe o que eu estava sentindo porque não fala comigo! Também tenho uma vida, Kara. Não é só você. Tenho coisas rolando, tenho problemas e, às vezes, preciso muito conversar com minha melhor amiga. Teria sido ótimo se você não tivesse sumido por meses.

— Desculpa — digo de novo, já sabendo que não é o bastante.

— Minha avó caiu da escada no mês passado. Ela quebrou o quadril e o punho, e está internada no hospital até segunda ordem. Dizem que o tempo de recuperação vai ser longo, isso se ela se recuperar.

O e-mail de Maggie — aquele em que ela me pedia para ligar e não liguei. Meu estômago se revira, e minha nuca está ardendo. Permito que a culpa sempre presente cave um buraco ainda mais fundo em meu peito.

— Sinto muito... Você está bem?

Ela não diz nada. A linha fica muda até eu a ouvir inspirar fundo, e sei que ela está ficando emocionada, mas tentando esconder.

Sinto um aperto no peito. Estou prestes a chorar. Quero dizer um milhão de coisas, mas nada sai.

— É tudo por causa do Ryan? — pergunta Maggie depois de um tempo.

Aperto o celular com mais força junto à orelha.

— Não quero falar dele.

— Então é. Você percebe que se desconectou emocionalmente, que você, uma mulher adulta, não se comunicou verbalmente com seus amigos e parentes por meses por causa de um término difícil? Você percebe como isso é loucura?

Quero responder que percebo como isso é loucura. Que a verdade de como lido com as coisas retumbava tão alto e com tanta frequência que tudo que consegui fazer foi fugir. Mas a questão não era só Ryan. Sim, ele representou um grande papel em tudo, mas eu também estava fugindo do estresse do meu prazo, de mim mesma, de todas as minhas dúvidas e da vida como um todo. Não queria falar dos meus problemas e, por isso, decidi simplesmente não falar. Eu me escondi e me afastei de todos — especialmente de Maggie. Provavelmente porque, no fundo, eu sabia que seria ela quem chamaria minha atenção para minha covardia.

— Olha — continua Maggie —, Ryan tinha uma noiva e não contou para você. Foi uma merda ele ter feito isso, mas deveria ser tão imperdoável assim quando ele estava claramente apaixonado por você?

Aperto os olhos diante de sua quase justificativa das ações de Ryan.

— É óbvio que é imperdoável. Ele estava mentindo para mim o tempo todo. Estava traindo.

— Ele não estava traindo *você*. Ele foi seu primeiro amor e só estava noivo daquela menina fazia uns catorze dias. Não é como se ele estivesse casado e com filhos. Ele pareceu arrasado por magoar você e, além disso, explicou por que fez o que fez.

— Explicar não torna aceitável.

— Não precisa ser aceitável, mas também não significa que você deveria usá-lo como desculpa para se desligar do mundo e das pessoas que amam você. Tudo que fizemos foi estar do seu lado, e isso não é justo. Você sabe que não é justo.

Meus olhos se enchem de lágrimas. Odeio ter deixado o que aconteceu com Ryan afetar as outras relações na minha vida. Quero superar isso. Quero seguir em frente, mas não consigo. Quero esquecer, mas não esqueço.

— Desculpa — digo com a voz entrecortada. — Sei que sou uma pessoa horrível, mas ainda não consigo acreditar no que aconteceu. Eu era a outra, Maggie. É tudo que sou e tudo que eu era para ele, e tive o que mereci.

— Kara. — A voz de Maggie é perturbada, mas firme. — Não fale assim de si mesma. Não é isso que você é, e duvido que era isso que você era para ele.

— É como me sinto. — Tento organizar minhas ideias, mas tudo se perde em uma névoa de lágrimas. — Eu sabia que o que eu estava fazendo era errado. Sabia que não era para ele ser meu, mas não me importei porque o amava muito. Ainda o amo *tanto*. Continuo decepcionando meu pai de novo e de novo, e esse é meu castigo.

— Do que você está falando?

— Eu sou o motivo para o meu pai estar morto! Briguei com ele, e talvez ele não estivesse prestando atenção enquanto andava e, se não fosse por mim, ele poderia ainda estar aqui. E, mesmo depois de tudo isso, voltei com Ryan e quero voltar de novo. Traí meu pai duas vezes e o estou traindo até hoje.

— Kara, chega! — A voz de Maggie carrega tanto peso que parece a única coisa concreta no mundo. Agarro o telefone como uma tábua de salvação. — Você precisa me ouvir. O que aconteceu com seu pai não foi culpa sua. Ele não estava correndo atrás de você e Ryan no meio da rua, nem estava pensando em você enquanto andava pelo trânsito.

Ele estava atravessando a rua, e um velho o atropelou. Foi um acidente horrível e nada além disso.

Continuo com o celular grudado na orelha e cubro os olhos com a mão livre. Lágrimas escorrem pelo meu rosto. Sinto a pele tão quente e vermelha que acho que vou explodir.

— Você precisa deixar sua culpa para trás. Quando pensa no seu pai, não em como ele estava na última vez que você o viu, mas em como ele sempre foi, acha que é isso que ele ia querer para você? Acha que ele gostaria que você se mutilasse emocionalmente porque, na sua cabeça, você o decepcionou? É assim que você quer honrar a memória dele?

— Não — digo, choramingando como uma criança enquanto seco as lágrimas.

— Você nunca vai precisar esquecer seu pai, precisa apenas se libertar das partes que doem. O amor é a parte dele que você vai manter.

Deixo as lágrimas escorrerem mais e mais até começarem a diminuir, desaparecendo uma a uma. Meus olhos ardem, e minha garganta está áspera, e Maggie espera comigo durante tudo isso.

— Você acabou de fazer musicoterapia comigo sem a música? — pergunto depois de um tempo.

Ouço um risinho dela do outro lado da linha, e é o som mais doce que escuto há muito tempo.

— Você tem razão — digo. — Fui uma péssima amiga. Você sempre esteve do meu lado, sempre, e deixei você na mão. Estou muito arrependida e entendo se você me odiar.

Queria que ela estivesse aqui. Queria poder olhar nos olhos dela e dizer como sou desprezível e indigna da sua amizade. Precisando me mexer, me levanto do sofá e ando de um lado para o outro da sala.

— Não odeio você — diz ela. — Tenho minha parcela de culpa. Eu deveria ter falado antes o que sentia em vez de guardar isso para mim e explodir dessa forma.

— Se me der uma chance, juro que vou me redimir.

— É claro que vou dar uma chance para você. Ninguém é perfeito, exceto eu. — Ela espera alguns segundos antes de continuar: — Desculpa se peguei pesado com você. Não tem problema se ainda estiver sofrendo. Tenho certeza de que Ryan também está.

Tento pensar nele por um segundo, mas estou exausta demais.

— Duvido — digo. — Até onde sabemos, ele pode estar casado a esta altura.

— Acho que nós duas sabemos que ele não está. — Encosto a cabeça na parede da sala enquanto Maggie faz uma pausa. — Talvez você deva ligar para ele.

Não. Não. Não. Não. Não.

— Não posso. Muita coisa aconteceu.

— Você não pode ligar para ele porque não quer ou porque tem medo?

Penso em mentir, mas não tem por quê.

— As duas coisas — digo, fechando os olhos. — Por favor, não me faz mais perguntas sobre ele. Prefiro saber de você. Em que hospital sua avó está internada? Vou pedir para Jen mandar o Denny entrar em contato para garantir que ela receba o melhor tratamento. Ou talvez ele conheça alguém que trabalha no hospital. Além disso, qual é o endereço? Vou mandar uma cesta de presente para Noreen. E para você. E para sua irmã. Todos os dias. Para sempre.

— Tá, relaxa, moça dos presentes. Minha vó está em um hospital ótimo e está sendo tratada como a rainha que é. Acho que o médico dela tem uma quedinha pela Hannah. Ela não quer admitir ainda, mas sei que também gosta dele.

— Ah, isso é bom, né?

— Claro. Ele é simpático e jovem. E, se ajudar minha vó a ter mais atenção, sou super a favor de cafetinar a Hannah. Trabalho em equipe é o que há.

— Sim, sem dúvida — digo com um leve sorriso. — Obrigada por me perdoar.

— Você faria o mesmo por mim em um piscar de olhos. Eu te amo, sua eremita emocional.

— Eu te amo mais.

— Mas posso fazer mais uma pergunta? E depois não vamos mais falar desse assunto hoje.

— O que é? — pergunto, hesitante.

— Se os papéis fossem invertidos, se você estivesse com alguém por quem não está apaixonada e tivesse a chance de ficar com Ryan de novo… Você teria conseguido se segurar? Ou teria cometido um deslize?

Respiro fundo.

— Não sei — respondo.

Mas sei. No fundo do meu coração, eu sei.

Algumas semanas depois, estou voltando para o apartamento depois de uma visita guiada que fiz sozinha pelo Castelo de Santo Ângelo. Liam não estava se sentindo bem essa manhã, então preciso me lembrar de ver como ele está mais tarde. Por enquanto, tudo em que consigo pensar é tomar um banho, fazer um lanche e tirar uma bela de uma soneca. Estou no meio do pátio quando escuto alguém chamar meu nome.

Eu me viro e encontro Paolo, meu italiano atarracado de meia-idade favorito, que é o administrador do condomínio. Ele está saindo do pequeno escritório-choupana perto dos portões de entrada da propriedade, carregando um pacotinho nas mãos.

— *Buongiorno, signorina* Sullivan. Tenho uma entrega para você.

Ele me dá um pacote sem endereço envolto em papel pardo simples.

— Para mim? Obrigada. Digo, *grazie*.

Paolo sorri pelo meu esforço em falar italiano e volta para o escritório. Penso em esperar para abrir o pacote quando estiver dentro de casa, mas nunca lidei bem com suspense. Puxo o barbante que prende o embrulho e o papel se abre com facilidade.

Meus joelhos quase cedem.

Estou segurando um caderno de couro preto com uma foto de mim, Ryan e Duque colada na capa.

O caderno é suave e pesado, e não sei como ou por que está aqui. O que sei é que nem a maior força da terra teria como tirá-lo das minhas mãos. Ao abri-lo, encontro um papel de carta dobrado. Seguro o caderno embaixo do braço e abro a carta com as mãos trêmulas.

Kara,
Quando saí de Nova York depois do casamento de Jason e Cristina, soube que tinha sido o único responsável por destruir o que teria sido a melhor coisa da minha vida.

Nada é como antes. Dias se arrastam, e as noites são ainda mais lentas, e as lembranças de nós doem na mesma medida em que curam. Tudo que penso é em estar com você de novo. Eu me imagino indo à festa naquela primeira noite e fazendo tudo de um jeito diferente. Contaria a verdade para você. Faria o que precisava fazer em casa, voltaria para Nova York e provaria que nunca parei de te amar.

Revejo como lidei com a situação várias e várias vezes na minha cabeça e quero voltar atrás e me dar um chacoalhão. Um chacoalhão bem agressivo mesmo. Magoei duas mulheres que não fizeram nada de errado e que mereciam muito mais do que ofereci a elas. Vou sentir vergonha e me arrepender profundamente disso para sempre.

Você estava certa no que me disse no casamento. Eu estava usando o quanto queria e amava você como justificativa para meus atos, mas não tenho ninguém nem nada para culpar além de mim. Fui medroso e egoísta. Traí sua confiança por não contar a verdade para você e fiz o que tínhamos parecer uma mentira quando é a única verdade que já conheci. Roubei uma semana e perdi o para sempre.

Mas a questão é que: ainda não desisti. Não consigo deixar de ter esperança de que vamos nos encontrar mais uma vez. Você esteve no fundo da minha mente por dez anos. Nunca saiu de lá. Sempre esteve ali com seus livros e seu humor e, mesmo quando metade de mim queria tentar seguir em frente, a outra se segurava com ainda mais força. Você é a melhor parte de quem quero ser e, quando se tem um sentimento como esse, ele não tem como estar errado.

O que acontece agora depende apenas de você, e é aqui que entra o caderno. Como foi com um livro que nossa história começou na faculdade, não posso deixar de ver isso como um símbolo apropriado da nossa relação. Mas, como você pode ver pelas páginas em branco, nosso livro ainda não está terminado. Gostaria que você escrevesse nossa história e, quando tiver terminado, qualquer que seja o final, por favor o mande de volta para mim. Coloquei meu endereço na orelha interna. Se não quiser, ou se preferir jogar o caderno fora, vou entender. Mas, se eu vir este volume de novo, torço, mais do que tudo, para que eu acabe lendo um romance.
Com amor e saudade,
Ryan

P.S. Se estiver curiosa para saber quem está cuidando de Duque enquanto estou nesta viagem, você deveria saber que é meu pai. Não voltamos a como éramos antes, talvez nunca voltemos, mas estou tentando. Não vou quebrar a promessa que fiz a você. Se decidir tirar algo desta carta e esquecer o resto, que seja isso.

Ótimo, alguém borrifou água na minha carta. Não, espera, sou eu chorando. De novo.

Estou triste e aliviada e com tanta saudade de Ryan que poderia morrer, e como ele ousa me mandar isto! Mas Ryan também disse que está viajando. *Espera. Ele está aqui?*

Corro até a cabana de Paolo um segundo depois. Nunca pratiquei atletismo um dia na vida, mas agora penso que talvez deveria.

— Paolo! — grito, o cabelo caindo em desalinho na frente do rosto enquanto me jogo no balcão da recepção.

Ele está me esperando e sorrindo, o queixo pousado no punho, debruçado no balcão.

— Ele me falou que você viria aqui gritando. Ele conhece você muito bem.

— Ele quem? — pergunto, sem ar. — Isso foi entregue em mãos?

— *Si. Signore* Ryan veio hoje de manhã. Ele pergunta por você, espera algumas horas, me dá o pacote, depois vai.

— Ele vai? — praticamente grito. — Quer dizer que ele foi embora *embora*? Ele vai voltar?

Nunca vi Paolo tão presunçoso como está agora, levando a mão ao bolso do peito esquerdo do paletó cinza. Ele tira um envelope e o entrega para mim.

— Ele deixa isto para você.

Pego a carta da mão dele sem elegância nenhuma.

— *Grazie.*

— *Prego.*

Saio e rasgo o envelope, tirando o pedaço de papel dobrado e vendo a letra de Ryan de novo.

Kara,
Para responder às perguntas que você deve estar se fazendo agora: sim, peguei um voo de doze horas para entregar esta carta e o caderno. Sim, agora vou pegar um de catorze horas de volta para casa. Não, não tomei nada no avião para facilitar a viagem. Sim, vomitei.

Muito. E, sim, faria essa viagem mais um milhão de vezes se isso significasse que poderíamos estar juntos de novo. Eu te amo.
Ryan

Baixo a mão com a carta e não sei para onde virar ou olhar ou pensar. Fico parada ali, olhando fixamente para a frente enquanto minha mente gira e gira como um brinquedo perigoso de parque de diversões. Fico ali parada por uns bons dez segundos até voltar a entrar com tudo na cabana de Paolo.

— Quando ele foi embora? Paolo, quando ele foi embora? — Meu tom é exigente e quase explosivo, e o ar presunçoso de Paolo muda na hora.

— *Non lo so* — responde rapidamente. Ele apalpa a mesa em busca do celular até o pegar e olhar a hora. — Cinco minutos? Talvez dez?

Não espero para o interrogar mais. Dou meia-volta e saio correndo do pátio, seguindo na direção do cruzamento movimentado a dois quarteirões de distância. Corro e corro, e não solto o caderno por nada nessa vida. Ao chegar ao cruzamento, meus pulmões estão queimando e meu coração bate forte. Olho ao redor, de um lado para o outro da rua, até ver o ponto de táxi ali na frente, do outro lado do cruzamento. E então meu coração parece parar de repente.

Ryan.

Eu o vejo. Ele está aqui. Um riso baixo de euforia sai da minha garganta, e cubro a boca com a mão livre. Ele está totalmente diferente, e exatamente igual. Calça jeans, camiseta e boné do Hurricanes, mas não estou mais olhando para ele com uma visão exageradamente romântica. Talvez essa seja a diferença. Claro, vejo o caubói em quem sempre quero montar, o cara que me entende — que me entendeu desde o começo e sempre quis mais —, mas também vejo o homem que me ofereceu o mundo e depois o destruiu com as próprias mãos.

Dou um passo para trás, permitindo-me desaparecer no meio da multidão movimentada enquanto mantenho Ryan no meu campo de visão. Ele está pálido. Nem mesmo o sol italiano poderia curar seu enjoo por completo. É o próximo da fila no ponto de táxi e ajeita a alça da mala no ombro quando outro táxi estaciona no meio-fio.

Ele vai embora.

O pânico percorre meu corpo e meus pés se mexem para a frente. Tudo que preciso fazer é gritar seu nome. O trânsito do cruzamento é estridente, mas consigo ser mais estridente. Se eu gritar seu nome, ele fica; se não fizer nada, ele vai embora. Tento falar, mas minha garganta parece fechada. Não sei mais o que é certo.

Ele abre a porta do banco de trás, e é como se eu estivesse assistindo a um filme logo antes do desfecho. Eu deveria ser a protagonista, mas me sinto como uma espectadora passiva. Ryan ergue os olhos do carro para a esquina em que estou. Será que está me procurando? Torcendo para que eu venha correndo no meio da multidão para pedir para ele ficar?

Continuo imóvel, me afogando em indecisão. Talvez ele me veja, e eu não precise escolher nada. Seus olhos vão encontrar os meus e todos os nossos problemas vão se resolver. Não serão nada além de um sonho ruim.

Espero e olho e dou mais um pequeno passo à frente, pensando que, se o destino quiser, ele vai me encontrar.

Mas não me encontra.

Depois de puxar a mala uma última vez, ele entra no carro e fecha a porta. O táxi sai e continuo sem me mexer. Sinto um aperto no coração e me pergunto se acabei de cometer o maior erro da minha vida. Talvez. Ou talvez eu tenha acabado de me poupar de mais uma mágoa brutal. Ainda sem saber de que lado a moeda vai cair, desapareço mais fundo na multidão, torcendo em silêncio para desaparecer completamente.

22

Depois de não aparecer no pátio para o café da manhã habitual no dia seguinte, não fico surpresa ao ouvir uma batida na porta do apartamento logo cedo. Ainda de pijama, atravesso o piso branco de mármore falso até a entrada e abro a porta, encontrando Liam lá fora. Ele está com pizzas na mão e cara de preocupado.

— Não sei o que aconteceu, mas sei que deve ter sido horrível para impedir você de tomar café.

— Entra — digo, puxando a porta e dando um passo para o lado.

— Devo avisar que as pizzas já esfriaram e estão um pouco molengas. Não acho que isso vá atrapalhar você, mas me sinto na obrigação moral de dar esse alerta.

— Isso não me dissuade nem um pouco.

— Foi o que imaginei.

Dez minutos depois, eu e Liam nos sentamos na sala. O espaço tem decoração minimalista: apenas um sofá, uma mesa de centro e uma poltrona na frente da TV a que nunca assisto. É o que se esperaria de um apartamento pré-mobiliado. Sentada na minha versão italiana e menos confortável de poltrona de leitura, acabei de terminar de explicar por que estou chorando as pitangas dentro de casa em vez estar sentada lá fora sob o sol. Liam está sentado em uma das pontas do sofá estofado e segura o caderno, sem a carta, sobre a qual acabei de falar para ele.

— Bom — diz ele, inclinando-se para a frente para deixar o caderno na mesa de centro arredondada —, e dizem que as pessoas não fazem mais gestos grandiosos.

— Queria que Ryan não tivesse feito isso — murmuro, puxando os joelhos junto ao peito.

— Mentirosa. — Liam continua a me olhar com aquele seu ar de solucionador de problemas. — Só para esclarecer — continua —, porque ele não fez contato visual mágico com você em um cruzamento muito movimento e bastante caótico durante o horário de pico... você acha que era o universo dizendo que vocês não deveriam ficar juntos?

— Foi um momento emocionalmente difícil, e eu precisava de um critério de desempate.

— Uau. Você está pior do que eu imaginava.

— Não vamos atirar pedras, está bem? — Esfrego os olhos cansados com as pontas dos dedos e ajeito o cabelo atrás das orelhas. — Sei lá. Parte de mim queria que ele nunca tivesse vindo. Assim as coisas poderiam continuar como eram antes.

— Certo. E você poderia se sentir justificada em chafurdar na existência solitária. Confie em mim, falo por experiência própria quando digo que essa não é uma opção tão interessante quanto parece.

— Só quero que as coisas acabem, de um jeito ou de outro.

— Elas podem acabar — diz Liam simplesmente. — Se você o perdoar.

Paro e respiro.

— Não sei se consigo.

— Tudo bem também. Jogue o caderno fora e continue sem ele.

As ideias de esquecer Ryan e de perdoá-lo parecem igualmente impossíveis. Meu rosto deve refletir minhas emoções, o que leva Liam a continuar:

— Escuta, ou Ryan é um mentiroso que mostrou sua verdadeira face, ou uma boa pessoa que cometeu um erro. Não importa se você decidir resolver isso com ou sem ele, vai assumir um risco de todo modo. Você só precisa decidir se o risco vale a recompensa.

— Argh — resmungo, erguendo a cabeça para o teto antes de voltar a olhar para ele. — O que você faria?

— Não vou responder a essa pergunta. Já cometi erros irreparáveis na minha própria vida. Não preciso que o destino do seu futuro repouse na minha consciência também.

Respondo com um aceno insatisfeito, mas compreensivo.

— Justo.

— Mas vou dar um pequeno conselho, se você jurar que não vai usar isso contra mim.

— Eu juro.

Liam se inclina para a frente e entrelaça as mãos.

— Quando preciso tomar uma decisão importante, acho útil pensar na vida que quero levar. Sentar, visualizar e se perguntar se a escolha que está prestes a fazer vai ajudar ou impedir você de chegar aonde quer. — Acho que ele está prestes a elaborar quando volta a se recostar.

— É isso. Se quiser mais ajuda, vou ter que cobrar uma pequena taxa.

Rio baixo e estico as pernas, encostando as pantufas no chão.

— Não estou em condições de bancar gastos desnecessários no momento, mas agradeço suas palavras de sabedoria.

Liam apoia as mãos nos joelhos e se levanta.

— Nesse caso, vendo que este provavelmente será um dia de reflexão para você, acho que vou indo. Voltamos aos trabalhos de sempre amanhã?

— Com certeza.

— Excelente. Até amanhã.

Com isso, ele sai da sala e desaparece no corredor. Alguns segundos se passam e não escuto a porta do apartamento se abrir nem fechar. Eu me levanto para investigar quando Liam reaparece na porta da sala.

— Desculpa, antes de ir, posso fazer mais um pedido?

— Claro.

— Se preencher o caderno e incluir seu tempo na Itália, será que a versão literária de mim pode ser um pouco mais musculosa e bronzeada? Sempre quis saber como seria ter um bronzeado.

Sorrio enquanto Liam se vira e sai sem dizer mais uma palavra. A porta do apartamento se fecha pouco depois e, sem pensar, vou até a mesa de centro e pego o caderno. Também levo a mão ao bolso da calça do pijama, onde as cartas de Ryan estão seguramente guardadas.

Alguns minutos depois, estou sentada à mesa da sala de jantar com o caderno aberto na primeira página em branco. Não faço ideia do que escrever ou se vou mesmo escrever. Talvez eu o preencha de cabo a rabo e o guarde para mim.

Talvez o jogue fora. Talvez o segure junto ao peito e pegue um voo direto para a Carolina do Norte.

Qualquer que seja o conteúdo, tenho que escrever alguma coisa. Não posso continuar como estou. Aqui na Itália, neste belo limbo. Estou vivendo, mas não estou. Estou crescendo, mas estou travada.

Fecho o caderno e olho para a foto na capa. Ryan a tirou no dia do jantar de ensaio, logo depois do café da manhã. Estamos de pijama, morrendo de rir e quase caindo do sofá enquanto Duque sobe em cima de nós, as patas apertando nossa barriga.

Passo a ponta do dedo na superfície da foto.

Não é assim que a capa de um livro de romance deveria ser. Não é apaixonada, nem dramática. Não exibe um casal seminu, abraçado, com um plano de fundo exuberante. É menos. É mais.

Fecho os olhos e relembro os conselhos de Liam. Faço o que ele diz. Tento esvaziar a mente e imaginar a vida que quero levar. Não é fácil, porque minha cabeça é um lugar bagunçado com tagarelice sem fim, mas acabo conseguindo encontrar silêncio. Calma. Imagino minha vida daqui a cinco anos, visualizando a versão mais verdadeira e refinada de mim, vivendo uma vida construída do zero à base de contentamento.

Vejo a mim mesma e quem está lá comigo e arregalo os olhos quando baixo a cabeça. Por mais despreparada que eu esteja para admitir, a vida que quero é uma imagem refletida da foto que encaro. Uma aceitação aterrorizada enche minha consciência e, por algum motivo, nesse momento, lembranças do meu pai enchem minha mente e meu coração.

Eu me pergunto o que ele diria se estivesse aqui, o que gostaria que eu fizesse. Penso nele sorrindo. Penso nele me abraçando. Ouço sua voz dizendo que me ama e que não está longe. Ele me diz que quer que eu seja feliz. Que isso é tudo que ele sempre quis.

Começo a chorar para valer, mas também há certa alegria nisso. Cubro o rosto com as mãos, querendo tanto ver meu pai que mal consigo respirar. Eu me recosto um pouco depois e seco o rosto com a manga da camiseta. Sei que sofri a perda dele de todas as formas erradas. Sei que tudo que ele sente por mim é amor. E, embora ele não possa estar aqui fisicamente, sei onde encontrá-lo.

Respiro fundo e deixo que minha liberdade recém-encontrada me atravesse, devolvendo a coragem que escondi de mim mesma por tanto tempo. Paro de especular. Paro de me preocupar e me questionar e, sem pensar duas vezes, abro o caderno, pego a caneta e começo a escrever.

Não acredito que estou deixando a Itália. Seis meses passaram voando e agora estou arrastando decrepitamente duas malas enormes pelo pátio de paralelepípedos.

Liam percebe minha dificuldade e dá um passo à frente para ajudar, pegando-as pela alça e as levando ao táxi que aguarda. Meu coração parece mais pesado do que a bagagem abarrotada enquanto o observo, sabendo exatamente como ele mudou minha vida.

— Isso é tudo? — pergunta ele depois de fechar o porta-malas e voltar.

— Acho que sim.

— Está com o caderno?

— Estou. — Levo a mão à bolsa e apalpo o envelope selado que guarda o caderno. — Está endereçado e pronto. Depois de chegar em casa e falar com ele, vou levar para o correio e deixar o caderno seguir seu caminho.

— Fico feliz em ouvir isso. Já consigo imaginar você e Ryan cavalgando rumo ao pôr do sol enquanto eu galopo na minha vida amorosa desértica, muito provavelmente em um burrinho pálido.

Balanço a cabeça e dou um passo à frente para abraçar Liam. Finjo um barulho de choro e aperto os braços quando ele tenta se afastar.

— Sabe, para alguém que fala tanto quanto você, eu esperava uma casca mais grossa.

— Cão que ladra não morde — digo. — Você deveria saber isso de mim a essa altura.

— Eu sei — garante ele —, e também sei que você vai ficar bem quando estiver no aeroporto e a caminho de casa.

Eu me inclino para trás para olhar para ele.

— Seu voo é só na outra semana. Você vai comer pizza de manhã sem mim?

— Nem uma fatia — responde com o ar solene. — Não seria a mesma coisa.

— Como vai sobreviver?

— Vou contar com croissants e com suas lembranças agridoces para me sustentar.

Eu o solto, relutante, e dou um passo para trás.

— Eu não mudaria nada, sabe. Se tivesse ficado em Nova York, não teria vindo aqui e não teria conhecido você. Eu faria tudo exatamente igual.

— Sério? Faria *tudo* igual?

Olho para ele, sabendo perfeitamente que ele ainda acha que eu deveria ter parado Ryan quando ele veio a Roma. Entendo por quê. Ver Ryan partir foi uma experiência fisicamente dolorosa para mim, mas precisei desses últimos meses para lamber minhas feridas e entender de verdade o que quero e do que preciso. Impedir que ele entrasse naquele táxi quatro meses atrás teria sido ótimo no momento, mas quem sabe onde estaríamos hoje se tivéssemos acelerado as coisas de novo. Quase liguei ou mandei mensagem um milhão de vezes, mas me segurei. Não queria pedir para ele me esperar. Não queria colocar a vida dele em suspensão. Se eu voltar para casa e ele ainda sentir o mesmo, podemos recomeçar. Não exatamente uma continuação, mas algo inteiramente novo e com base em quem somos agora.

— Sem comentários — respondo depois de um tempo.

Um sorrisinho de viés se abre no rosto de Liam.

— Eu também não mudaria nada. Você é uma moça muito peculiar, mas fez uma grande diferença.

— Uma diferença em quê?

— Em tudo — diz apenas.

Se essa resposta não merece outro abraço de urso, não sei o que merece. Lanço os braços em volta dele uma última vez antes de entrar no táxi. Depois de entrar, aperto o cinto de segurança e abro a janela até embaixo.

— Vou sentir saudade — digo enquanto Liam se aproxima. — E mudei de ideia. Pode comer pizza sem mim amanhã, se quiser.

Ele abre um sorriso malandro, segurando as mãos atrás das costas e me permitindo que eu dê uma boa olhada nele, como na primeira vez que nos conhecemos.

— Eu pretendia comer de todo modo — diz.

Fico de queixo caído.

— Seu cretino!

Liam ri enquanto meu táxi sai do meio-fio na típica velocidade maluca dos italianos.

— Falando manso até o último momento — grita. — Vou sentir saudade!

23

Sinto toda uma onda de adrenalina quando saio do táxi amarelo na frente do número 5 da Tudor City. É um dia gelado de outubro, mas é tão grande o entusiasmo que corre pelas minhas veias que não sinto nada do frio. Os sons das sirenes, as pessoas, o trânsito, o caos, até os cheiros... tudo em Nova York faz meu coração bater mais forte.

Não demora até eu estar tirando a bagagem do elevador e andando a passos rápidos até a porta. Sinto um frio na barriga enquanto encaixo a chave na fechadura. Empurro a porta e entro, inspirando fundo e me sentindo emocionada com a sensação de que tudo está em seu lugar. Estou em casa. O apartamento está abafado, o ar, parado, e há uma camada de poeira visível nos móveis, mas, aos meus olhos, este lugar não esteve tão bonito desde o dia em que o comprei e me toquei que era meu.

Aperto imediatamente o guidão de Calíope e fecho os olhos com um gritinho de encanto. Estou ansiosa para dar uma volta com ela, mas sei que vou ter que esperar até amanhã. Dou um toquinho no sino dela e corro pela sala até as janelas. Escancaro as duas, saboreando a rajada fria de vento que entra. Dou um giro rápido, mergulhando na sensação de conforto total.

Entro no quarto em seguida e paro imediatamente. Sorrio para minha cama antes de dar um salto e me jogar no colchão. Nossa, como senti saudade da minha cama! A Itália foi incrível, mas os colchões eram péssimos.

Relutante, rolo para o lado e pulo no chão para abrir as janelas do quarto. Com a brisa no rosto, me recosto para admirar a vista de Midtown East. Estou a isso aqui de começar a cantar quando o interfone toca. Volto a cabeça para dentro e atendo.

O porteiro me avisa que Cristina está aqui, e peço para deixar que ela suba. Abro a porta antes mesmo de ela chegar, pulando de euforia enquanto escuto o elevador chegando mais e mais perto.

Ela aparece momentos depois e corre para cima de mim, berrando e jogando os braços em volta dos meus ombros. Nós nos abraçamos e gritamos por um tempo considerável antes de nos soltar. Meu rosto dói de tanto sorrir enquanto ela entra rapidamente no apartamento e fecho a porta.

— Kara, você está linda! Completamente italiana!

— *Grazie* — digo, jogando o lenço cor de creme novo sobre o ombro com ar de brincadeira. — Você também está ótima! Que saudade!

— *Eu* é que estava com saudade! Como você se sente? Está feliz de voltar para casa?

— É um pouco estranho — admito. — Não me entenda mal, estou felicíssima por estar de volta, mas ainda é um pouco estranho.

— Sério, estou tão, mas tão feliz que você voltou. Você não pode ir embora nunca mais! Promete que não vai.

— Não fiquei fora por tanto tempo assim — digo, puxando-a para se sentar no sofá.

— Como assim? Seis meses é uma vida. Grudei em Jason feito uma sanguessuga de tanto que sentia saudade de conversar com você. Ele acha que sou uma psicopata, mas se meteu nessa porque quis.

— Coitadinho.

— Não se preocupe com ele! Sei que você escondeu de mim os detalhes da viagem, então quero saber tudo. Como foi? Você conheceu alguém? É errado que eu tenha torcido secretamente para que você não tenha feito nenhum amigo novo?

— Hm, não. Sempre que você menciona outro amigo eu morro um pouco por dentro na mesma hora.

— Isso é estranhamente reconfortante — diz ela.

— Que bom. Mas, mesmo assim, tenho certeza de que você se virou bem sem mim. Você é próxima de muito mais gente do que eu. Eu poderia ser facilmente substituída.

Cristina quase se engasga.

— Como assim? Kara, você é meu diário humano. Passei os últimos seis meses doida sem poder trocar confidências com você. Com a lua de mel e todas as tentativas de ter um bebê... Você é a única pessoa com quem posso falar sem filtro.

Tudo que ela fala é sincero. Ela realmente me conta tudo. Eu me sinto egoísta e mesquinha por a ter mantido a certa distância emocional nos últimos meses, mas estou disposta a recompensá-la.

— Também senti saudade de conversar com você. Inclusive, coloquei uma personagem parecida com você no livro em que estou trabalhando agora.

— Não acredito que, depois de um ano de sofrimento tentando terminar seu último romance, você de repente pulou para outro. Pensei que tinha ido para a Itália para relaxar.

— Confie em mim, esse último manuscrito é só um primeiro rascunho. Agora vou editar, editar e editar de novo enquanto tento não mergulhar na insanidade antes de editar mais doze vezes.

— Bom, tenho certeza de que está uma maravilha. Seus livros são sempre incríveis.

Sorrio com seu incentivo e respiro fundo.

— Que bom que acha isso porque, se estiver disposta, adoraria que você lesse esse e me dissesse o que acha.

— Sério? — pergunta, parecendo em choque. — Você nunca me pediu para fazer isso antes.

— Eu sei, mas esse é diferente, e sua opinião é muito importante para mim. Especificamente, você pode me dizer se gosta da direção que escolhi para o fim.

A expressão surpresa de Cristina se transforma em um sorriso radiante.

— Claro! Que emoção! Devo fazer anotações?

— Anotações são sempre bem-vindas, mas, além dos seus comentários, também tenho uma regra. Depois que começar a ler, você não pode falar comigo antes de chegar ao fim.

— Como assim? Por quê? Nem se eu tiver uma dúvida?

Faço que não.

— Essa é a regra. Você aceita?

Ela pensa por alguns momentos antes de dizer:

— Beleza.

— Tem certeza?

— Tenho, sim. Mas saiba que vou devorar esse livro em menos de um dia. Finalmente posso ligar e ver você de novo e planejo ser sua amiga-serva no futuro próximo. Vamos ser unha e carne.

Sorrio com a ideia.

— Eu também.

Passo a contar para ela várias das minhas histórias da Itália, e ela me atualiza do que está rolando na vida dela, mas, uma hora depois, preciso me preparar para jantar na casa da minha mãe. Quando nos levantamos do sofá, vou até a bagagem de mão ao lado da porta e tiro o manuscrito digitado. Entrego as trezentas e catorze páginas com um sorriso nervoso.

— Boa leitura.

Quando entro na sala da minha casa de infância, fico surpresa ao não encontrar minha mãe nem Jen esperando atrás da porta. Uso o momento inesperado de privacidade para dar mais um passo e me sentar na poltrona reclinável do meu pai pela primeira vez em muito tempo, passando as mãos no couro frio dos braços da poltrona.

— A Itália foi incrível, pai — digo baixo. — Mas tenho certeza de que você já sabe. Senti você lá comigo o tempo todo.

No passado, a ausência do meu pai no mundo era como uma dor surda com a qual eu nunca conseguia me acostumar. Um membro amputado que eu continuava tentando usar. Mas algo mudou no momento de clareza atormentado pelo luto que tive à mesa da sala de jantar na Itália. Daquele dia em diante, meu pai esteve obviamente tão presente que a sensação de saudade dele deixou de ser um vazio para se tornar uma sensação calma de ternura — algo a se buscar em vez de temer.

— Kara! É você? — chama minha mãe.

Eu me recosto na poltrona, sabendo que é o mais próximo que posso ter de um abraço do meu pai. Eu me permito mais um segundo antes de me levantar e me dirijo à cozinha. Estou prestes a entrar quando minha mãe sai de repente, logo seguida por Jen.

— Ei! — grita, puxando-me para um abraço apertado. — Você chegou finalmente!

— Cheguei!

Ela me solta com um suspiro feliz.

— Seis meses é mesmo muito tempo, Kara. Se fizer outra viagem assim, acho que duas semanas já são mais do que suficientes.

— Concordo plenamente — digo com um sorriso.

Jen se aproxima de mim em seguida, e meu queixo quase cai. Ela está grávida de sete meses e não tem como disfarçar a barriga enorme.

— Jen! Você está gigante!

O olhar de raiva intensa da minha irmã me diz que talvez eu devesse ter escolhido uma frase mais delicada.

— Mas tão linda — emendo. — Radiante. Etérea.

— É melhor mesmo dizer que estou etérea pra caramba.

Eu me aproximo e dou um abraço apertado nela, minha barriga batendo na dela enquanto nossa mãe nos puxa do batente para a sala de jantar para poder começar a trazer a comida. Jen dá um passo para trás e me puxa de lado.

— Tá, agora que está na minha frente, chega de fugir das minhas perguntas. Você precisa me contar sobre você e Ryan agora. Começa.

— Como é que é? — pergunto, insuportavelmente alto.

— Você disse que Denny *não* é o pai?

Jen belisca meu braço com uma força violenta, e dou um grito e um pulo para trás antes que ela possa me pegar de novo.

— Dá para pararem de brigar? — Minha mãe passa por nós apressadamente, servindo a salada na mesa e pegando uma sacola de compras que estava no chão encostada na parede. — Kara, antes de jantarmos, comprei isso para você.

Ela estende a sacola, e hesito em pegar, sentindo uma pontada nervosa na barriga. É difícil perder velhos hábitos.

— Obrigada, mas você realmente não precisa continuar me comprando roupas.

— É claro que preciso, vivo comprando roupas para Jen.

— Compra mesmo — confirma minha irmã. — Eu estaria usando só vestidões largos se ela não tivesse me dado todas essas roupas bonitas de grávida.

Rio baixo enquanto abro a sacola devagar, e meus olhos se arregalam quando pego dois dos suéteres mais bonitos que já vi. Um é um cardigã cinza-claro, aberto sem botões, tão suave ao toque que só pode ser caxemira. O outro é feito de lã azul-marinho e parece tão quentinho e aconchegante que quero me aninhar dentro dele para sempre.

— Adorei! — digo, tirando o cardigã verde atual e vestindo o azul-marinho dos sonhos.

Cai perfeitamente na minha camiseta branca, e já posso ver que vai ser um dos protagonistas na minha variação semanal. É um suéter que serve para o dia e para a noite e que vou proteger a todo custo.

— Você está linda — diz minha mãe com um sorriso. — E tenho uma boa notícia: me candidatei para uma vaga de meio período na Loft quando comprei essas blusas na semana passada. Fui contratada ontem, e começo o treinamento no começo do mês.

— Sério? — pergunta Jen, animada. — Quer dizer que vai ter um desconto para funcionários?

— Sim. Também quer dizer que vou ter que diminuir meu tempo de academia, mas talvez não seja algo tão mau. E vai ser bom ter alguma outra coisa em que me concentrar além de vocês duas, para variar.

Eu e Jen erguemos as sobrancelhas, surpresas e impressionadas. Abraços calorosos de parabéns são trocados e, alguns minutos depois, estamos todas à mesa. Conto para elas os pontos altos da viagem, falo do apartamento e de Liam. Conto que minha editora adorou meu último romance de época e que acabei um rascunho do próximo livro. Estou convencida de que elas estão satisfeitas com minhas histórias vívidas até Jen decidir botar lenha na fogueira — sem dúvida como vingança por eu ter bancado a difícil sobre meu estado de relacionamento.

— Então, Kara — diz ela, enquanto como uma garfada de quinoa. — Conta mais do Liam. Rolou alguma coisa romântica durante a viagem?

Paro, notando o brilho travesso nos olhos dela enquanto tenta fazer papel de irmã inocente. Preciso agir com cautela.

— Liam é incrível e, sim, tecnicamente, muitas coisas românticas aconteceram durante a viagem.

Minha mãe derruba o garfo. Um sorriso enorme se abre no rosto dela enquanto se recupera e volta a pegar o garfo.

— Bom... — diz. — Parece que você conseguiu ter tudo aquilo sobre o que sempre escreveu. Você se apaixonou na Itália.

— Sim, acho que sim.

O que minha mãe não sabe é que estou me referindo a um americano loiro, e não a um britânico ruivo.

— E ele tem sotaque? — pergunta ela.

— Leve — respondo.

— E é bonito?

— Muito.

— E charmoso?

— Quase charmoso demais.

— Ele parece incrível. Quando ele vem te visitar? Ou você vai vê-lo em Londres? Não gosto da ideia de você viajar de novo, e relacionamentos à distância podem ser muito complicados.

— Para ser sincera, mãe, não sei bem quando vou ver Liam de novo.

— Quer dizer que vocês não planejaram nada? Como vocês podem estar namorando e não planejarem se ver de novo?

Certo. Ela realmente não vai curtir esta parte. Tento falar com o tom mais calmo possível.

— A coisa é que... eu e Liam não estamos namorando.

Pela cara da minha mãe, parece que acabei de atropelar o animal de estimação da infância dela. Talvez eu devesse ter sido mais direta sobre a situação com Liam.

— Mas tenho certeza de que ele vem para cá algum dia — acrescento. — Ele disse que tentaria vir daqui a alguns meses depois que decidisse o que vai fazer em relação ao trabalho.

— Mas eu pensei... De quem você estava falando, então?

Olho para Jen com um sorriso culpado e dou de ombros. Ela revira os olhos em resposta.

— Jen? — pergunta minha mãe. — Você sabe de quem ela está falando?

Minha irmã volta os olhos para mim e, sem dizer uma palavra, dou permissão para ela contar o que quiser para nossa mãe.

— Talvez eu tenha uma ideia de quem ela está se referindo — diz com cautela.

Se Jen pensa que vou ficar para esta conversa, está terrivelmente enganada. Enfio o maior pedaço possível de frango assado na minha boca covarde e me levanto da mesa.

— Certo, eu adoraria ficar para conversar, mas preciso mesmo ir. Tenho que desfazer as malas e editar. Obrigada pela janta, mãe. Até semana que vem!

Empurro a cadeira e dou um beijo de despedida na minha mãe e em Jen antes de sair correndo da sala de jantar. Enquanto me afasto, escuto Jen falar algo sobre "aquele cara da faculdade" antes de ouvir minha mãe explodir como uma bomba.

Fecho a porta da casa, pensando com os meus botões que o jantar da semana que vem sem dúvida vai ser atribulado. Ando meio quarteirão até que finalmente me sinto pronta para fazer o que tenho pensado em fazer há seis meses. Minha mão está suando enquanto reviro a bolsa, procurando o celular. Sinto uma pontada de ansiedade quando o encontro.

Vou fazer isso. Não vou dar para trás. Tiro o celular da bolsa e encontro o número de Gostosão na seção de contatos. Fechos os olhos e me recuso a pensar na miríade de possibilidades que podem se desenrolar enquanto aperto o botão de ligar.

Desliga! Desliga! Desliga! Ele deve ter superado você. Você demorou demais. Desliga! Desliga! Desliga!

— Alô?

Ao ouvir a voz de uma mulher, quase derrubo o celular no concreto. Olho para a tela para confirmar que liguei para o número certo e vejo que liguei para o número do telefone fixo de Ryan, e não do celular. Minha primeira pergunta é: por que ele tem um telefone fixo? Minha segunda pergunta é: por que sentiu a necessidade de colocar esse número nos meus contatos com o celular? E minha terceira pergunta — muito mais premente — é: por que uma mulher está atendendo?

— Oi — digo, voltando a encostar o telefone no ouvido e tentando não fazer uma voz horrorizada. — Desculpa, Ryan está aí?

— Ele saiu agora, quer deixar recado?

A voz é mais clara dessa vez. Deve ser ela. Madison. Ele voltou com ela. Talvez nunca tenha terminado. Nem mesmo quando foi para Roma.

— Eu... — Não faço ideia do que dizer. Não posso deixar que ele saiba que sou eu. — Eu estava ligando para ver se ele gostaria de saber mais sobre a maior cooperativa de crédito do país.

A ligação fica muda imediatamente, e travo a tela, paralisada.

A decepção inunda minha garganta enquanto coloco o celular no bolso do casaco. Acho que seis meses foi tempo demais para esperar. Eu e Ryan acabamos de verdade. Não haverá mais gestos grandiosos, não haverá mais um epílogo feliz com nosso casamento. A ficha cai e desliza pelo meu corpo, escorregadia e fria, queimando tudo o que toca.

É uma caminhada longa e amargurada de volta ao trem. Tento dizer a mim mesma que é melhor que eu tenha descoberto dessa forma antes de mandar o caderno. Que com a verdade vem a liberdade. Ryan seguiu em frente, e está na hora de eu fazer o mesmo.

Gostaria de dizer que essa ideia tira um pouco da dor, mas não é verdade — então não vou dizer.

24

Dois dias depois, estou cozinhando costelinha de frango e arroz integral para o jantar enquanto converso com Maggie ao telefone.

— Então, ela não comentou nada ainda? — pergunta.

Depois de contar toda a história para ela no almoço de ontem, ela sabe exatamente o que estava no rascunho do romance que dei para Cristina e está tão ansiosa quanto eu para ouvir a opinião dela.

— Ainda não. Para ser sincera, nunca pensei que ela realmente esperaria terminar para me ligar.

— E, só para confirmar, o manuscrito que você deu para ela foi o que escreveu no caderno, mas digitado, certo? Tudo que aconteceu entre você e Ryan, desde a faculdade até os dias de hoje?

— Não os dias de hoje, hoje. Acabou quando eu estava saindo da Itália.

— Quando você pensou que vocês voltariam a ficar juntos?

Dou mais uma mexida no arroz e bato a colher na beira da panelinha de metal com um pouco mais de força do que o necessário.

— Isso — respondo.

— Que saco.

— Pois é.

— E você ainda não considera mandar o caderno de volta para ele?

— De jeito nenhum. Esse caderno vai ser doado para a ciência depois que eu morrer ou vai ficar trancado na minha escrivaninha por toda a eternidade. — Bem nesse momento, meu celular vibra, me alertando para uma mensagem. — Um segundo.

Baixo o celular e olho para a tela. É de Cristina. Aperto o botão de visualizar e leio a mensagem duas vezes antes de trazer o telefone de volta à orelha.

— De quem era? — pergunta Maggie.

— Cristina. Ela disse: "Mandei um presente para você. Pode devolver se não gostar, mas achei a sua cara".

— Parece legal. Ela está aí? Será que ela deixou alguma coisa na portaria?

— Não sei. — Desligo o fogo e vou até a porta para espiar pelo olho-mágico. — Ela não está aqui fora. — Depois abro a porta para ver se deixou alguma coisa no corredor. — Não tem nada aqui.

Estou prestes a voltar a entrar no apartamento quando escuto um barulho estranho vindo da escada ao lado do elevador. Parece a combinação exasperada de passos pesados, corrida e grunhidos.

— O que você está fazendo? — pergunta Maggie.

Não respondo enquanto presto mais atenção no barulho. Vai ficando mais e mais alto, parecendo chegar a uma espécie de crescendo. Afasto um pouco o celular da orelha e aperto a maçaneta enquanto recuo devagar para dentro do apartamento.

— Mas que...

— Kara? Está tudo bem? — Maggie está tentando chamar minha atenção, mas a voz parece muito distante.

Estou paralisada quando Duque surge na escada, jogando-se no chão do corredor a menos de três metros de mim. Ryan aparece em seguida, e o tempo para. Eu e ele nos encaramos por muito tempo.

Saio do estupor quando escuto a voz aguda de Maggie.

— Kara! O que está acontecendo? Quer que eu chame a polícia?

Coloco o celular de volta no ouvido.

— Ryan está aqui.

Ela pausa.

— Uau. É, certo, depois você me liga!

Ela desliga antes que eu possa responder. Ainda no batente, deixo o celular na mesa acima da bicicleta enquanto Ryan avança a passos calmos.

— Bem-vinda de volta, Sullivan.

Inúmeras respostas passam pela minha cabeça. E não sei por quê, mas, de todas as coisas que eu poderia dizer, limpo a garganta e pergunto:

— Por que você não pegou o elevador?

Ele continua a avançar na minha direção. Inspiro e expiro em um ritmo irregular.

— Eu e Duque fugimos do porteiro, e a escada era mais perto do elevador. Eu o carreguei na maior parte do caminho, mas ele subiu os dois últimos andares sozinho.

Aceno com a cabeça, ainda em choque e incapaz de me recuperar.

— O que você está fazendo aqui? — consigo dizer depois de um tempo.

Ele enfia a mão na mala pendurada no ombro e tira a cópia do rascunho do meu romance.

— Recebi um pacote urgente da Cristina ontem.

Merda.

— Liguei para você — digo. — Liguei quando cheguei, e quem atendeu foi uma mulher.

— Quê? Quando?

— Dois dias atrás. Era seu telefone fixo.

Ele pensa por um segundo até algo parecer se encaixar na sua cabeça.

— Se você ligou para casa, foi minha irmã que atendeu. Ela está ficando comigo enquanto o apartamento dela está em reforma.

— Ah. — Sim, essa foi minha grande resposta. — Pensei que fosse...

— Não — diz Ryan, sabendo o que eu estava pensando. — Eu e Madison terminamos assim que saímos do casamento naquela noite, meio que no casamento mesmo. Não nos falamos desde então. — Ele para. — Exceto uma vez em que ela me ligou para me xingar por alguns minutos. O que foi compreensível.

— Completamente — concordo, a mão ainda segurando a maçaneta.

Ele continua olhando para mim, e consigo ver a decepção começando a se espalhar pelo seu rosto.

— Você pensou que eu teria ido até a Itália se ainda estivesse num relacionamento?

— Não sei. Depois do que aconteceu...

— É por isso que não me mandou o caderno?

Respondo assentindo com a cabeça, e Ryan baixa os olhos para o chão. Ele fica assim por alguns segundos até voltar a olhar para mim, vulnerável e amedrontado. Nunca o vi tão vulnerável e amedrontado.

— Sei que falei muito na carta que mandei com o caderno. Mas também sei que, depois do que fiz, aquilo eram só palavras. O que quero agora, o que estou implorando para você me dar, é uma chance para provar que elas eram sinceras.

Ele dá um passo muito pequeno à frente, mas juro que faz o chão tremer.

— Quero muito acreditar em você.

— Então acredite — diz ele, quase sussurrando. — Me perdoa.

Aperto a maçaneta com mais força. Meu coração está batendo forte.

— Mil desculpas, Kara. Nem tenho como dizer o quanto estou arrependido. Cometi um erro tão grande que é impossível você confiar em mim. Agora entendo isso. Então, se me odiar, se não quiser nunca mais falar comigo, quero que saiba que vou entender e vou aceitar. Eu *me* odeio pelo que fiz. Magoei você, mas tudo que quero daqui para a frente é fazer você feliz... fazer você feliz comigo.

Parece que o ar ficou sólido nos meus pulmões e estou quase sem fôlego. Solto os dedos da porta um a um.

— Vou fazer o que for preciso para recuperar sua confiança. Podemos ser só amigos. Vou me mudar para Nova York sozinho com Duque, e eu e você podemos nos conhecer de novo. Vou seguir o ritmo que lhe parecer mais certo, porque vale a pena lutar pelo que existe entre nós, e vou lutar até o fim, se é isso que você quer.

Seus olhos nunca vacilam. Sua mão direita se contrai um pouco e sei que ele está se segurando para não encostar em mim.

— É isso que você quer? — pergunta Ryan enfim.

Seu olhar é sincero e verdadeiro. Duque rodeia nossos pés, mas nenhum de nós desvia os olhos um do outro.

Por um segundo, vejo a versão universitária de Ryan. Moletom e calça jeans. Mochila e boné. Ele está diante da leitora ávida que ele acha tão especial e, embora não sejamos mais aquelas pessoas, sempre podemos lembrar que foram elas que nos trouxeram até aqui. Não temos que viver de acordo com o legado delas. Podemos escolher construir o nosso.

— Sim — respondo, minha voz baixa, mas completamente firme. — É o que quero.

Uma expressão de choque perpassa o rosto de Ryan, como se ele estivesse prestes a rir ou talvez chorar, mas, em vez disso, se contenta com um sorriso esperançoso.

— Tem certeza? — pergunta.

— Tenho. Não posso prometer nada quanto à velocidade em que as coisas vão acontecer. Vai levar tempo, mas também quero lutar por nós. Sei que o que temos vale a pena. *Você* vale a pena.

Ryan engole em seco, e seus olhos me dizem o quanto minha validação importa para ele. O ar entre nós deixa de ser pesado e tenso para ficar leve e calmo. Podemos respirar finalmente, vagando pelo momento como se estivéssemos flutuando por um rio tranquilo.

Ele é o primeiro a quebrar o silêncio quando ergue o manuscrito.

— Então, foi uma leitura rápida. Terminei em menos de cinco horas. Só fiz uma pausa para levar Duque para passear. Por incrível que pareça, precisava de um pouco de ar fresco depois disso tudo. — Ele dá um último passo, agora parando bem diante de mim. — É um pouco mais leve do que seus outros livros contemporâneos.

— Achei que seria uma boa arriscar uma comédia romântica.

Ryan ri baixo, e não consigo acreditar que esta é minha nova realidade. Meu namorado de livro é meu namorado de verdade.

— E, só para você saber, esse é só um primeiro rascunho — digo. — Vou ter que trocar os nomes e outras características, óbvio.

— Acho bom. Toda vez que você me descreve aqui, você me chama de fofo. Os caras dos outros livros são chamados de viris e guerreiros e um monte de outras coisas másculas. — Ele entra, chegando mais perto e apoiando as mãos no batente da porta ao meu redor. — E tudo que ganho é fofo? Seus outros personagens vão me expulsar da estante às gargalhadas.

Ele ainda é tão presunçoso. Minha vontade é dar um chute nele. E o beijar para sempre.

— Este romance não é sobre você — digo a ele com minha voz mais altiva. — O fato de que o protagonista tem o mesmo nome que você é uma coincidência.

Ryan sorri e balança a cabeça.

— Não acho que isso seja verdade, Sullivan.

Ah, que saudade eu senti dele.

— É, sim — digo. — Eu nunca escreveria um livro sobre você. Nem gosto de você.

— Também não acho que isso seja verdade. Inclusive, acho que você me ama. — Ele tira a mão do batente e dá um passo para trás enquanto abre o manuscrito. Fecho os olhos e franzo o rosto quando ele começa a ler em voz alta. — "Nada poderia mudar como nos sentíamos, nem os erros que cometemos, nem a dor pela qual fizemos o outro passar, nem nossos anos separados."

— "Quando o amor é verdadeiro, você consegue sentir" — digo por instinto, sabendo a maioria das palavras no manuscrito de cor.

— Nós sentíamos isso quando éramos jovens, e sentimos agora de novo. Todo segundo em que não estamos juntos é uma completa perda de tempo.

Arregalo os olhos.

— Todo segundo em que não... não escrevi essa frase.

— Eu sei — diz Ryan. — Fui eu. — Ele guarda o manuscrito de volta na mala e pega minha mão. — Fiquei imprestável sem você, Sullivan. Nem me lembro direito dos últimos seis meses. E está impossível conviver com Duque. Ele vive olhando para a porta, e sei que está esperando você entrar. — Ele para apenas por um momento. — Acho que ele está tão apaixonado por você quanto eu.

Lanço um olhar rápido mas carinhoso para Duque antes de voltar os olhos para Ryan.

— Não diga isso a menos que seja sincero de verdade.

Ryan aperta minha mão com mais firmeza.

— É sincero. E você precisa se acostumar a ouvir, porque vou falar muitas vezes. Meu plano é falar todos os dias pelo resto de nossas vidas.

Tenho que morder a bochecha para não sorrir.

— Vou perguntar uma coisa agora e, se tiver alguma chance de seguirmos daqui para a frente, você precisa ser cem por cento honesto comigo.

— Certo.

Ele parece nervoso, e gosto disso.

— Você... batizou ou não Duque em homenagem a *O duque diabólico*?

Um sorriso se abre no rosto de Ryan. Seus braços envolvem minha cintura para me puxar mais para perto, e há um ar de finalidade nisso que parece completamente certo.

— É claro que sim — diz.

— Eu sabia.

Ele nunca se esqueceu do livro que nos uniu. Mesmo depois de todos esses anos.

Fico na ponta dos pés para dar um beijo nele quando ele se abaixa e me pega no colo. Dou um gritinho de surpresa, e Duque começa a pular à nossa volta, os latidos altos enchendo o corredor.

— O que você está fazendo? — pergunto entre risos.

— Relaxa, Sullivan. Estou fazendo uma manobra típica de livros de romance. — Sorrio mais do que pensava ser possível e cubro os olhos com a mão. — É errado carregar você no colo antes de nos casarmos?

— Até parece que eu me casaria com você — bufo, baixando a mão e sorrindo por dentro com a ideia.

— Ah, você vai se casar comigo sim, Sullivan. Eu é que não vou deixar você escapar de novo.

Abraço o pescoço de Ryan e o puxo ainda mais para perto.

— Nunca?

— Jamais.

E acredito nele. Vejo nosso futuro juntos com clareza. Casamento, casa, família... Está tudo lá. Tudo que temos que fazer é tornar isso realidade.

Considero se Ryan está pensando a mesma coisa quando ele sorri para mim e entra no apartamento. Infelizmente, Duque também entra com tudo no mesmo momento, fazendo Ryan girar rápido. Ele consegue não pisar em Duque, mas acaba esbarrando minha cabeça no batente de madeira.

É claro que dói. Dou um berro. Mas também estou dando risada enquanto levo a mão à cabeça.

Então, sério, eu não estava mentindo quando falei para minha mãe que me apaixonei na Itália. Eu me apaixonei, sim. E o homem que amo tem sotaque, é bonito e charmoso. Ele só estava a milhares de quilômetros de distância naquela época. Só eu mesmo para ir até a Itália e me apaixonar por alguém que estava esperando por mim na Carolina do Norte.

E, enquanto Ryan me carrega para dentro do apartamento, um galo se formando na minha cabeça e Duque babando no sofá, percebo que este momento não é nada parecido com o último capítulo de um livro de romance. É caótico, um pouco esquisito, é bobo e é nosso. Ou seja... é perfeito.

25

Robert desceu da carruagem e caminhou até a porta de sua casa em Londres. Hollis, o mordomo de 80 anos que havia trabalhado para a família Weston nas últimas cinco décadas, estava esperando por ele quando chegou. Robert ficou surpreso ao encontrar o sempre calmo e sereno Hollis visivelmente suado e esbaforido na entrada.

— Está tudo bem, Hollis? — perguntou.

— Há um jovem rapaz e uma dama esperando pelo senhor na sala azul. Eles estão nos deixando à beira da loucura. — Nesse momento, um estrépito alto, o som de vidro se quebrando, soou pela casa. Hollis arfou, e Robert ficou com medo de que o homem caísse duro no chão. — Deve ser o chá, senhor.

Determinado a descobrir o que estava acontecendo em sua própria casa, Robert foi direto para a sala azul. Parou de repente ao ver o pequeno George Destonbury parado diante do jogo de chá quebrado.

— Desculpe, Robert. Pensei em surpreender todo mundo servindo o chá, mas a bandeja acabou caindo.

A atitude de Robert se suavizou quando ele foi até George, ajoelhando-se e ficando na altura dele.

— Não tem importância. Hollis vai cuidar para arrumarem isso rapidinho. — George relaxou no mesmo instante, e Robert não conseguiu segurar um sorriso. — Então, rapaz, quando foi que chegou em Londres?

— Hoje de manhã — respondeu George. — Já cavalgamos pelo parque, e Charlotte prometeu que me levaria de novo amanhã.

Robert perdeu o fôlego com a simples menção a Charlotte.

— E me diga, onde sua irmã está agora?

— Ela estava aqui faz pouco tempo, mas está esperando por você na biblioteca.

Robert se levantou devagar.

— Obrigado, George. Vou atrás dela, e voltamos logo mais. Hollis?

O velho mordomo surgiu hesitante no batente, parecendo um tanto cansado.

— Mande limparem essa bagunça e peça um novo chá. E, por favor, fique de olho em George até eu e a irmã dele voltarmos.

Robert jurou ter visto Hollis fazer o sinal da cruz enquanto passava por ele para entrar no corredor. Chegou à biblioteca em poucos passos determinados e abriu a porta.

A princípio, não viu nada. Foi apenas quando chegou atrás do sofá no centro do cômodo que encontrou Charlotte deitada de barriga para baixo no carpete italiano felpudo, parecendo completamente à vontade enquanto folheava um livro.

Charlotte ergueu os olhos quando Robert parou com o ar austero na frente dela.

— Você tem uma quantidade surpreendente de livros bons — disse. — Sempre gostei de um bom romance. Não gosta?

Robert ignorou a pergunta.

— O que está fazendo aqui?

— George queria ver Londres.

— Isso eu entendi, mas o que está fazendo deitada em um tapete na minha residência particular?

Ela fechou o livro e esticou as pernas para se sentar.

— Você disse certa vez que se apaixonou por mim enquanto eu rolava no chão de uma biblioteca. Eu estava torcendo para que a magia se repetisse.

— Não tenho tempo para isso — disse Robert, virando-se e andando na direção da porta. — Diga a George que ele pode vir visitar quando quiser desde que a senhorita não esteja com ele.

— Pode esperar, por favor? Quero pedir desculpas.

— O que quer pouco importa para mim.

Charlotte se levantou prontamente.

— É mesmo? Então por que se incumbiu de rearranjar toda a minha vida?

Robert parou de andar.

— Quer dizer, por que controlei seu pai lunático e a livrei de seu noivo ancião? Não faço ideia. Não deveria ter perdido meu tempo.

— Diga-me como conseguiu tudo isso. — Robert não respondeu, fazendo Charlotte atravessar o cômodo e o virar pelo cotovelo. — Tenho o direito de saber.

— *Que seja* — *disse Robert, livrando o braço.* — *Primeiro fui até lorde Brinton. Eu lhe reembolsei o dinheiro que ele havia gastado com as dívidas de seu pai e o ameacei quase até a morte para que aceitasse livrá-la de seu noivado. Depois fui até seu pai e jurei que lhe faria apodrecer na cadeia por dívida se não concordasse com o que eu queria. Quitei o valor total do que ele devia e o enviei para viver em uma das propriedades da minha família na Irlanda, onde receberá uma pensão anual. Também lhe informei que arrancaria seus membros um a um se um dia voltasse a pôr os pés na Inglaterra.*

Charlotte inspirou fundo, tensa, absorvendo as revelações de Robert.

— *Saiba que eu também tinha um plano.*

— *Não tenho dúvidas.*

Robert tentou controlar a paciência enquanto dava a volta por ela para voltar ao centro da biblioteca.

— *Eu tinha, sim* — *insistiu ela.* — *Nunca levaria o casamento com lorde Brinton adiante. Tenho amigos no interior, parentes distantes da minha mãe. Eles me manteriam escondida com George. Poderíamos ter até saído da Inglaterra para morar fora.*

— *Como eu disse, imaginei que tivesse um plano, Charlotte. Talvez eu tenha passado tempo suficiente com você para saber que nunca se curvaria à vontade de homem nenhum.*

— *Então por que...*

— *Fiz o que fiz porque queria lhe dar o mundo. Queria de algum modo ajudá-la a viver a vida que merecia, ainda que você não quisesse passar essa vida comigo.*

Charlotte ficou completamente imóvel por vários momentos até voltar a falar.

— Considerando que acabou de me dizer que não gostaria de me rever nunca mais, parece que se deu a um grande trabalho por mim.

— Sua vida é sua agora. Não precisa obedecer a ninguém. Tem sua liberdade.

— Sim — respondeu Charlotte, dando um pequeno passo à frente. — E, agora que tenho minha liberdade, quero usá-la para ficar aqui, com você.

O maxilar de Robert se cerrou. Ele não se permitiria ter esperança. Não de novo. A menos que estivesse seguro de que era o que Charlotte desejava de verdade.

— Tem certeza? — perguntou, sabendo muito bem que seu coração se partiria em pedaços se ela o abandonasse uma segunda vez.

— Tenho certeza de que o amo. Disso tenho muita certeza.

Robert ficou em silêncio diante da declaração simples de Charlotte. O ar no cômodo pareceu faiscar com expectativa enquanto ela avançava para não deixar nenhum espaço entre eles. Dando a ela tempo de sobra para recuar, Robert apertou a cintura dela enquanto se abaixava e se aproximava, encostando os lábios nos dela com delicadeza. Ele já havia começado a beijá-la uma segunda vez quando mais um estrondo ecoou pela casa.

Charlotte recuou com um suspiro.

— Tenho certeza de que eu e George esgotaremos a paciência de seu mordomo se ainda quiser se casar comigo.

— *Hollis é mais resistente do que parece. Ele vai adorar George em menos de uma semana. Você... talvez alguns meses. Um ano, no máximo.*
— *Mas você me ama, não?*

Robert abraçou Charlotte, desfrutando do conhecimento de que nunca precisaria soltá-la novamente.

— *Mais do que qualquer coisa* — *disse.*

— *Então por que não voltou a Greenspeak depois que meu pai foi mandado embora? Faz seis meses que não o vejo.*

Robert sorriu e beijou Charlotte uma vez mais, com mais doçura e delicadeza do que eles já haviam sentido.

— *Eu só precisava acreditar que veria você de novo algum dia, e então toda a espera valeria a pena.*

Charlotte sorriu para Robert, prometendo em silêncio que lhe daria a vida com que os dois sempre sonharam. Ela se certificaria de que o lar deles seria para sempre cheio de risos e ternura e, acima de tudo, amor.

Epílogo

Cinco Anos Depois

— É a sua vez.

Burburinhos agitados ecoam da babá eletrônica e vão ficando mais altos a cada segundo que passa.

— Não mesmo — respondo. — Aqueles dois são responsabilidade sua até a meia-noite.

— Dou um milhão de dólares se você for no meu lugar. — As palavras de Ryan são quase inaudíveis com a cara enfiada no travesseiro.

Puxo as cobertas confortavelmente em volta de mim e me viro para o outro lado.

— Você já me deve doze milhões.

Ele passa as mãos em volta da minha cintura, me puxando de volta para ficar de conchinha com ele. Inspira fundo junto do meu pescoço, e acabo sorrindo apesar da névoa de exaustão.

— Eles gostam mais de você do que de mim — diz.

Deito de costas.

— Até parece. Mia é uma filhinha de papai dos pés à cabeça.

— Mas ela sorri mais para você.

— É porque fico olhando para a cara dela e cantando e falando com ela o dia todo. Ela só sorri por dó, para eu não mergulhar na insanidade de uma vez por todas.

— Não, ela te ama. — Ryan vira para o lado e pega a tela da babá eletrônica na mesa de cabeceira. — Mas Tim ainda está dormindo o sono dos justos. Talvez, se desejarmos com muita força, Mia volte a dormir.

Eu e Ryan fechamos os olhos e, dez segundos depois, temos dois bebês de dez meses chorando a todo vapor.

Abro os olhos e me viro para meu marido, completamente derrotada.

— Meu desejo não se realizou.

Ryan volta os olhos para mim com um sorriso sonolento, mas contente.

— O meu, sim.

Ele rola para o lado e me beija antes de se arrastar para fora da cama.

Esfrego os olhos com uma mão enquanto pego o celular com a outra para olhar a hora. São só 21h46, mas parece quatro da madrugada. A privação de sono dos pais é um problema real. Devolvo o celular à mesa de cabeceira com um suspiro.

A maternidade é, sem dúvida, a coisa mais catastroficamente maravilhosa que já me aconteceu, mas também está sendo física e emocionalmente exaustiva. Quando descobri que estava grávida, foi um dos dias mais felizes da minha vida. Quando descobri que estava grávida de gêmeos, quase desmaiei de pavor.

Ryan tem sido mais do que incrível. Ele conseguiu tirar quatro meses de licença-paternidade do trabalho quando os bebês nasceram e, para ser sincera, não sei o que teria feito sem ele. Quando voltamos do hospital para casa e eu ainda estava dolorida por causa da cesárea, ele deve ter trocado uma centena de fraldas praticamente sem minha ajuda. Ele se certificou de que a geladeira estivesse sempre cheia e lavava as peças da minha bombinha e, tirando o fato de que consegue dormir umas três horas a mais do que eu por noite, eu ainda daria cinco estrelas para ele como pai.

Escuto passos voltando do corredor e já sei o que vou ver. Eu me viro para o lado e sorrio quando ele entra no quarto com Tim e Mia no colo.

— Isso — digo enquanto me sento — vai contra tudo que lemos nos livros de sono de bebê.

— Eu sei, mas eles me falaram que queriam que você contasse uma história para eles.

— É mesmo? — Estendo os braços para pegar Mia enquanto Ryan se senta na cama com Tim já dormindo aconchegado em seu ombro. Com minha filha segura no colo, desembolo o macacão rosa do seu queixo. — E que história você quer ouvir hoje, mocinha?

Ela estende as mãos rechonchudas na minha direção, e me abaixo para tocar nas suas bochechas. Sim, ela está basicamente passando baba na minha cara, mas levo esse nojo na boa. Eu a coloco ao meu lado na cama e Ryan deita Tim ao lado dele.

Então, sei que sou suspeita para falar, mas acho que meus bebês são as coisas mais fofas que já engatinharam neste planeta. Eles são loiros, mas puxaram meus olhos castanhos. Mia é um pouco mais gorducha do que o irmão, mas é porque Tim é mais alto. Eu pensava que os dois fossem a cara de Ryan, mas me vejo neles cada vez mais.

Eu me abaixo para dar um beijo em Tim e não tenho como não rir quando o vejo entreabrir um sorriso. O nome combina perfeitamente com ele. Minha mãe disse que meu pai também sorria dormindo. Mia puxa meu cabelo um segundo depois, e viro a cabeça para o lado, tentando soltar meu rabo de cavalo da sua mãozinha estranhamente forte. Perdi cabelos mais do que suficientes desde que tive filhos, muito obrigada.

Ryan faz carinho na barriga de Tim e olha para mim.

— Que tal eu contar a historinha hoje?

— Isso vai ser interessante.

Deito na cama até estar aconchegada ao lado de Mia. Faço cócegas em seu pescoço e Ryan se deita de lado perto de Tim, apoiado em um braço.

— Era uma vez um caubói forte e muito bonito que conheceu uma princesa quando estava na faculdade. — Ryan pisca para mim, e reviro os olhos enquanto ele continua: — O caubói se apaixonou pela princesa à primeira vista. Ele ficou tão ansioso para conhecê-la que se sentou do lado dela e, adivinha? A princesa estava lendo um livro que era muito inapropriado para uma princesa ler.

— Não acho que isso seja verdade — murmuro para Mia. — Acho que o livro que a princesa estava lendo era romântico e elegante, e que o príncipe provavelmente era analfabeto.

— Com licença, quem está contando a história aqui?

Arregalo os olhos para Mia e ela dá risada enquanto Ryan continua:

— Enfim, de alguma forma, o caubói conseguiu fazer a princesa se apaixonar por ele. Mas então uma maldição terrível foi lançada sobre eles. O caubói foi expulso, e a princesa se esqueceu dele completamente.

— Que terrível — digo. — Mas tem certeza de que foi isso que aconteceu? Talvez o caubói fosse um pouco narcisista na época e merecesse ser expulso por ter negligenciado a princesa.

— Ninguém sabe direito, porque a maldição deixou a memória de todo mundo confusa. Tudo que o caubói e a princesa conseguiam lembrar era que eles se amavam muito.

— Ah, entendi. — Olho para Mia, e os olhos dela estão começando a se fechar. A esperança ingênua de que eu talvez possa conseguir dormir um período razoável hoje começa a brotar dentro de mim. — E o que aconteceu depois? — pergunto baixo.

— O caubói nunca se esqueceu da princesa. Ele sempre torceu para reencontrá-la e então, um dia, foi a uma festa no castelo do amigo e adivinha?

— O quê? — sussurro.

Tim está roncando, e os olhos de Mia estão noventa por cento fechados. *Meu Deus, permita que isso aconteça.*

— O caubói encontrou a princesa. Ele a puxou em um abraço e eles voltaram a se apaixonar imediatamente e se casaram sem absolutamente problema nenhum.

Tento não rir enquanto Mia finalmente pega no sono depois de duas horas de sofrimento. Ergo a mão, e Ryan dá um toquinho silencioso sobre nossos filhos agora adormecidos.

— Foi uma história muito boa — digo.

— Aprendi com a melhor.

Ele apaga o abajur da mesa de cabeceira ao seu lado enquanto me deito de costas, tentando me acomodar sem acordar os bebês.

— Então como acaba? — sussurro no silêncio do quarto iluminado pela lua.

Ryan hesita, sorrindo cansado para mim, e diz:
— Não acaba.

Sorrio com um brilho sonhador nos olhos quando ele sai da cama, se levantando para levar os bebês de volta para o quarto deles. Vejo Mia e Tim uma última vez antes de fechar os olhos devagar.

— Nem eu teria escrito melhor.

Este livro foi impresso pela Cruzado,
em 2022, para a Harlequin.
O papel do miolo é Pólen natural 80g/m^2,
e o da capa é Cartão Supremo 250g/m^2.